施元辉译文精选

红蜡烛和人鱼姑娘

滨田广介 小川未明 著
施元辉 译

海峡出版发行集团｜海峡文艺出版社

作者简介

　　小川未明（1882年－1973年）是日本童话作家之鼻祖，一生创作了7800多篇童话作品，篇篇是歌颂真善美的珠玑之作，尤其是《红蜡烛和人鱼姑娘》《牛女》曾令译者读后泪流满面，一口气将之译成中文，使他从此迈入日本文学的翻译之路。这本译著曾被我国多家儿童刊物所转载。

　　滨田广介（1893年－1973年），曾任日本儿童文艺家协会理事长，其代表作《黄金的稻穗》收集了作者42篇的童话。他的作品充满诗情画意，洋溢浪漫主义色彩，描绘人们对美好世界的无限憧憬。

序

张 炯

《施元辉译文精选》即将出版,这是我国翻译界和中日文化交流的一件可喜可贺的事!施元辉是我认识多年的老朋友,也是隶籍福建福安的同乡。他是中国作家协会会员,知名的翻译家、散文家。他从北京外语学院毕业后分配到外交部工作,曾任我国驻日本领事并长期从事中日文化交流活动。出于对文学的爱好,他先后翻译了当代日本作家的作品十多部。其中既有儿童文学作品,更多是受到读者广泛欢迎的推理小说。他还出版过自己创作的散文集。他精选的译作共三百多万字,这次结集出版,编为十卷,可谓皇皇巨著!

中日文化交流可以追溯到汉唐,渊远而流长。特别是唐宋以后,日本曾派遣大批留学生来华,鉴真和尚携带许多书籍并率领大批工匠赴日,使中国文化得以广泛传播于日本。历代日本天皇多酷爱中国文化,也多方搜购中华书籍。所以,著名的日中友好人士白土吾夫先生曾说:"明治维新以前,日本的文化多来自中国"。而明治维新后,日本率先学习西方,自此我国也多有留学生到东瀛学习。我国新文学的兴起,大多得益于通过日本而吸取和借鉴了许多欧美等国的文学。鲁迅、郭沫若、郁达夫、茅盾以及周扬、胡风等都先后去过日本,并从日文翻译了不少西方和日本的作品。

施元辉翻译多部日本儿童文学作品和推理小说应非偶然,当今我们从日本动画中就可窥见日本儿童文学的发达。儿童是人类的未来,优秀的儿童文学作品对儿童精神世界的影响,已为世界各国所高度重视。日本最初的推理小说借鉴过中国明清的公案小说,后来才受到西方侦探推理小说的影响,并发展为具有深刻社会内容的小说品种。这种小说由于具有强烈的悬念,而层层推理在满足读者审美需求的同时又能培养读者的智慧,它之广受读者的欢迎是很自然的。

我国翻译外国小说的历史可以追溯到19世纪90年代。那时译界的名人严复和林纾都是福建人。康有为曾有诗称:"译才并世数严林。"而严译学术名著,林译欧美小说。林纾先后译有外国文学作品达180余种,其中不乏世界名著,如《巴黎茶花女遗事》《黑奴吁天录》《块肉余生述》《撒克逊劫后英雄略》《滑铁卢血战余腥记》《迦茵小传》《鲁滨孙漂流记》《伊索寓言》等,林纾不会外语,与人合作,别人口述,他以文言译之。后来鲁迅、周作人也曾用文言译《域外小说集》。那时译家蜂起,据阿英《晚清戏剧小说目》统计,翻译小说从1882年至1913年计有682种,可见翻译小说之盛况,而侦探小说居然占一半以上,说明这类小说受欢迎由来已久。

施元辉翻译的日本小说也不乏名家之作,如井上靖的《红庄的悲剧》、松本清张的《跟踪》、高木彬光的《零的蜜月》、草野唯雄的《复制的脸形》、江户川乱步的《奇面城的秘密》、森村诚一的《恶梦的设计者》等,差不多遍及日本当代推理小说的各流派。他翻译的《恶梦的设计者》《零的蜜月》等作品多次再版,并被改编为电影、电视和广播小说。此外,他还翻译出版了日本著名作家山崎丰子的名著《女人的勋章》以及日本儿童文学鼻祖小川未明的《红蜡烛与人鱼姑娘》和滨田广介的《黄金的稻穗》等多部日本儿童文学作品。他自己写过小说和散文,他的译笔忠实于原文,流畅、生动、简洁、富于色彩。严复当年曾提出并实践译作的"信、达、雅"的要求。他在《天演论译例言》中说:"译事三难:'信、达、雅'。求其信已大难矣,顾信矣不达,虽译犹不译也,则达尚焉。"可以说,施元辉的译文做到了"信、达、雅"的要求。严复、林纾当年以文言来译,要做到"达"很难。而施元辉以现代汉语——白话来译,普通读者读起来是毫无障碍的。他翻译的作品曾得到著名日语翻译家文洁若女士的赞赏。

童话集《红蜡烛和人鱼姑娘》编入了日本三大童话作家小川未明、滨田广介、坪田让治的作品,其中有小川未明的《红蜡烛和人鱼姑娘》、滨田广介的《黄金的稻穗》以及坪田让治对小川未明的作品的《解说》。

坪田让治,他对小川未明作品的《解说(节录)》,是一首散文诗,极为感人。译者未曾翻译过他的童话作品,此乃憾事。

中国和日本为一衣带水的邻邦,有过两千年友好交往的历史,近代以来却不幸发生过战争。今后两国如何和平共处,继续友好,这是两国有识之士和广大人民都十分关心的。我国领导人提出建设人类共同体的建议,我想,其目的就在提倡各国友好、和平共处,把我们的世界建设得更美好!这期间,加大加深各国彼此的文化交流、包括文学的交流非常重要。施元辉原是从闽东北山村走出来的子弟,被家乡人誉为福安的第一个新中国外交官、第一个文学翻译家、第一个电影出品人。他退休后还投身企业界,创办了文化交流公司,热心家乡公益事业。我希望他不要忘记文学工作,译文集的出版不是终点,而应是新的起点,人们会期待他翻译更多的日本文学作品,帮助中国读者通过文学更多认识地日本;同时也将中国当代的优秀文学作品翻译为日文,帮助日本读者更多认识地中国,继续跟他熟悉的日本友人和作家一道为促进两国的文化交流和人民友好做出更大的贡献!

2017年2月20日于北京

（张炯是中国著名的文学评论家，原中国社会科学院文学研究所所长、学部委员、中国作协副主席）

解说（节录）

[日本] 坪田让治①

小川未明的童话都是短篇小品，这是因为童话是接近诗的艺术作品，被认为是散文诗的一种。而诗，除希腊的叙述诗外，都不冗长。它是诗人的感情处于灼热状态，而无法忍耐时，变成短促的语言迸发出来的。优美的诗，正因为其语言短促、简练，才能使人在反复阅读过程中，耐人寻味。小川童话具有以上诗的特点。

阅读过小川童话的人，都觉得其作品有独特之处，国内外都没有这种相似的作品。小川童话并不是作者经过长时间的酝酿后写成的，而是在激情下一气呵成的。它宛如天然之物，无斧钺之迹。其天然之美在于它们是由许多语言所构成的千姿百态的图景，这是任何人也无法模拟编织的。

小川先生十分重视在激情之下的创作。他曾说过：在激情之下的行动是诗，由于激情而产生的诗是行动。大凡作家，一般都由于某种激情而创作的，但是如小川先生那种以激情作为

---

① 坪田让治，日本现代著名童话作家。——译注

创作的基础的作家，在现代是少见的。

这种激情如炼铁炉的烈火，在炉里，所谓的人生被溶化，被冶炼，变成了金一般的作品。这火一般的激情是结晶小川未明童话的母胎。

我用长虹和焰火来比喻小川童话之美。长虹浮现在雨、风、雷后的蓝色天空上，令人神往。而焰火在产生前刹那间是激动的，接着一声激烈的火药的爆炸声后，它飞上了天空，开出了美丽的花朵。焰火是短促的，而恰恰这种短促，增添了它的美。这些，小川童话是可以比拟的。

然而，先生的激情是什么？这是我所想谈的。

童话是爱情的文学，对儿童不怀有深深的爱，是写不出能打动人的好童话的。

人的情感各种各样，但都是出于爱情的。当然小川先生的情感也是一样，完全出于爱情。他充满着对孩子们热烈的爱，他有一颗如儿童似的善良、无邪的心；他理解儿童，他为儿童向社会诉说他们的喜怒哀乐。

怀着爱情，为孩子们向世上诉说他们的喜怒哀乐，以此作为童话的定义，好像又不能说出童话的美来，何况童话是有其特殊的美的。如何说明呢？我只能说：小川童话的特点、独特之处就在于它的美中。

用爱情来观察世界一切事物，难道所有的东西不都具有美好的一面吗？人间，自然界，人间丑恶的东西，自然界平庸的事，人生的悲惨不幸，这所有的一切都可以用爱情使之澄清，然后表现出美来。这并不是说，丑恶的东西，可以美化，而是说，邪恶的东西，可以作为背景来衬托美好的东西，使之放出灿烂的光彩。美好的东西和邪恶东西的斗争，可能暂时失利甚至破灭，但其光彩绝不能被磨灭的，反而更加灿烂明亮。

小川未明先生的这种对儿童的爱，对人间、对自然界的爱，在高温灼热下燃烧时，就变成了他创作的激情了。

童话是文学吗？大概有人持这种看法。为此，我想谈谈这个问题。

持这种看法的人，大概把童话当作玩具了，在他们看来，甚至儿科医生比普通医生如内科医生低人一等。但是，中国的情况，我不知道。产生安徒生的丹麦，产生格林的德国，产生鲁滨孙的英国，在这些国家的知识界里，我想，不会存在持有这种想法的人。法国、俄国和美国也同样。因为这些国家对于继承未来时代的儿童的精神食粮是极为重视和认真的，因而在这些国家出现了伟大的乃至世界知名的童话作家是不足为奇的。而在我国，在小川未明先生之前没有童话作家，所以可以说，我国是轻视儿童文化的。由于这种轻视，在小川童话出现前，没有产生儿童文学的杰作。总之，日本由于小川未明先生的出现，才创作了作为文学的童话。

这件事对儿童文化来说是划时代的，值得大书特书。这就像松尾芭蕉将过去被人当作游戏玩品似的俳句，一变而成严肃的文学似的。由此，今后我国的儿童文化将会引起文艺界的关注，从而大概有飞跃的进步吧。此次，决定将艺术院奖赏给小川未明先生的童话集，也说明了这一点，这对于我国儿童来说，是值得庆贺的。

但是犹令我们童话作家所忍耐不了的是，我国的文化界对儿童文学还没有出现过对成人文化那样的敬意和重视。这种状态如不改变，我国的文化将永远落后于外国文化。轻视儿童文化就等于轻视民族的未来，这是不可思议的。这样的民族，不会有灿烂的前途，甚至长此这样下去，我们日本民族将会走向灭亡。这样说，我觉得并不过分。

我之所以在这里为小川先生童话如此高声叫喊,目的是唤起世人对儿童文化的关心。

解说（二）

浜田广介（1893－1973）是现代日本三大童话作家（小川未明，浜田广介，坪田譲治）之一，本名广助，出身于日本山形县的一个农民家庭。早稻田大学英文系毕业。大学期间，开始创作童话。大学毕业，到春秋社工作，担任《良友》杂志的编辑，发表《花瓣的旅行》等童话，确立了当童话作家的志向。1923年以后，他专门从事童话写作。半个世纪来，写了七百多篇童话，并和小川未明把严谷小波的民谣、故事升华到现代童话。他的作品，曾获日本野间文艺奖，艺能造奖。1952年，他又被授予文部大臣艺能奖。他曾任日本儿童文艺家协会理事长，国语审议会委员。

这本童话集收集了作者的四十二篇童话，包括其处女作《黄金的稻穗》。此作发表于1917年，因摆脱了过去劝善惩恶的故事框框，单纯歌颂人的善心，而获"木阪朝日新闻奖"一等奖。因为这篇童话的成功，作者决意在此后以描写人间的真、善、美作为创作的宗旨。童话集还包括作者的两篇代表作《小椋鸟的梦》和《龙的眼泪》。《小椋據鸟的梦》描写小鸟对鸟妈妈的眷恋之情，写得十分细腻。如描写小椋鸟生怕洞口那片能使它时时想起亲爱妈妈的栗树枯叶被风吹落,就用可爱的小嘴衔来一根马尾毛,非常认真地把枯叶牢牢地捆在树枝上,好像要将妈妈的身影紧紧地拴住一样。读罢,令人感动!《龙的眼泪》描写一个善良孩子的同情心感动了龙,龙流下了眼泪,眼泪变成了河,龙变成了船——儿童的乐园,载着这个善良的孩子,还要载着更多的孩子,驶向美好的世界。童话集还收集了作者的被选进《日本儿童文学名作选》的八篇童话:《耀眼的星星》《木偶姑娘》《樵夫和茱萸》《猫头鹰和月亮》《小油灯讲的故事》《花瓣的旅行》和《一条金色的鲫鱼》。这些童话贯穿着作者所歌颂的人间美好的思想,故事中登场的小主人公,无论是星星还是孩子,还是花、草、鱼、鸟,都团结友爱,互相帮助,见义勇为,舍己为人。在这些童话里,作者塑造这些感人的形象,然后加以讴歌。如在《耀眼的星星》,星星救助了喜鹊以后,突然她的身上放出前所未有的耀眼光芒。作者说:这金色的光芒,不是从她的脸上放出来的,也不是从她的外表放出来的,而是从她的那颗善良的心放出来的,尽情地歌颂了心灵美。这本童话集还有不少童话,如《亲切的紫罗兰》,只寥寥几百字,但语言优美,寓情深刻,内含一个或多个道理,耐人寻味!童话集的最后五篇童话《赫映姬》《浦岛太郎》《酒店童子》《白鹤姑娘》和《俵藤太》乃作者根据日本古代流传下来的著名故事集《物语》改编而成。每篇童话,充满诗情画意,洋溢着浪漫主义色彩,描绘古代日本人对美好世界的无限憧憬!

目　　录

红蜡烛和人鱼姑娘

红蜡烛和人鱼姑娘 …………………………………… 1
野玫瑰 ………………………………………………… 9
月夜和眼镜 …………………………………………… 12
柯树的果实 …………………………………………… 17
星星们在一个夜晚的谈话 …………………………… 21
睡眠之街 ……………………………………………… 26
发生在下雪前高原的故事 …………………………… 30
月亮和海豹 …………………………………………… 36
巧克力糖天使 ………………………………………… 41
农夫的梦 ……………………………………………… 47
千代纸的春天 ………………………………………… 56
月亮和被压伤的铁轨 ………………………………… 62
王爷的碗 ……………………………………………… 67
牛女 …………………………………………………… 72
山里的鸽子兄弟 ……………………………………… 78

山顶上的茶馆	83
远方传来的雷声	91
到达港口的黑人	95
一个过路人	103
黑色的人影和红雪橇	109
有力的大手	114

黄金的稻穗

黄金的稻穗	119
木偶姑娘	123
龙的眼泪	135
小椋鸟的梦	143
耀眼的星星	146
一对兔兄弟	150
第三天采到的榧子	153
樵夫和茱萸树	159
粉红色的诱饵	162
远方的彩虹	164
猫头鹰和月亮	166
森林里的猫头鹰	170
欢乐的村庄	172
亲切的紫罗兰	175
坚强的蒲公英	176
小猴子过桥	177
椰子山的春天	179
树枝上的球	181
小鲫鱼和小猫	183

萤火虫和孩子	185
初夏的风	187
小乌龟的脖子	189
亲切的乌龟	191
黄昏时分的冒失鬼	193
田野里的燕雀	196
小鼹鼠的礼节	198
小猴子的新年	200
太阳的面包	202
小油灯讲的故事	205
花瓣的旅行	212
一条金色的鲫鱼	217
赫映姬	250
浦岛太郎	259
酒店童子	264
白鹤姑娘	272
俵藤太	280
红帽子的故事	288
小松鼠和小黑熊	291
智慧和力量	294
北极狐狸	297
山狸变的灯	299
呼儿鸟	302

红蜡烛和人鱼姑娘

人鱼不是全部住在南方的海里，有些也住在北方的海里。

北方的海，颜色是青蓝色的。有一天，一个母人鱼爬到岩石上憩息，若有所思地望着周围的景色。

从云间透下的月光，寂寞地洒在海面上。一眼望去，无边无际的海浪在翻腾着。

这是多么荒凉、多么冷清的景象呀，人鱼这样想着。我们的外貌和人并没有多大区别，可是却和那些鱼类什么的一起生活在深深的海里。我们和那些性情粗野的各种各样的动物相比，无论在性格上还是在外表上，和人类是多么相像的呀！可是我们必须和鱼类动物一起在这寒冷的、阴暗的、一点儿都没意思的海里生活，这究竟是为什么呢？

这人鱼一想到自己长年生活在连交谈的对象都没有的海洋，只是向往着陆地的生活，就觉得难以忍受了。所以她经常在夜深人静的明亮月夜，独自浮到海面，爬在岩石上休息，沉浸在各种各样的空想中。

"听说，人住的街道，是很美丽的。比起鱼和别的动物，人有人情而且心地善良。我们虽然在鱼和别的动物中生活，但我们更接近人,所以我们要到人中间去生活。"人鱼这样想着。

这个人鱼是女的,并且正怀着孕……

我们已经长期生活在这寂寞的,没有话语的北方的青蓝色的海里,再也不能指望到那光明的、热闹的国家去了,但是至少不能让即将出生的孩子也产生这种没有希望的悲伤的心理啊……

当然,离开孩子,一个人再回到寂寞的海中生活,是再也没有比这更痛苦的了,但是只要孩子到什么地方,能过上幸福生活,我再也没有比这更高兴了……

听说,人是世界上最善良的呀!那些可怜的人呀,无依无靠的人呀,是决不会受欺凌,受刁难的。又听说,人一旦接受了什么,就绝不会又把它抛弃的。很幸运,我们不仅脸形和人一样,而且身体的上部分也是人的样子——,自己既然能生活在鱼和别的动物的世界中,那么也一定能生活在人的世界中的。只要人拾到孩子进行养育,那么以后绝不会无情地将孩子抛弃的……

人鱼这样想着。

为了使自己的孩子在那热闹的、美丽的街市成长、生活,母人鱼决定把孩子生在陆地上。这样一来,自己恐怕再也见不到孩子的面了,但是孩子到了人间,能过上幸福的生活吧!

在那遥远的彼岸,有一座小小的高山。在浪间能看到神社的忽闪忽闪的灯光。一个静静的夜晚,母人鱼为了生孩子,乘着寒冷的、阴暗的波浪,向陆地方向游去。

海岸上,有个小镇。镇的街上有各种各样的商店,其中在那个神社下,有一间卖蜡烛的贫困的商店。

那店里住着一对年老夫妇。老大爷制造蜡烛,老大娘在店面卖蜡烛。这条街的人和附近的渔夫上神社拜神时,都要经过这个店铺，买蜡烛上山。

山上长着茂盛的松树，而神社就在松树林中。海风吹到松树的树枝上，不管是白天，还是黑夜，总是发出沙沙的声音。在远远的海上，每天晚上都能见到那神社的闪亮的蜡烛的灯光。

一天晚上，老大娘对老大爷说：

"我们能够这样生活，都是托神的保佑呀，这个山上要是没有这个神社，我们的蜡烛就卖不出了。我们要感谢神呀！我想上山拜神去！"

"你说得很对呀，我也没有一天不抱着感激的心情，从内心里膜拜神明的，只是因为忙，不能经常上山参拜。恰好，现在你提醒了我，你也替我拜谢神明好了。"老大爷这样回答道。

老大娘蹒蹒跚跚地走出家门。这是一个有月亮的晚上，外面亮得就像白天一样。她进神社拜完了神，下山时在石阶下，看到了一个正在啼哭的婴孩。

"可怜啊，这是一个被抛弃的婴孩，是谁扔在这儿的呢？这很奇怪，在我拜完神明之后，被我看到了，这好像是有什么缘分吧。我要是置之不理，要受神明的惩罚的。一定是神明知道我们夫妇没有孩子，而赐给我们的。好吧，让我抱回去和老头子商量商量，养育好了。"老大娘轻声说着，将婴儿抱起来，嘴里哼着："噢，可怜啊，可怜啊。"抱着回家了。

老大爷正等着老大娘回家。这时，老大娘抱着孩子回到了家。接着老大娘把事情一五一十地告诉了老大爷。

"这确实是神赐的孩子。我们要不好好抚养，要受神的惩罚的。"老大爷听了以后这样说道。

就这样，两个人决定抚养这个孩子。这是个女孩，但孩子的下半身不足人，而是鱼的样子，老大爷和老大娘想，这一定是人们传说的人鱼。

"这不是人的孩子啊!"老大爷看着孩子,歪着头说道。

"我也是这样想的。虽然不是人的孩子,可是你瞧,女孩子的脸多善良,多漂亮啊。"老大娘这样说。

"好了,无论怎样都没关系,因为是神赐的孩子,我们要精心抚养。将来长大以后,她一定是个聪明的好孩子。"老大爷这样说道。

从此,老两口特别精心抚养这个女孩子。孩子一天天长大了。姑娘大眼睛,黑眼珠,有着漂亮的头发和粉红色的皮肤,是个善良聪明的孩子。

姑娘长大了,模样也变了。她很害臊,从不露面。但是,谁要见到她,都要为她漂亮的容貌而感到惊奇,有些人只是为了看一眼这孩子才来买蜡烛的。

老大爷和老大娘说:"我们家的孩子很腼腆,她不愿意走出来。"

在里屋,老大爷一个劲儿地制蜡烛,而姑娘灵机一动,想,要是能把美丽的画绘到蜡烛上,大家一定会更高兴地来买蜡烛吧。于是她把想法告诉了老大爷,老大爷说:"那么,你就试试看吧。"

姑娘虽然没有向任何人学习过绘画,但是她能用红色的笔很好地在蜡烛上画鱼呀、贝壳呀,还有些像海草那样的东西。老大爷一见这些画也吓了一跳。这些画那么美丽,充满了神奇的魅力,谁要一看到画,就喜欢上了这些蜡烛。

"当然画得好啊,因为她不是人,是人鱼呀。"老大爷感叹着对老大娘说。

"把有画的蜡烛卖给我。"从此,从早到晚,无论是大人还是小孩子都涌到店里买蜡烛。果然,这些画着画的蜡烛很受大家欢迎。

更加使人奇怪的是，不知从什么时候，大家就传开了，说，把这些蜡烛拿到山上的神社点燃，然后将没有烧完的蜡烛揣到怀里出海去，无论遇到多么大的暴风雨，都可以避免船只覆没、人被淹死这样的灾难。

"这一定是海神保佑我们呀！海神见到我们捧给他的漂亮的蜡烛，一定很高兴。"街上的人都这样说。

而在蜡烛店里，因为蜡烛卖得多，老大爷一天到晚拼命地制蜡烛，旁边的人鱼姑娘也不顾手臂酸痛，用红铅笔不停地画。

"我一定不能忘记很好地抚养我这个不是人类的人的两位老人的恩情。"人鱼姑娘为这对老夫妇的善良心肠所感动，她那大而黑的眼眼湿润了。

消息传到遥远的村庄。那些水手、渔夫为了得到奉献给神的没烧完的画蜡烛，特地从远方赶来。他们买了蜡烛，上山参拜神社；他们将蜡烛点上火，等着蜡烛烧短，然后将这些短蜡烛揣在怀里带回家。这样一来，不管是白天，还是黑夜，山上的烛光，从没熄过。特别是夜里，在海上也能看到那美丽的烛光。

"真是神明在保佑我们呀！"人们这样传说着，这座小山也一下子出了名。

大家这样赞颂神明，可是谁也不曾想到灌注了自己心血绘画的姑娘，而且，也没有人同情这位姑娘。姑娘累了，经常在明亮的月夜，从窗户探出头，含着眼泪，望着北边，怀念那远方湛蓝色的海。

一天，从南方的一个国家，来了一个走江湖的商人。他想到北方的国家寻找一些稀奇的东西，好带回南方赚大钱。

不知道这位商人从什么地方听说的，还是自己亲眼看到的，得知这位姑娘不是真的人，而是世上珍奇的人鱼。于是，有一天,他悄悄地来到这对老夫妇家,背着姑娘向老夫妇提出愿意出很多钱买下人鱼。

起初,老夫妇不答应,他们说,这个姑娘是神赐给他们的孩子,怎么能卖呢?要是卖了,要受神的惩罚的。可是,商人虽然多次被拒绝,仍然一而再再而三地向老夫妇苦求。而且,他煞有介事地对老夫妇说:"自古以来,人鱼就被当作不祥的东西,现在你们不扔掉它,以后一定要遇到不幸的。"

年老的夫妇终于听信了这个走江湖的话。商人答应要给他们很多钱,他们的心被金钱打动了,决定将姑娘卖给商人。

商人高兴地走了,并说了什么时候要来取人鱼的。

当姑娘知道这些事后,感到多么惊讶啊!羞怯、善良的姑娘,一想到要离开家,到遥远陌生的炎热的南方国家去,感到非常害怕。她哭着,苦苦地哀求老夫妇。

"让我怎么劳动都可以,请你们千万不要将我卖到我不认识的南方的国家去!"姑娘这样哭道。

但是,这时已鬼迷心窍的这对老夫妇,再也听不进姑娘的苦苦哀求了。

姑娘把自己关进房间,一心地画着蜡烛上的画。但是老夫妇再也不同情她,可怜她了。

在一个月光明亮的晚上,姑娘一个人听着波浪的声音,想到自己的将来,非常悲哀。她听着听着,觉得好像远方有谁在呼叫她似的,就从窗户往外望,可是,只有月光照在那无边无际的海上。

姑娘又坐下来聚精会神地绘画。这时,外面传来了喧嚣声,不知什么时候,商人已经来接姑娘了;还有个安着铁栅栏的四方形木笼子,放在车上运来。这个箱曾运过老虎、狮子和豹什么的。

原来，他们说这个温顺的人鱼，也是海里的兽类，把她当作老虎、狮子一样对待了。当姑娘看到这个笼子，该有多么吃惊呀！

姑娘若无其事地还是低着头绘画。这时候，老大爷、老大娘进来了。

"你走吧！"老夫妇说着，要牵姑娘出去。

因为被催促得很紧，姑娘无法将手中的蜡烛画好了，她索性把它全部涂上红色了。

姑娘留下了两三根红蜡烛，作为自己悲伤回忆的纪念，出去了。

这真是一个寂静的夜晚，老头子、老太婆关门睡觉了。

已经是深夜时候。突然传来了咚咚的敲门声。年纪大的人醒得快，老两口听到了敲门声，心想，是谁呢？

"谁呀？"老大娘问道。

但是没有回答，又响起咚咚的敲门声。

老太婆起床开了门，望着外面，原来是一个皮肤雪白的女人站在那里。

这个妇女是来买蜡烛的。老太婆只要能赚到一点钱，是绝不会显出不高兴的样子的。

老大娘拿出装蜡烛的盒子给这个妇女看，这时候，老大娘吓了一跳。因为这个女人长长的黑头发，湿漉漉的，在月光下闪闪发亮。这女人从盒子里拿出红蜡烛，久久地盯着看，终于交了钱，拿着蜡烛走了。

老太婆拿着钱到灯光下去点，但一看，这些不是钱，而是贝壳。老太婆感到自己受了骗，生气地从家里跑出去，但是什么地方也见不到那个女人的影子了。

就在这个夜里，天气突然变了，出现了少有的狂风暴雨。

这时，正是商人把姑娘放在笼子里，乘船运往南方国家的途中，他们碰到了风浪。

"这样的暴风雨，那条船没救了。"老太婆和老头子颤抖着说。

夜深了，海面漆黑，景色可怕。那天夜里，遇难的船数也数不清。

奇怪的是，这以后，山上的神社只要点起红蜡烛，无论天气多么好，也立刻会变得狂风大作。从此，红蜡烛成为不祥之兆了。那间蜡烛铺的老夫妇，说自己受到神的惩罚，从此关闭了自己的铺子。

但是，从前，不管从什么地方，谁到这里来祭祀，神社时常有红蜡烛在燃烧。人们只要拿着在神社点过的、绘着画的、燃烧过的红蜡烛，在海上是绝不会遇到灾难的，可是如今，不管是谁，哪怕看一眼这样的红蜡烛，一定会遇到灾难，一定会被淹死的。

很快，这个消息传遍了各地，从此，再也没人敢来参拜这个山的神社了。这样一来，过去很灵验的神社，现在成了人们回避的地方了。大家无不抱怨说，这个街上还是不要神社好。

船夫们很怕从海上望着这座有神社的山。一到夜里，这一带的海上，呈现出一派很可怕的景象。那无边无际的海上，波涛翻腾起伏，拍打着岩石，卷起高高的浪花。月亮透过黑云，照到海面上，那情景令人感到恐怖。

在一个漆黑的，没有星星的雨夜，有人看到，海面上有红蜡烛的光忽闪忽闪地漂浮着，然后慢慢地升起，不知不觉地转到神社去了。

不知道过了多少年，那个山上的街荒芜了，消失了。

野 玫 瑰

从前,在列岛南端有一个大国和一个比它小的国家相毗邻。一个时期,这两个国家之间没发生过战争,大家都很平静。

这儿,是离两国首都都很远的边境。两个国家都派来了光杆军队,来守卫标志国境的石碑。大国的兵士是一个老人,小国的兵士是一个青年。

两个人在石碑左右两侧站岗。这是一座很寂静的山脉,很少能见到过路的人影。

起初,在他们不相识的时候,两人都觉得对方是敌人而很少说话,可是,不知从什么时候起,他们却变成了很要好的朋友。这是因为他们都没有别的交谈对象而感到寂寞,或者是这里春天昼长夜短,天空晴朗,阳光明媚,心情愉快的缘故。

就在国境的地方,生长着一棵没有人种就长出来的野玫瑰。清晨,许多蜜蜂飞集在盛开的玫瑰花上。这时,两个兵士还在睡梦中,就听到嗡嗡动听的蜜蜂的翅膀发出的声音了。

"哟,该起来了,蜜蜂都飞出来了。"两个人不约而同地起床,跑到外面。果然,红彤彤的太阳已经挂在树梢上闪烁光芒了。

从岩石缝里哗啦啦地涌出了泉水，他们用这泉水漱口，洗脸，回来时，相遇了。

"喂，早晨好，今天天气真好啊。"

"是啊，真是好天气。人逢好天精神爽！"

两个人就站在那儿聊起来了。他们抬起头，望着周围的景色。虽然是每日都能见到的景色，现在却使他们感到新鲜。

年轻人起初不会下棋，后来老人教给了他。在这春暖花开的时候，他们每天对着棋盘下起来了。

开头，老人的棋艺很高，屡战屡胜，一下子就把对方的棋子吃掉了。后来，青年赶上来，两个人的棋艺变得不相上下，甚至有时老人也输了。

他们都是正直和热情的好人。在棋盘上，虽然两人争得面红耳赤，可是感情却很融洽。

"嗨哟，难道我输了？如果是真正的战争，那又怎么样呢？"老人说着，张开嘴哈哈大笑。

青年因为有了取胜的希望，脸上充满了兴高采烈的神色，眼睛闪烁着喜悦的光，拼命地追着对方的王"将军"。

鸟儿在树梢上欢唱，白色的玫瑰送来了阵阵的花香。

冬天还是要降临到这地方的。天气变得寒冷了，于是老人开始想念遥远的南方。他的儿孙们都住在那里呢。

"我真想早点请假回老家去。"老人说。

"您如果回了家，大概会来一个不相识的人代替您吧。如果他是一个心肠好，脾气温和的人，那还好，要是来一个老是想着什么敌人呀，自己人呀的人，那就坏了。"

不久，春天来了。可是就在这时候，两个国家为了争夺什么利益，爆发了战争。这样一来，过去每天和睦相处的两个人变成敌我双方了，这使人觉得是多么不可思议呀。

"嗯，从今天起，你和我成了敌我双方了，我虽然老朽不中用，却是一个少校军官呢，你可以拿着我的头去领功受赏的，你把我杀了吧！"老人这样说。

听了这些话，青年愣住了。

"您说什么？为什么我和您是敌人？我的敌人在别的地方。战争发生在很远的北方，我要到那里参加战斗。"青年说着就出发了。

现在，国境只剩下老人一个人了。从青年走了那天起，老人就惘然若失地渡过了一天又一天。野玫瑰的花又开了，蜜蜂依旧一天到晚地簇集在花上。因为战争发生在那么遥远的地方，虽然他倾耳静听和眺望高空，但既听不到大炮的声音，也看不见炮火的硝烟。老人是多么惦念青年呀。他就这样送走了一天又一天。

有一天，边境上来了一个过路人，老人就向他打听战争的事情。过路人告诉他，战争以小国的失败而告结束，它的士兵全被杀死了。

老人悲痛地想，如果这样，大概那青年也死了吧。他想着，坐在石碑的柱脚石上，当他低下头时，不知什么时候，朦朦胧胧地打起瞌睡。这时，他觉得从对面走过来了许多人。一看，原来是一队士兵，为首的骑在马上指挥这个军队的就是那个青年。士兵们一声不响地很肃静。当军队从老人面前通过时，青年默默地给他敬了一个礼，并深深地呼吸着玫瑰花的花香。

老人想说什么，睁开了眼睛。原来这是一场梦呀。从这一天开始，过了一个月，那棵野玫瑰枯萎了，这一年的秋天，老人士兵请了假，回南方去了。

月夜和眼镜

　　街道两旁和田野上到处是一片碧绿葱葱的景象。这是一个寂静的、月光如洗的夜晚。在静悄悄的街的尽头，住着一位老大娘，她一个人坐在窗户下缝衣服。

　　灯光柔和地照亮周围。老大娘因为上了年纪，眼睛发花，怎么也不能把线穿进针眼，她透过灯光，几次凝视着针眼，用那布满皱纹的手指捻着细线。

　　月光将这个世界照成银白色。树木、房屋、山丘，一切都好象泡在温和的水中。老大娘一边这样干着活，一边回忆起自己年轻时的生活，想到远方的亲戚，怀念在外地生活的孙女。

　　周围非常安静，只有闹钟在架子上滴答滴答地响着，偶尔从市镇的热闹的巷里传来小贩的叫卖声，和从远处传来好象是火车的声音。

　　老大娘呆呆地，就好像作梦似地坐在那里，她甚至连现在自己坐在什么地方，干些什么也不知道了。

　　就在这时候，传来了敲门声。老大娘觉得这敲门声也是从远方传来的，因为现在是不会有人来找自己的。一定是风的声音吧！风就是这样吹过漫无边际的草原和村镇的。

可是这会儿，就在窗下传来了轻轻的脚步声。老大娘和往常一样，听惯了这个声音。

"老大娘，老大娘！"谁在叫呢。

起初，老大娘以为是不是自己耳朵的问题，就停住了手中的针线活。

"老大娘，请您把窗户打开。"谁又叫起来了。

老大娘想，是谁在叫呢？她站起来，打开了窗户。窗外，银白色的月亮把周围照得如同白昼。

窗子下面，一个个子不高的人抬头望着上面。这个人带着黑色的眼镜，还有胡子呢。

"我不认识你，你是谁呀？"老大娘问道。

老大娘望着这个不认识的人，心想，这个人大概找错门了吧。

"我是卖眼镜的，我有各种各样的眼镜。我第一次到这个小镇来，这儿真是令人心旷神怡的好地方啊。今晚，月光很好，我就沿街叫卖。"这个人说道。

"有没有适合我戴的眼镜呢？"

老大娘正因为年老眼花，总是不容易将线穿进针眼而感到为难，听了他的话以后，这样问道。

这个人打开手提小箱的盖子，给老大娘选眼镜。一会儿，拿出一个龟甲框的眼镜，交到从窗户里探出身来的老大娘的手里。

"这个眼镜，一定能使您什么都看得很清楚的。"卖眼镜的说道。

窗下这个人站着的地方，那些白的，红的，黑的各种各样的花草，现在在月光下都变成暗色的了，而又传来了阵阵的清香。

老大娘把眼镜试戴上，现在，她很清楚地看清了放在架上的闹钟的时刻数字和年历的每一个数字。于是，老大娘想，几十年前自己当姑娘时，大概也是这样什么东西都能很清楚地看到吧。

老大娘高兴极了。

"这个给我吧。"老大娘很快地买下了眼镜。

这个戴眼镜、有胡子的人一接到老大娘的钱，就离开了。卖眼镜的人走了，那些花草还照样地在夜空中散发着香味。

老大娘关上窗户，还坐在原来的地方。现在她毫不费劲地将线穿进针眼。老大娘一会儿戴上眼镜，一会儿摘下眼镜，就像孩子对一件新奇的东西似地这样那样地玩弄着。而且，她平时不戴眼镜，这会儿突然戴上了，也感到不习惯。

已经很晚了。老大娘将戴着的眼镜摘下，放在闹钟的旁边，收拾着准备休息。

这时，谁又咚咚地敲门了。

老大娘倾耳细听。

"多么奇怪的晚上呀，谁又来了呢，现在已经这么晚了……"

老大娘发牢骚了。虽然外面月亮很亮，可是一看钟已经很晚了。

老大娘又站起来，走到门边。门好像被一只小手敲着，响着细细的，咚咚的，挺好听的声音。

"这么晚了还……"老大娘自言自语地说着，打开了门。噢，原来是一个十二三岁的漂亮的小姑娘，她眼睛还淌着泪水呢。

"你是哪里的小孩子，怎么这样晚还来敲我的门呢?"老大娘挺纳闷的，就这样问。

"我是香水制造厂的小女工。我的工作是每天把从白玫瑰花中提炼出来的香水装进瓶子里去，到夜里很晚才回家。今天夜里我又去做工了，因为月光很好，下班后，一个人溜达着溜达着，走到这里，被石头绊了一跤，脚受伤了，很疼很疼，疼得我都忍不住了，血也止不住。现在谁家都睡着了，我从这个门经过，大娘您还没睡。我知道您是慈祥的、好心肠的人呀！所以我才敲门的。"披着长长头发的美丽的姑娘这样诉说道。

好像少女身上渗着香水，在她说话时，老大娘深深感到香气扑鼻。

"那么，你认识我了。"老大娘问小姑娘。

"我经常从这房子前经过，看到大娘在窗下做针线活呢！"小姑娘回答。

"嗯，真是乖孩子。来，把你的受伤的脚趾给我瞧瞧，让我给你涂上药。"说着，老大娘将小姑娘带到灯下。小姑娘伸出那可爱的小脚，老大娘看到鲜红的血从雪白的脚趾里流出来。

"怪可怜的，是被石头磨破的吧！"老大娘叹息着，可是因为她眼花，看不清血是从哪个脚指流出来的。"

"刚才的眼镜跑到什么地一方去了？"老大娘说着，在架子上找。眼镜放在闹钟旁边，她很快就找到了。老大娘想戴上眼镜，看小姑娘的伤口。

可是，当老大娘戴上眼镜，要仔细看看小姑娘的脸时，她吓了一跳。她不是小姑娘，而是一只漂亮的蝴蝶呢！老大娘想起了有人说过，蝴蝶在这样月光很好的寂静夜晚，会变成人到深夜但还没睡的人家去做客的。这个蝴蝶的脚受了伤。

"乖孩子，跟我来。"老大娘慈爱地说着，站了起来，小姑娘默默地跟在老大娘后面走。

各种各样的花在花园里盛开着。白天飞集在那里嬉闹着的蝴蝶呀，蜜蜂呀，现在大概正在绿色的叶子下休息，做着美妙的梦呢！真是安静极了。只有银白色的月光，如水似地洒在这花园里。那边的篱笆旁，白色的野玫瑰花像雪一样密密麻麻地开着。

"姑娘到哪里去了？"老大娘突然站住，回过头来。

刚才跟在后面的小姑娘，不知什么时候，悄悄地溜到哪里去了。

"大家都休息了，嗳，我也要睡觉啦！"老大娘说着走进自己的家门。

这真是一个幽静的月夜呀！

柯树的果实

有一天，小竹接到从乡下寄来的一个小包裹和小妹妹写的一封信。打开小包，里面是妈妈织的短外衣和装着柯树果实的小袋。

她折开了妹妹写的信。

"今年，神社森林的柯树又落下了许多果子，我去捡了。可惜，背着弟弟，不如别的孩子捡得多。"

"我想起去年我和姐姐捡了很多，不知道姐姐现在在干什么呢？"

读着妹妹的信，小竹渐渐地想念起妈妈和妹妹，流出了眼泪。

"小宝贝，从乡下寄来了这些东西了。"

小竹把柯树果拿到义雄、澄子面前。

"是橡子树吗？"义雄好奇地问。

"是柯树果。"

"哦，这是柯树果。"澄子睁大眼睛看着。

因为城市很少有橡子果、柯树果这些东西的。

"怎么个吃法？"两个孩子问。

"生的也能吃，不过炒的更好吃。"小竹这样告诉孩子们。孩子们就把这些果子拿给母亲看了之后，请小竹很快地炒出来了。

第二天，义雄用纸包了一点果子，带到了学校。

"竹中，给你好东西。"在玩耍的时候，义雄喊过来一个孩子。

"义雄，也给我一点儿。"又有两三个孩子围过来了。

"呀，这样吃。"义雄从口袋里拿出一个，剥开皮，吃给大家看了以后，就给大家各分了一些。

"这是什么果子啊？"

"义雄，这好像是橡子吧。"

"能吃吗？"

"我听人说吃了橡子要变聋子的。"

"不是聋子，是哑巴。"

"成了哑巴，那就不得了了。"

大家虽然这样说，可是一见义雄不在乎地吃着，好像放心了，也不知不觉地剥开皮吃了起来。

"真好吃，这是什么果子啊？"竹中问。

"义雄，这是什么果子？"小田也问。因为大家都出生在城里，不知道这果子叫什么。

"是橡子果。"义雄笑着回答。大家睁大了眼睛，其中最神经质的小田，脸色也变白了。

"喂，这不是开玩笑吗！要是我们都变成聋子哑巴，又怎么样呢？"被最快活、滑稽的高井这样一说，大家又不由得哈哈大笑起来了。

"放心好了，这是柯树果。"义雄告诉大家。

"这是柯树果，怪不得这么好吃呢。"

"义雄，再给我一点儿。"

"这儿没有了，我明天再给你们带来。"

"家里还有？那么多拿一些来。"

大家很快活。正说着的时候，铃响了。

当天晚上，妈妈带义雄上夜市。澄子因为学校即将举办学生作品展销会，在家织毛衣。

"我也想和妈妈上街，因为要织毛衣，不能去，真没趣。"澄子说着，一边吃柯树果，一边不停地动着毛衣针。

"长柯树的地方，很荒凉吗？"澄子问小竹。

小竹眼前浮现出故乡山林的景色。她告诉澄子，一到下雪的时候，从山上跑下许多野兔，它们来捡落下的柯树果和别的果子吃。

"这些柯树果，是你妹妹捡的？"澄子问小竹。小竹告诉她，是自己的妹妹背着两岁的弟弟，到森林里去捡来的。

澄子低着头，一边织着毛衣，一边想象着风轻轻地吹过树梢，发出沙沙声音的幽静的乡下景色。

要拿到学生作品展销会上去的毛衣，终于织好了。澄子将毛衣拿给妈妈看。

"哎呀，你的手艺并不巧，瞧，织的像烧熟的墨鱼一样发皱，不好看。"妈妈不得不坦率地这样评价。因为平常没有受过训练，也就没有办法织得更好了，这样一想，澄子还是将毛衣拿到当传教士的老师那里去了。

老师是一个非常和善的老太太，据说是英国人。世界大战时，她在比利时为受苦人出过许多力。这些事，她曾在谈到什么的时候说过。她来到这里后，也还是为穷人而奔波。这次，她是为了至少能在正月发给穷人一些年糕什么的，才举办这个展销会。

澄子难为情地将自己织的孩子的毛衣拿给老师看。

"噢，真巧。这一定是给小男孩穿的吧。谢谢。"老师高兴地接过毛衣，向澄子道谢。澄子在感到高兴的同时，又觉得不好意思，可是心里想，她真是慈祥的老师呢。

回到家后，她向妈妈讲了刚才的经过。

"真是好老师。如果没有人买你的毛衣，那妈妈买下好了。"妈妈这样安慰澄子。

眼看明天展销会就要开幕了，澄子总惦记着：我的毛衣能卖出去吗？

第一天，许多展品都卖出去了，可是澄子的毛衣仍旧摆在那里。

第二天，妈妈去参观展销会的时候，她将这件毛衣买下了。

"澄子，还是好的东西卖得出去呀！下一次，你要制出更好的东西才对罗。"妈妈这样鼓励澄子。

"妈妈，把这件毛衣送给小竹家的小朋友好吗？"义雄这样建议。大家听了，都觉得很好，就让小竹把毛衣送给她的小弟弟。上次带来了柯树果的火车，这次载着这件小巧的、黑色的毛衣走了。那里的乡下正下着雪呢。

星星们在一个夜晚的谈话

一这是一个很冷很冷的夜晚,天空像一面被擦得十分明净的镜子一样,黑晶晶的,连一丝云彩也没有。风也好像感觉到寒冷,悲痛地、如哭泣似地发出低弱的声音,轻轻吹过。

从遥远的世界往下俯视,地球被雪白的霜所铺盖着。

一直不停地转动着的水车场的水车,停转了;原来哗啦啦的小溪流水,停止不前了。因为寒冷,一切都冻住了。瞧,那水田上也罩上一层冰。

"地球上安静极了,看起来很冷呀!"这时,一颗星星开口了。

这些平常分布在天空的星星们,很少谈话的。要不是在这天寒地冻、万里无云、轻风吹拂的夜晚,它们是闭口不语的。

它们喜欢寂静和晴朗的夜晚,讨厌喧闹的白昼。为什么呢?因为星星们的声音是很细微的。而现在是深夜一时至二时之间,是夜晚最宁静而又极寒冷的时刻。

"一切都因为严寒,沉入了梦乡了吧!树木低垂枝叶,闭目养神;山中的野兽,跑进山洞,卧倒大睡,水中的鱼也一定钻到什么底下,一动也不动了。一切有生命的东西,大概全都休息了。"一颗星星滔滔不绝地谈论着。

"不，还有人在干活呢！我瞧见一个穷苦家的两个姐弟，现在已呼呼地睡着了。姐姐在一家工厂做工，弟弟总站在电车转弯的路旁卖报纸。他们很听妈妈的话，只是为了帮助贫困的家庭，不得不年纪小小的就出去谋生了。晚上，妈妈抱着她最小的婴儿睡觉，因为她的奶水不足，婴儿总要在夜里醒来，哭着要吃奶。现在妈妈起床了，正用火炉烧牛奶呢，大概是婴儿就要醒来吵着要吃奶的时候了。"

在天空另一角闪闪发亮的一颗小星星这样驳斥刚才那颗星星的话。这颗小星星终夜注视着下面的世界，它是一颗心地善良的星星。

"这两个孩子正做什么梦呢？我想至少让他们做一个美妙的梦才好呀！"另一颗好心的星星这样建议道。

"嗯，现在姐姐在梦中，和朋友到公园玩呢。春天，阳光明媚，风景优美，花坛中盛开着各种各样的鲜花。她们正议论这些花的名字呢！瞧，她那从被窝里露出的小脸，正泛着微笑呢！她现在是幸福的。"心地善良的小星，高兴地回答。

"那么，那个男孩子，正做什么梦呢？"另外一颗星星好奇地问。

"昨天，他和往常一样，正站在转弯的路旁，叫卖报纸时，突然从什么地方钻出一条狗来，对着他汪汪大吠。他吓了一跳。大概这件可怕的事，留在他记忆中，现在正为梦见自己被一条大狗追赶着而大哭呢！瞧，昏暗的灯光正照着那天真无邪的脸颊上淌下的泪珠。"善良的星星怜悯地说。

"那个男孩子怪可怜的，谁能帮助他一下吗？"富有同情心的星星说。这颗坐落在远方的星星，刚才一直沉默无言。

"我轻轻地摇动了他，使他知道这是梦，但不让他醒来。你们看,现在他安静下来了。"善良的星星拍手说。

于是,星星们仿佛对这两个孩子放心了。只是可怜这位母亲在这寒冷的夜晚,还要独自起来热牛奶。

它们沉默了一会儿。

"除此以外,还有什么现在还要工作呢?"掌管命运的、眼睛看不见东西的星星问。

"火车在深夜还要行驶。"总是忠实地凝视着下界的那颗善良的星星回答道。

真的,只有火车,无论在多么寒冷的夜晚,还是在风吹雨打的夜晚,总是不停地工作着。

"火车竟然现在还行驶?"瞎子星星反问道。

"是的,火车在行驶。它从市镇穿过田野,又从田野越过山脉,不停地奔驰着。它的乘客大都是去远方旅行的人,他们因为十分疲倦,在打盹呢!只有火车不停地飞跑着。"一颗很知道下界情况的星星回答道。

"火车能够如此不知疲倦地奔驶吗?"掌管命运的星星歪着头说。

"因为它的身体是用铁制成的,很结实呀!"听了这话,命运之星抖动身躯,放出可怕的激烈的光。这是因为它还不知道有这样的事的缘故。

"难道宇宙中还有像铁这样坚固、不自量力的东西吗?"瞎子星星吼叫着。因为他觉得,铁这样坚固的东西存在着,就是反抗自己。

"难道火车敢反抗您这样掌管万物的星星吗?虽然火车和轨道是用铁制造的,但是随着时间的转移,它们不知什么时候,会被磨灭的。您征服了大家,在这宇宙中没有一个东西不害怕您。"善良的星星这样说。

这些奉承的话，使命运之星感到无比得意，它微笑着点头称道。

又过了一会儿，天空好像刮起了风，已经是拂晓时分了。

"还有什么动静吗?"这时一颗星星问道。

"两个烟囱正为每天哪一个工厂的汽笛叫得早而争论不休呢。"一直热心地注视着下面地球的那颗善良的星星答道。

"这真有趣。烟囱还争吵吗?"一颗星星问道。

在一片新开垦的土地上，排着两个工厂。一颗是纺织工厂，一个是造纸工厂。每天清早五点钟，两个工厂的汽笛先后鸣叫。

两个工厂的厂房上各屹立一座高高的烟囱。两个烟囱向着星光灿烂的天空，高抬着头，正争论着昨天哪个工厂的汽笛先鸣叫。

"我的工厂的汽笛先响起来的。"造纸厂的烟囱说。

"不，是我的工厂的汽笛先叫起来的。"纺织厂的烟囱说。

它们争论不休，没有结果。

"那么今天你可要注意，谁家的汽笛鸣得早。"造纸厂的烟囱生气地冲着纺织厂的烟囱嚷着。

"你也要留神。不过，光我们两人裁判不行，要是没有一个可靠的证人，这样争论起来。还是和刚才一样，没有结果。"纺织厂的烟囱说道。

"这倒是有道理。"另一个烟囱同意对方的看法。

两个烟囱的谈话全被天上那颗善良的星星听到了。

"两个烟囱都希望谁能给它们当证人，裁判出究竟是哪一个工厂的烟囱先鸣叫。"善良的星星对大家说。

"在两个工厂的周围，有没有能当裁判的人呢?"一颗星星问道。

"这么寒冷的早晨，大概没有这么早起床的人吧！大家都钻进被窝里,谁能注意汽笛的声音呢?只有那些出生在穷苦家庭,为了减轻父母的负担,而很早就去工厂上班的孩子们才能注意这汽笛声呢。"在那一边的一颗星星答道。

"对,那两个穷人家的孩子,在床上已经睁眼了。"善良的星星说道。

此后,只有这颗善良的星星,一动不动地注视着下面的世界。

这时,姐姐和弟弟在床上已经睁开了眼睛。

"天就要亮了。"弟弟对姐姐说。

弟弟今天还必须到电车停车站去卖报纸。他想起昨晚被狗追赶的梦。

"一会儿,造纸厂或纺织厂的汽笛响起来的时候,就是清晨五时,你就起床。现在姐姐起床,准备早饭去。"姐姐说。

"今天很冷,你再钻进被窝躺一会儿,妈妈给你们做饭,你先回去睡,饭熟了以后,妈妈再叫你们,现在工厂的汽笛还没响呢。"这时,母亲已经起床了,当姐姐走进厨房时,她对姐姐这样说。

"妈妈,小宝宝还睡吗?"姐姐问道。

"因为冷,他哭了,刚才终于睡着了。"妈妈回答道。

但是姐姐没有再回去休息,她帮妈妈干活。土地被白白的霜所覆盖,但是到处出现了人群,响起了干活的声音。星星逐渐消失了,但离太阳露出脸还早呢。

睡眠之街

我们不知道这位少年叫什么名字,就管他叫 K 吧!

K 曾经旅行过世界,有一天他来到一个奇怪的市镇。这个市镇的名字叫"睡眠之街"。这里毫无生气,鸦雀无声,像死一般的寂静。所有的建筑物都很古老,残垣断壁也未修缮,各处见不到一缕烟雾升起,这是因为这个市镇连一个工厂也没有。

长长的街道横卧在一片平地上。为什么人们把这个市镇叫作"睡眠之街"呢?这是因为任何人通过这条街时,都毫无例外地,不可思议地自然感到劳累而发倦的缘故。因而,每天都有一些人,一踏进这条街,一下子就感到身体疲倦,于是他们就坐在街旁树下或街中的石凳上想歇口气。就在这当口,一个一个地就像被拉进很深很深的洞穴里一样,不知不觉地呼呼地睡着了。等到醒来,已经是日落西山的傍晚时分了。他们惊讶不已,咚地站起来,急忙离开这里。

这件事,开始不知道是谁传出来的,传呀传,过路的人都很怕通过这条街了,有人为了避开这条街,还特意绕远路走呢。

K 很想见见这条人人望而生畏的街,要去看看这条睡眠之街究竟是什么样子的。并且,他下了决心:我到这条街之后,一定要忍耐住，决不让自己睡着。这种好奇心促使K动身往睡眠之街的方向走去了。

K来到了睡眠之街。果然，这儿像人们所传说的那样令人可怖。虽然是白天，却像深夜一样安静极了，听不到一点声音，看不到一缕烟雾，家家户户门窗紧闭，整条街死一般寂静。

K沿着一座倒塌的黄土墙走着。他从破门的缝里，看到里面静悄悄的，不知道有没有人住。他偶尔看到不知从什么地方跑出一条狗，摇摇晃晃地在街上徘徊着。K想，这条狗，一定是过路人带来的，在街上找不到主人，盲目地走来走去。K就这样，在街上探险时，不知不觉地感到疲劳了。

"噢，我怎么感到疲劳困倦了。真困得不得了，可是我一定要忍耐住呀。"

K自言自语，强打精神。

但是，他就像被打了麻醉药似地，浑身发麻，困倦得走不动，再也忍耐不住，瘫倒在墙边，忘记了一切，呼呼地睡着了。

K正睡得很香的时候，感觉到谁摇动着他，他吓了一跳，睁开了眼，爬起来。不知什么时候，天已黑了，只有银白色的月光冷冷清清地洒在街上。

"什么时候了，我怎么睡着了呀！我不是要忍耐住不睡吗？"

他拾起自己掉在地上的帽子，戴在头上，然后望了望周围。这时他看到，离他不远的地方，一个老大爷背着一个袋子站在那里。

K想起了刚才好像有人把自己摇醒的。大概是这位老大爷吧，他大胆地向老大爷走去。因为月光明亮，他看清楚了老大爷穿着褴褛的西服，脚上那双鞋也很破旧了，大概年纪很老了，长长的胡子雪白雪白的。

"您是谁呀？"少年大声地问。老大爷也慢腾腾地向K这边走来。

"是我将你叫醒的,我有一件事要托你办。我是这个市镇的主人,这个睡眠之街是我创办的。但是。就像你所看到的,我已经年老了,所以有事要你给我办。你能办到吗?"老大爷开始对少年这样讲。

K想,老大爷托我办什么事,我作为一个孩子是必须要办的。

"只要是我力所能及的,我一定给你做。"

K向老大爷这样发誓。老大爷听了少年的话,非常高兴。

"那我就放心了。现在我就全都告诉你,其实,我是从古代开始就住在这个世界上的人,但是不知从什么地方来了新的人,夺走了我的全部领土,在我的土地上铺上了铁路,行驶汽船,设置电信装置,这样搞下去,将来我们的地球总有一天连一棵树、一朵花也见不到的。我从很古的时候,就爱上这美丽的山脉、苍翠的森林和开满鲜花的原野,如果现在的人连一刻也不休息,不感到疲劳,那么我们的地球顷刻之间就要变成沙漠的。我从疲劳的沙漠,用袋子背来了疲劳的沙子,我肩上背着的就是这个袋子。只要将这些沙子,哪怕只有一点儿,撒在无论什么样的土地上,那上面的东西就要腐朽、生锈或者疲倦不堪。现在,我将袋子里的沙分给你一些,你走到世界各地,无论什么地方,都要撒上一些这样的沙子。"老大爷这样托付K道。

于是,少年接受了老大爷奇怪的委托,背着袋子,开始在地球上到处旅行了。有一天,他来到阿尔卑斯山,这是景色无比优美的地方。可是,不知从什么地方来了几百名土工和修路工,他们锯倒原始的擎天大树,炸碎美丽的岩石,然后铺上铁轨。少年立刻从袋里拿出一把沙子,撒在刚铺设的轨道上,不一会儿,那闪闪发亮、用铁制成的钢轨,全部长了锈。

还有一次，他来到一个十分繁华的行人拥挤的街道。有一辆汽车从对面奔驰而来，将一个小学徒工撞倒，差一点把他压死，可是司机毫不理会，竟想开车扬长而去。就在这当儿，少年从袋子里抓出一把沙很快地撒在车轮下面，汽车一下子开不动了。人们聚集起来，纷纷指责无理的司机。

还有一次，K从一个土木工地经过，看见许多工人正汗流浃背地干着重活，显得十分劳累。他感到十分同情，就拿出一小把沙子撒在监工身上，使他一下子就睡着了。

"大家歇一会儿吧。"他喊着，拿着一顶帽子，盖在头上，遮住太阳，呼呼地睡着了。

K坐了火车，又坐轮船，他到过炼铁厂，他将沙子撒到许多地方，终于沙子用完了。

"这些沙子用完之后，再回到睡眠之街，我让你学这个国家的王子。"少年想起了老大爷的这些话，他希望再见到老大爷，就又动身回睡眠之街。

他走了一些日子，终于回到睡眠之街。可是，呈现在他面前的，不是过去所见到的灰色的建筑物，却是这样的景象：一排又一排的高楼大厦，天空中烟雾笼罩，从炼铁厂传出轰隆隆的声音，到处密布着蛛网似的电线，而电车在市中心纵横交错地奔驰着。

这种景象使少年惊讶得说不出话来，他睁大吃惊的眼睛，注视着周围的一切。

发生在下雪前高原的故事

在一座险峻的山峰之下,有一个荒野,这里要讲的是发生在这个荒野的故事。

从山上挖出的煤,被装进矿车里。矿车每天一趟又一趟地把煤从高山往下运到山脚。载着煤的矿车咔咔地响着贴着钢轨向下滑,车厢里的煤,闪亮着美丽的牙齿,感到好奇地笑着。

"我们从阴暗的、寒冷的洞里被挖出来,来到这明亮的世界,眼睛所看到的,没有一件事不是新奇的呢!请问,我们将要被送到什么地方呀?"外表一样的煤在一起热烈地交谈着。

默默地听它们讲话的车厢,什么都不回答。这些问题对于它,可以说全然不知道。可是铁轨却很知道的。为什么呢?因为在制造自己的工厂里,它看见过许多煤。现在,它听见煤块们在谈论去什么地方,想,让这些煤高兴一下吧。

"你们现在去热闹的城市呀!而且是去工作的。……"铁轨说。

煤没有想到铁轨会告诉它们这样的消息,都睁大着闪亮的眼睛。

"我们去工厂?这好像是我们在山上时就听说了。要是这样，我们希望能被送到更远的地方。我们想争取见到各种各样新奇的东西呀！到了城市以后，我们又怎么样？……您知道吗？"煤问道。

"我见过你们工作的时候，脸红亮亮的，接着就不见了。据说，你们一个又一个地都升到天空去了。看来你们的一生是不能经历许多事的，而我们也不能永久地这样运动的。"铁轨这样回答。

煤炭们在车厢里被摇晃着，好像在思考着。因为它们总觉得这一切是多么不可相信的呀！

这时，旁边的红色的常春藤上落着一只蜜蜂。它正要休息，因为被车厢的声音吵得睡不着而大发牢骚。

"多么喧闹的声音啊，把我吓了一跳。"蜜蜂说。

"放心地休息吧！天气这么不好，别的地方大概不能去了吧，原野一定很寂寞，开花很迟的龙胆草也已经凋谢了。再看看天空的云彩跑得那么快，天气变好之前，您就住在这里吧！等太阳出来，变暖和时，你再往那边飞！"常春藤的叶子亲切地说。

一棵年轻的杉树，听了常春藤和蜜蜂的话冷笑了。

"你们被矿车的声音吓得打哆嗦，天气稍微反常你们就吓得不得了，这样能生活在山里吗？这一次，暴风雨一来，你常春藤大概要被刮到什么地方去的，而你，这只小蜜蜂，大概要被冻死的，只有我，却要和暴风雨和飞雪搏斗，而且，在年前，我大概不能像今年过去了的夏天一样，在蓝天阳光之下，打盹了……"杉树说。

听了年轻勇敢的杉树的话以后，红色的常春藤为自己已经年老的身躯感到羞愧，没有话可以回答。现在它担心的是，今晚是不是像杉树所说的那样有暴风雨，它想着，怕得身体颤抖着，仰望着天空。

落在红色小叶子上的小蜜蜂这会儿飞起来，停到正从旁边经过的煤身上，心想，这黑亮黑亮的东西是什么呢？

煤默默地微笑着，望着这个小动物。蜜蜂在煤上面嗅着，用小嘴舐着，想用自己的器官来判断这是什么地方来的东西。不过它是不会知道的。

铁轨经常看到蜜蜂。因为这只小身躯的、敏捷的、有着一双透明美丽的翅膀的蜜蜂，经常在这附近，从这朵花飞到那朵花。

初夏的时候，这只蜜蜂和别的蜜蜂们一起在花枝之间筑起了巢，而且它们飞到很远很远的地方去采蜜。铁轨看到，当清晨耀眼的光芒射进花和花的缝隙之间时，蜜蜂们就沿着铁轨，往南北的方向飞去了。当蜜蜂们蹲在各个地方的花上不知疲倦地采蜜时，太阳已高高地升起来了。这时，矿车在已经被磨热的轨道上闪亮着银光，如风似地从高原上奔驰而过。蜜蜂们每天都重复着一样的工作，这期间，它们下在巢里的卵孵出了一只又一只的蜜蜂，这些小蜜蜂又都各自飞向四方，而留下的几只蜜蜂，仍然在老地方盘旋。随着季节的转移，花又开始凋谢了，越来越少。蜜蜂有时也落在轨道上，一动不动地晒着太阳。

"矿车就要到了。"有时蜜蜂睡觉了，轨道就这样摇醒它，让它飞走。天空晴朗，呈现出蔚蓝色，蜜蜂虽然可以自由地任意飞翔，但是它没有离开这地方。

高原的秋天比内陆的地方冷得多。许多小虫因为寒冷感到悲痛而哭泣。但是蜜蜂不像爬在地面上的小虫那样悲伤。虽然它想去什么地方它就能去，可是它依然留恋这块有着它的巢的地方。

夏天刚开始的时候，自己是多么快乐呀！到处飞扬着同伴们优美的歌声，盛开着紫色、红色、绿色、黄色和白色的美丽鲜花。而这些鲜花都希望蜜蜂在自己上面多停留一会儿而争着显耀自己是多么漂亮呢。然而现在同伴们都离散了，美丽的花朵已消失多时，不过这样快乐的时刻还会来到的……，蜜蜂沉入美妙的幻想之中。

太阳渐渐改变了方向，轨道被遮住，地面变冷，而树下端的枝叶也晒不到太阳了，这时，蜜蜂就落到攀缠在高高的树枝上的常春藤的叶子上。常春藤的叶子不知什么时候开始变红了，但是善良的叶子忘记了自己就要凋落的痛苦，却经常地安慰蜜蜂。

"太阳还要升起的，那时又会变得暖和了……"常春藤的叶子说。

可是，年轻的杉树总是嘲笑周围的草木和小虫。

"我必须战斗，当大家失去了信心，或者凋谢了，死了的时候，我要对着暴风雨和飞雪呼叫，和它们战斗。"杉树神气活现地说。

但是谁也不反驳它，因为它说得很有道理。

蜜蜂一动不动地落在煤上。

"你和我们一起去市镇吗？我们终究要被送进工厂里去的，但是，你到了市镇以后，可以随便飞到什么地方去，这不好吗？我们也第一次去市镇，据说那里很明亮，有许多美丽的东西……，和我们一起走吧。"煤这样劝告蜜蜂。

蜜蜂开始想了。自己必须在还不很寒冷的时候找一个避寒的地方。住在这原野上呢，还是随煤到它们要去的市镇上呢？蜜蜂犹豫不决了。那些年纪大的同伴们在下雪的时候，可能在寺院的房檐下找到自己的避寒所。对，听煤的话，就这样坐在它上面，到市镇去。蜜蜂振动着自己美丽的翅膀想。

就在这个时候，坐在车上的工人，看见了蜜蜂。

"这个地方大概有蜂巢，什么时候会把我的脚叮伤的……，杀死它。"这个工人说着，抬起脚，要踩死蜜蜂。但是，蜜蜂逃脱了，飞起来了，之后，煤受到了连累，被折腾了一阵。

蜜蜂想沿着轨道，回到原来的地方。因为在那里有善良的常春藤的叶子在等待它。

当蜜蜂沿着轨道飞的时侯，开始注意到轨道痛苦地弯曲着身躯，爬在地面上。

"您怎么这样子呀？"蜜蜂问轨道。轨道以令人恐怖的眼光望着蜜蜂。

"你才第一次注意到我这痛苦的样子吗？我已经长时间在这里呻吟了，因为很旧的钉子深深地钉进我的身子里，使我一动也不能动……"

蜜蜂第一次知道，平常那么强壮的轨道，竟然有这样的痛苦和烦恼。它想仔细看看轨道的样子，于是就飞到钉钉子的地方。

果然，红红的、生锈的老钉子紧紧地钉在轨道上。

"你为什么这样钉在轨道上呢？"蜜蜂落在钉子上问道。

"我是按照人的愿望这样做的。"钉子答道。

"但是你不是和轨道是一家人吗？是不是可以说是兄弟呢？"蜜蜂想，它们都是钢铁制成的，就这样问道。

"但是，我担心一旦忘了人的嘱咐而放开手，就会产生什么可怕的后果呢。"生着红锈的铁钉说。

"但是，你年纪已经相当老了，稍微休息一会儿，谁也不会觉得奇怪的。"蜜蜂这样回答。

生锈的钉子觉得蜜蜂的话有道理。

蜜蜂终于回到红色的常春藤的叶子上。

"暴风雨好像要来了。"常春藤的叶子抬头望望天空，以十分恐惧的神色说。

只有年轻的杉树一个人傲慢地挺着身躯，说着豪言壮语。

生着红锈的铁钉听了蜜蜂的话后，终于松了口气，放开按在轨道上的手。轨道立刻伸直了弯曲的身躯。就在这时候，一列矿车运着许多煤从山上滑下来。落在常春藤叶子上的蜜蜂正在想着，刚才的煤现在到了什么地方呀……大概还没有到达市.镇的工厂吧。突然，矿车脱轨了，发出和平时不同的声音，向这边滑来，在年轻的杉树旁边翻倒了，那些煤炭将杉树压弯了。这突如其来的事件，使蜜蜂吓了一跳，它不顾一切地飞逃到那边的榛树上。

当天晚上，白皑皑的大雪降到这个高原上。

月亮和海豹

北方的海域结成冰,到处呈现出一片银灰色,而海面好象死鱼的眼睛一样朦胧暗淡。雪每日不停地下着。在这漫长的冬天,太阳很少露面,因为太阳不喜欢那死气沉沉的凄凉的景象。

一只海豹蹲在冰山顶上,茫然地望着四周。这是一只有善良心肠的海豹,在初秋时,她的孩子不知道跑到什么地方去了,使她一直惦记着,每日都在这里张望和等待着。"他究竟跑到什么地方去了……怎么今天还不回来?"在寒风不停地吹打中,海豹这样思念着。海豹失去了孩子,现在见到什么,都非常悲痛。这时,已经由青蓝色变成了银灰色的海面,和落在自己身上的白雪,都使海豹的心更加难受了。

风沙沙地刮着,海豹不由得对风诉苦了。

"您在什么地方,见到过我的可爱的孩子吗?"可怜的海豹颤抖着声音问道。

刚才旁若无人地不停地刮着的暴风被海豹这样一问,稍稍地停了下来。

"海豹,你因为想念失去的孩子,每天都蹲在这里吗?过去我不知道你为什么一直一动不动地蹲在这里呢。我现在正和雪搏斗,是雪占领这个海,还是我占领这个海,我们还要进行拼命的竞争呢。不过我大抵扫了一遍这周围的海面,却没有见到你的孩子,他可能在冰山下或什么地方哭泣呢?……让我这回给你认真看看。"

"您真是好心人哪!无论天气怎么寒冷,我都能在这里忍耐等待着。您在海上跑的时侯,如果见到我的孩子在哭喊母亲的时候,请赶快通知我。哪怕再遥远的地方,我都能越过冰山,去接他回来……"海豹流着眼泪哀求道。

"但是海豹哟,秋天一带来了渔船,你的孩子要是那时被人逮去了,那就再也回不来了。这次我将很好地给你找,如果没找到,那你就死了心吧!"风急着赶路,回头说了这些话就驰去了。

海豹听了这些话,悲痛地哭了。

从此海豹每天等待着风的音信。但是等呀等呀,那个风没转回来。

"那个风怎么啦……"

这回海豹不由得也对风不放心了。

风一阵接一阵地吹着,但海豹始终未见到上一回的风。

"喂,喂,您现在到什么地方去呢?"海豹向这时从自己面前经过的风问道。

"怎么能说到什么地方去呢?我们只是跟在伙伴们的后面跑就是了……"风这样回答道。

"我有件事拜托过前面的风,想听他的回音,可是……"

"这么说,和你约定的风,还没有返回来罗!我不知道能不能见到他,要是见到他,一定给你转告好了。"说着,这阵风又沙沙地吹去了。

海在灰色中静静地躺着。雪正在和风搏斗着,在地上翻滚着，飞扬着。

在忐忑不安中，海豹回忆起一件往事：有一天，月亮照着自己说："你好寂寞呀。"当时自己仰起头望着天空，向月亮诉说道："寂寞呀，寂寞呀，有什么办法呢。"可是月亮沉思似地直望着自己，又转到乌云后面去了。

就这样，寂寞的海豹日日夜夜蹲在冰山顶上，想念着自己的孩子，等待着风的音信，又想起月亮的事。

其实月亮是决不会忘记海豹的。太阳在旅行中喜欢眺望繁华的街道，俯视鲜花盛开的草原，而月亮总是巡看着寂静村落和黑暗的海面，并且凝视着人间孤苦人的生活和那些在饥饿中啼叫的兽类。

月亮平常由于对许多悲伤的事司空见惯而不怎么动感情，这回看到失去孩子的母豹，连夜里也不睡觉，在冰山上吼叫着，从内心同情海豹了。她觉得周围的海是黑暗的，没有什么东西能使海豹的心变得快乐一点。

"寂寞吗？"月亮轻轻地说了这句话后，海豹对着天空的月亮，诉说着自己心中的悲痛。

但是月亮凭着自己的力量，也无可奈何了。

从那天夜晚开始，月亮想无论怎么样也要想办法安慰海豹。"海豹现在怎么样呢？"有一天夜里，月亮这样想着，俯视着灰色的海。风还是那么寒冷，雪低低地掠过冰山。果然，可怜的海豹在这个夜晚依然蹲在冰山顶上。

"感到寂寞吗？"月亮又温和地问道。

海豹比以前消瘦了几分。她悲痛地仰起头，悲哀地向月亮诉说道："是寂寞呀！我还不知道孩子在什么地方呢！"

月亮用青白色的脸看着海豹，她的光把可怜的海豹照得白亮白亮的。

"世界上所有的地方我都去过了，让我给你讲讲远方国家有趣故事吗？"月亮对海豹这样说道。

"请你告诉我，我的孩子在哪里？我曾托过风：'如果见到我的孩子，请告诉我。'可是他一直没有音信。你虽然知道世界上各种各样的事，可是我别的都不想听，只要求你告诉我，我的孩子现在在干什么。"听了月亮的话后，海豹摇摇头，这样说道。

月亮又沉默不语了。她不知道怎么回答才好。在世界上不单这只海豹有这样的痛苦，那些孩子被丢失、被掠夺、被杀害的悲惨事件到处都有，不能一一记住。

"即便在这北海，失去孩子的海豹大概也有几个吧！只是你特别疼爱孩子，因而悲痛也就更强烈。我很同情你，这以后一定给你带件使你快活的东西。"月亮说完又躲进云里了。

月亮决没有忘记对海豹的许诺。一天傍晚，月亮在天空看到南方的一片草原上，许多男女青年在盛开的花木丛中吹着笛子、敲着鼓在跳舞。月亮在天空看着这个景象。

这些男女都是牧人。这些地方已经暖和了，大家都到山地上、田野里干活。干了一天农活，到了傍晚时分，大家都在月亮下跳呀，唱呀，忘记了一天的疲劳。

在月下朦胧的小路上，小伙子们赶着牛羊在奔跑，姑娘们在花丛中休息，她们陶醉在花香中，被凉风吹拂着，迷迷糊糊地睡着了。

这时月亮发现草地上有一面被扔弃的小鼓，心想，把这个带给那个可怜的海豹吧！

谁也没有发现月亮伸下手来，拾走了这面小鼓。那个夜里，月亮背着这面小鼓，又到了北方的海域上空。

北方的海依然被冰冻成银灰色，寒风仍然吹刮着，海豹还蹲在冰山顶上。

"喂,我答应送给你的东西带来了。"说着月亮把小鼓交给海豹。

海豹好像喜欢上了这面小鼓。过了很久,当月亮又照到这一带的海上时,冰已经开始融化了,从海上传来了海豹敲打着小鼓的声音。

巧克力糖天使

在一个工厂的房顶上,有几个烟囱,对着美丽的蓝色天空,吐着黑色的烟雾。这是制造巧克力糖的工厂。

制造出来的巧克力糖,被装进小箱以后,运往各个街镇、农村和城市。

有一天,一列火车上,装着许多盒巧克力糖。它们从工厂里出来,在漫长的、弯弯曲曲的道路上,摇摇晃晃着,被运到火车站,然后再从那里被送到更远的农村。

巧克力糖盒上,画着可爱的天使。这些天使的命运真是千奇百怪。它们当中有的被撕掉,和别的纸屑一起被扔进垃圾箱;有的则被投进火炉;还有的被丢弃到泥泞的道路上。对于孩子们来说,只要能吃到盒子里的巧克力糖,就可以了,而空盒他们是不需要的,随手一扔就得了。于是,大车的轮子沉重地压在那些被扔到泥泞路上的天使们身上。

因为是天使,他们虽然被撕碎,被烧毁或被碾破,但并不流血,不觉得疼,只是在大地上的时候,对于不同的命运觉得愉快或者悲伤罢了,最终它们的灵魂都要飞到蓝色的天空上的。

现在被装进车的天使,沿着漫长的弯弯曲曲的道路,运向火车站。它们望着万里无云的、蔚蓝色的天空，望着苍翠的树木和重叠的房子。

"那个吐着黑烟的建筑物，是制造巧克力糖的工厂吧！多么美丽的景色呀！远处的海滨是热闹的市镇，要是让我走，我是愿意去那个市镇的。那里一定有很多有趣的、很新奇的东西呀！但是，现在我是去火车站的，将来一定被火车运到远方去。要是那样，再也不能来到这个都市，甚至再见不到这样的景色了。"天使自言自语地说。

它再也不理睬这个都市，悲伤地想到遥远的、渺茫的去处。不过，它一想到自己到什么地方去，也觉得怪有意思。

那天中午，天使又在火车内摇晃着，在黑暗中，它不知道现在火车通过什么地方。

其实，这时火车越过原野，穿过一座山下，通过一个村边，跨过架在一条大河上的一座大桥，不断地往东北方向驰去。

当天晚上，火车到达一个寂静的小火车站后。巧克力糖就被卸下来了。接着火车又吐着烟，在马上就要黑下来的、刮着风的原野嘣嘣地往前跑。

以后又怎么样呢？巧克力天使既感到孤独，又感到怪有意思。过了一会儿，成百个装着巧克力糖的大盒，被运往那条街的糖果店。

大概因为是阴天，从傍晚开始，街上就没有行人。在这僻静的街中，天使几天来一动不动地被放在那里，它想，这以后很长时间，大概就这样了吧，要是这样，那该多难受呀！

画在巧克力盒子上的几百个天使，大概都各自沉入不同的空想中吧！有的渴望着早日飞到蓝天上，还有的想看完自己最后的命运以后，再升回天空上。

当然，这里所讲的天使，是那么多天使中的一人了。

有一天，一个人把装着箱的车推到一间糖果店。有三十盒左右的巧克力糖和别的水果一起，被装进了车里。

天使想，自己还要到哪里去？究竟去哪里呢？

在车里的天使，只能听到车在幽静的乡间小石道上，发出咔嗒咔嗒的声音。

途中不知拉车的人和谁结成同路伙伴。

"天气真好呀！"

"是的，天气渐渐变晴朗了。"

"这样好的天气，雪大概都要融化的。"

"你去哪里呀？"

"我把这些糖果，运到那边的村里，这是今年第一次从东京运来的货物。"

听了这些话，巧克力天使才知道，这一带的原野、田地现在还到处积着雪呢！

到了村里，听到鸟儿在树上跳来跳去，歌唱着，还听到孩子在玩耍的声音。就在这时，车"咔"的一声，停下来了。

巧克力天使知道，现在已到村里。过一会儿，车门打开了。那个人果然取出了巧克力糖，拿到村里的一间粗点心铺里，和别的各种各样的水果摆在一起。

"这些都足十钱的巧克力糖。有没有五钱的呢？有，请您拿出来。因为这地方，十钱的总卖不出去呀！"点心铺的老板娘拿着巧克力糖问那个人。

"可是这些都是十钱的。要是那样，就放三、四盒在这里好了。"拉车的年轻人说。

"那就请您给我三盒吧！"老板娘说。

于是，仅有三盒巧克力糖被放在这间店铺里。老板娘把这三盒巧克力糖装进一个大的玻璃瓶里，将玻璃瓶放在外面可以看得见的显眼的地方。

年轻人又将车拉回去了,他可能还要转到别的村里去呢。

从同一个工厂里制造出来的巧克力糖,乘上同一列火车,来到了这里。在这以前,它们的命运是一样的。可是这以后都必须分开,到人地生疏的不同地方去。大概在这世上,这些天使再也没有见面的机会了。只能在什么时候,升到天空以后,才能互相诉说在这个世上的命运。

天使从玻璃瓶中,望着从房子前流过的小河。河的水面上闪烁着太阳的光。一会儿,天黑了,乡村的夜晚,显得寒冷和寂静。可是,清晨一到,鸟儿又照样飞到那棵树上歌唱。

这天的天气很好,远处的山,迷雾笼罩。孩子们来到糖果店前玩耍。巧克力糖的天使想,那些孩子买了巧克力糖后,如果将自己扔到那条小河里,自己一定随着流水,漂到远方朦胧的山中。

但是,就像老板娘什么时候说过的那样,农民的孩子是买不起十钱的巧克力糖的。

到了夏天,燕子飞来了,它们可爱的身体,映在清清的小河水面上。在这夏天最炎热的时候,过路人都在店前停下来休息,他们谈笑着,可是,谁都不买这些巧克力糖。所以,天使无法升到天空或到别的地方去旅行。时间一长,玻璃瓶自然地变脏,而且落上了许多灰尘。巧克力糖在这里送走了一天又一天忧郁的日子。

不久,冬天来到了,雪花纷纷。这时天使已经厌烦乡下的生活,但是它毫无办法。

就在它来到这家店铺满一年后的某一天,一个老大娘站在糖果店前。

"想给孙子买点什么东西,您这里有好吃的点心吗?"老大娘问。

"老太太,我这里可没有上等的点心,如果要巧克力糖,倒有一些,怎么样?"糖果店的老板娘回答。

"那就把巧克力糖给我看看吧!"包着黑头巾、拿着手杖的老大娘说。

"寄到什么地方呀?"

"寄饼子给东京的孙子,顺便再加一些什么点心。"老大娘回答。

"但是,老太太,这些巧克力糖,可是从东京运来的呀!"

"什么地方的都可以,因为只表示我自己的心意罢了,把巧克力糖给我吧!"老大娘说着,买下了三盒巧克糖。

天使为想不到又能回东京,而感到高兴了。

第二天夜里,天使在漆黑一团的货车里,被摇晃着,又沿着来时的铁路,向都市驶去。

天亮时,火车到达了都市的火车站。

当天中午,包裹被送到收件人家。

"乡下给我们寄包裹来了。"孩子们高兴得边喊边跳。

"寄什么来呢,一定是饼吧!"妈妈解开小包的绳子,打开箱盖。果然是乡下制造的饼子,里面还放有三盒巧克力糖呢!

"唷,是奶奶特地给你们买的。"妈妈分给每个孩子一盒巧克力糖。

"什么,是巧克力糖?"孩子不断地嚷着,拿着巧克力糖,高高兴兴地跑出家门,到外面玩耍去了。

又一个寒冷的早春黄昏。孩子们在道路上,提迷藏玩。不知什么时候,三个孩子把巧克力糖从盒子里拿出来,扔一些给跟在旁边的不走的白毛狗吃外,其余全部自己吃了。巧克力糖盒变成了空盒。一个孩子把空盒扔进了水沟里,一个孩子把盒子撕掉,还有一个孩子把空盒扔到狗旁边,狗叼着空盒子,到处乱跑。

天空是蓝色的,令人神往不已。很多花离开花的时间还早,但梅开已吐出了芳香。在这幽静的黄昏,三个天使升上蓝色的天空。

那其中的一位天使,远望着远处都市的天空,回想起自己的过去。那里许多烟囱吐着黑色的烟雾,它不知道,哪一个是曾经制造自己巧克力糖的工厂呢。它只见到美妙的灯火在朦朦胧胧的烟雾中闪闪发亮。

天使们越升越高,夜色的天空越来越明亮。它们所要去的地方,美丽的星星在闪烁着呢。

农 夫 的 梦

从前在一个地方有个农夫，他养着一头牛。牛已经老了，它长年累月地为这个农夫驮着沉重的东西，干活，而且现在还在继续干活呢，但是它也像人上了年纪一样，干起活来再也比不上年青的时候了。

这是很自然的事，但是农夫却毫不怜悯，不爱护为他干了一辈子活的老牛。

从秋收结束后到来年春天的这一段时间，因为地面积着雪和霜，冻的很坚硬。这时候应该把牛放进牛棚里，让它好好休息才对呀，可是这个农夫呢，哪怕在春前这一段时间，也不让老牛喘一口气的。

"冬天喂养这个不干活的家伙，简直是浪费。"农夫说着，虐待起这头尽管不能说话，但是很懂得人情的老实的老牛。

有一天，天气有点寒冷，农夫听说离家大约十六公里以外的小市镇正举办牛马市，十分高兴。他把老牛从牛棚里牵出来，打算到市镇去换头年青的壮牛。这次，农夫对离别曾经为自己辛辛苦苦劳动，现在已经年老的牛并不特别感到难过，可是牛呢，好像是因为从此就离开了家而感到伤心似地，迈着沉重的步伐，慢吞吞地跟在农夫后面。

　　午后，农夫到了市镇。他赶快将牛牵到那个牛马市上。牛马市上拴着好多农夫满意的种类不同的年纪轻的马和身体强壮的牛。许多农夫从四面八方来到这个牛马市。其中有一个人牵着一匹刚买的高头大马，高高兴兴地走着。农夫以羡慕的眼光直瞪瞪地望着这个人牵着马走去。

　　换马呢？还是换牛呢？农夫犹豫不定了。他决定了：只要不需要添过多的钱，用这头老牛，换头牛也行，换匹马也可以。

　　他走来走去，一见到自己觉得满意的牛或马，他都要问问价钱，可是，听了以后，他总歪着头说："价钱太高了，俺买不起呀。"

　　"喂，瞧你还养这样的老牛呀，即便你添了钱，谁乐意换你这样的牛呢？"有一个马贩子，叼着一根黄铜烟管，啪拉啪拉地一口一口地吸着烟，轻蔑地这样说。

　　听了这些话，农夫转过身来，非常讨厌地怒视着跟在自己后面的因为羞耻而垂下头的老牛。

　　"瞧你的丑态，连我也被人嘲笑了。"农夫怒骂着。

　　接着，农夫又来到另一个场地，指着一头年轻的牛问，自己需要添多少钱，才能用老牛换这头壮牛。可是这个牛贩子，比刚才那个马贩子还冷淡呢。

　　"喂，这里的这么多的牛中，大概没有比你的牛更加衰老的了。"这个贩子，冷冷地说了这些话，转过头，连理也不理农夫。

　　农夫没有办法，牵着老牛，盲目地在牛马市上走来走去。于是，他这样想：无论是马还是牛，他都乐意拿老牛去交换。他觉得，在这牛马市上再也找不到一头比自己的牛更坏的牛，找不到一匹比自己的牛再坏的马了。自己的牛是个毫无用处的东西。

天开始黑下来。不知什么时候,牛马市上的农夫们都走了。这些人中,虽然有人因为钱不够买牛马而空手回去,但大部分人都买到了自己心满意足的牛和马,牵着走了。

只有这个农夫还在那里转来转去。最后他遇到了一个马贩子。

"我要你的这匹壮马,用这头牛换,还用添多少钱呢?"农夫问。

这个马贩子年纪比农夫老,好像是一个老实人。他亲切地瞧了瞧农夫和跟在农夫后面的老牛。

"如果现在交换,双方都要受损失的。只要您多添一些钱,我可以换。不过,您还是把牛牵回家去吧。让它冬天好好吃饱歇足,明年还能干活。这头牛过去一直给您干活,可是一到冬天,您却把它交给不熟悉的人,这也太可怜了呀!"听老贩子这么一说,农夫无可奈何,只好又牵着牛回家。

"今天太不顺利了。"农夫嘟哝嘟哝地发着牢骚,牵着牛走了。

早上就是个寒冷的阴天,从傍晚开始,雪不停地下起来。天黑、路远,加上下雪,农夫担心回不了家,心里非常焦躁。

"快点走,你这废物。"农夫大声吆喝着,用绳子狠狠抽打着老牛的屁股。老牛虽然鼓起精神,但还是走的不快。雪越下越大,天完全黑下来,路再也看不见了。

"要是早知道这么扫兴,就不会在这样的天气出来的。"农夫说着,心情更加烦躁,大声怒斥着,甩绳子抽打着没有罪过的老牛。

农夫经常走这条从市镇回到村庄的路。他是不会忘记的。可是由于下了雪,周围的景色完全改变了,什么地方是稻田,什么地方是旱地，再也看不出来了，等到天一黑下来，就更是寸步难行了。

这样一来，农夫再也没有精神辱骂老牛，因为即使怎么骂老牛也无济于事的呀。

"唉，糟了。"他握着缰绳，茫然地站在路上。这时，再也没有过路人的。因为，早上原想出来的人，有的看到天气变坏不出来了，出来的人看到天气变坏，也早就回家了，所以这漆黑的原野，见不到一个人影。

农夫肚子饿极了，身上也感觉很冷，无论他把眼睛睁得多大，周围却更加漆黑，一切都看不清。

怎么办呢？迷失了道路，要是掉到小河里还是什么地方，就要和老牛一起被摔死的，农夫害怕了。

他真想痛哭一场。

"是今天不应该出来。如果当初决定在明年春天以前饲养老牛就好了。那个年老的马贩子的话没错，在这么冷的时候，把老牛转给别人，老牛要吃亏的。"

农夫想着，望着默默地跟在自己后面的老牛，心里产生了怜悯之情。这时，牛的脊背上，也盖着一层寒冷的白雪。

"留你到明年春天吧。不过要是今天夜里我们被冻死，那也是没有办法的呀。我现在一步也走不动了。你知道这条路吗？你不是经常走这条路吗？如果你记得怎么走，就把我驮回家吧。"

农夫向老牛发誓并这样请求。

最后，他除了借助老牛帮助以外，没有办法了。

在纷飞的大雪中，老牛驮着农夫，在黑暗的道路上就象爬似地慢吞吞地走着，终于在黎明时分，在自己家门前停住了。农夫第一次象得救似地走进了自己明亮的、温暖的家。

当天晚上,农夫给老牛吃的饲料比平时多。他自己喝了酒,上床睡觉了。

第二天,农夫把昨天的痛苦忘得一干二净了,并且还想,以后如果像昨晚那样迷了路,就不必拉缰绳;跨到牛背上,让它驮回来,这是最轻松不过的事了。

他也忘了昨晚对老牛发的誓言,心想,还是早点得到年轻的牛好。

就在这时,农夫听说同村有一个人以好的价格把牛卖出去了。因为人们纷纷把牛送到市镇去,他才知道来到镇上的贩子正以好的价钱买牛。

农夫赶快跑到那个人家里。

"你们家的牛卖了多少钱呀?"他问那个人。

"好像牛的个头越大,价钱越好。你们家的牛虽然年纪老了,但因为身体大,大概能得到好的价钱的。"那个人告诉了农夫自己家的牛卖的价钱以后,这样说。

农夫不为自己的老牛被卖之后的命运担心。他想,只要价钱好,现在就将牛卖掉,把钱存着留到明年春天,再买头岁数小的好牛,这样该多么幸福。

他很快决定把牛牵到镇上去卖。

农夫又牵着牛走在通往市镇去的这条泥泞的路上。他想,这回大概不会把牛又牵回去吧!

"他家的牛能卖到那么好的价钱,我家的牛比他家的牛个头大得多,那么价钱可能更大吧。"农夫边走边这样想。

老牛仿佛什么也不知道似地默默地跟在农夫后面。

来到镇上,农夫见到贩子,就把自己的牛卖给他。果然,农夫得到了出乎意料的好价钱。他把曾经和他同甘苦的老牛,孤零零地留在那里,连回头看也不看,拔腿就走了。"我得到很多钱啦!"他欣喜若狂。

　　农夫一点也不因从此再也见不到老牛而感到伤心。这会儿他想,买些什么东西给自己的孩子作礼物呢?于是走进商店,买了喇叭、笛子、玩具马和小鼓这四样东西,打算给两个孩子每人两样。

　　这一天,天气还是挺冷的。农夫从自己常常喝过酒的小酒店门前经过时,心想,刚好有钱,干一杯吧,就钻进暖簾,坐到一条凳子上。接着,农夫就和旁边的性情相投的人热烈地谈论着,一杯一杯地喝起酒来了。结果他喝得酩酊大醉,连舌头也不能自由转动了。

　　门外,吹着寒冷的风,不知什么时候天已黑了。

　　"今天晚上,没有牛的累赘,不必像上次那样慢吞吞地走啦,想走多快就能走多快,十几公里路一阵小跑就到了。"

　　当他看到店中已点上了灯时,虽然也吓了一跳,但因为他醉了,始终满不在乎,一点也不慌张。

　　农夫终于从小酒店里出来,蹒跚地走出市镇,走上了静静的乡间小路。

　　卖了老牛,他感到浑身轻松。可是,在过去,如果他迷了路,走错了路的时候,老牛就会感到奇怪而停下来不走,可是现在,如果他再迷了路,就再也没有人告诉他了。

　　农夫摇摇晃晃地走着,走错了路。他被一棵大树的树根绊倒了。

　　"哎哟,这是什么?"农夫抬起他的用手巾包着的头,看到黑黑的大树立在星光闪闪的天空下。他虽然醉醺醺的,但是心中仍惦记着自己口袋里的钱包和捆在腰间的给孩子们买的礼物。当他觉得这些东西还在身上时,就放心地坐到那个树根上。

　　农夫心里确实很高兴。

吹到他脸颊上的风已经不冷了。他一眼望去，周围是一片晚春的景色。

原野一片碧绿。绿色丛中还夹有没开完的鲜花。田里传来青蛙的梦一般的叫声，春耕已经结束，麦子在茁壮成长。

他一边想着最近买来的壮牛，一边靠在堤旁望着天空。这时，圆圆的月亮从原野的那一边徐徐升起，明月当空，大地被照得如同白昼。

"嗯，村上没有几个人有这样的壮牛，谁见到我的牛都会感到羡慕的呀……"农夫心情舒畅，自言自语地说。

忽然，从远处传来鼓声和吹笛声，原野一下变得热闹起来了。

"奇怪呀，已经是夜里了，还闹什么呢？"他想着，望着那边。

村里人都跑出来，还大声叫喊着。突然，从那边的森林里，有一个黑东西，象逃出来似地往这边跑。一看，原来是自己家刚买的牛，牛大概什么时候从牛棚里跑到那里去的，牛背上坐着自己的两个儿子，一个敲着鼓，一个吹着笛子。

"儿子们什么时候变得这么出色了？"他感动地竖耳倾听着。

"孩子们一定是来找我的。他们马上就找到我了。到这以后，一定在我面前给我敲鼓吹笛的。在他们找到我之前，让我默不作声地装睡吧……"农夫想。

月光很亮，农夫清清楚楚地看到儿子们敲着小鼓，吹着笛子。

牛终于跑到他眼前了。农夫想，现在两个孩子该从牛背上跳下来了，可是，牛载着两个孩子很快地从自己跟前跑过，往另一方向跑去。

在他们的前边有一个池子。满满的池水闪亮着月光，那头壮牛很快地往池边走去。

农夫大吃一惊，急忙站起来，心想，自己在这里，可是孩子们有什么事要往那边去呢？

"喂！喂！"

他想叫住牛，但是孩子们的鼓声、笛声掩盖了他的叫喊声，他们听不到了。

农夫刚买来的这头黑色的壮牛，一点儿也不畏缩，很快地往池里走去。

这时，农夫后悔了。这要是以前的老牛，它是绝不会干出这等荒唐事来的，而且自己也不必这样担惊受怕。那头年老的牛，曾经在一个漆黑的雪夜里帮助过自己呢！要是那头老牛驮着我的孩子，我是放心的，可是……农夫想着，十分焦急。

他再也不能站在那里盯着瞧了，就去追他们，可是牛载着孩子，很快地走到池中。

"怎么搞的呀！"

农夫吓了一跳，急忙脱掉衣服，跑到池里去。可是，他见不到牛的影子。

他口渴极了，没有办法，拨开草，用手捧了几口水喝。

这时，池那边的远处，月光下白色的雾霭中传来了鼓声和笛声。

那头牛怎么也没有听见水声就游过了这个池子到了那边。农夫因为自己的儿子平安无事而放心了。

他依然在那里蹲下去。宜人的春风迎面吹来，月光把周围照得更加明亮。

终于，天亮了。农夫吓了一跳。一条小河的水漫过了他的半身，原来他走错了路，倒在这里了。他的腰带散开了，钱包不知跑到什么地方，丽买给孩子作礼物的小鼓和笛子却淹在水里。

　　离农夫不远的地方屹立着一棵松树。云彩在冬日的天空中飞快地移动，俯视着大地。农夫的家离这里还很远呢！

千代纸的春天

在村的尽头，有一座桥。桥的旁边，有一个卖鲤鱼的老大爷。鲤鱼是老大爷清早从鱼货批发铺里买到的。他在这里开了一间小店铺，年年、月月、日日，望着过路人，对他们喊着："来，买鲤鱼，降价出卖呀。"

行人中，有的人停下来，看了一会儿就走；有的人装不知道，很快就走过去了。但是老大爷始终耐着性子，这样地重复着一样的喊叫。

经他这样一喊叫，"多好的鲤鱼呀。"有人这样说着，买了鲤鱼带走。到黄昏时候，小的鲤鱼差不多都卖掉了，只有最大的一尾鲤鱼还留在盛鱼的木桶里，卖不掉。

因为大鲤鱼没卖掉，老大爷怎么也不甘心。他焦急地想：无论如何要在天还没有完全黑下来前，将鲤鱼卖掉。

"来，大鲤鱼降价出售，请买呀。"老大爷不断地喊叫着。

过路人都禁不住望了一眼鲤鱼就走。还有人说："多大的鲤鱼呀！"

大概是这样的：鲤鱼多少年来一直生活在大水池里，有时也到河流里去。它听到小河的流水，多么怀念那湍急的大河和留恋故乡那映着树木的影子、像镜子一样深蓝色的水池。但是，现在它被关在水桶里，再也不能自由自在地游来游去了。况且它自从被捕上来以后，几天来被人拿到这里那里，身体已经虚弱不堪了，再也没有那样活泼的精神了。

大鲤鱼想起了自己的孩子，想起了自己的朋友，无论如何也要再见一次自己的孩子和朋友呀。

"来，买鲤鱼呀！就剩下这尾大鲤鱼了，大减价出售了，买吧。"

老大爷向前面过路的行人，哑着嗓子喊叫。傍晚，人们因为急着赶路，听了喊叫只是心里想："价格一定不坏的，"却仅仅望了一眼就走了。

大鲤鱼露出白色的肚皮，躺在木桶里。它非常饥饿了，但是它连水也喝不足。看来它的性命再也不长久了。

这时，正是初春时节，河水涨得很满。水是从山上流下来的。山上的雪都融化了，水涨满了所有的山谷以后，流到河中。这时，池中的水也满满的。天气暖和的时候，该有许多人从市镇，从村庄来到池塘和河边钓鱼吧。

可怜的鲤鱼沉入这样的想象中。

这时，有一个老大娘拄着拐杖，从桥上向这边走过来。老大娘因为有挂念的事，低着头无精打采地走着。她的可爱的孙女美代子，因为身体不好，躺在家里。这时老大娘想：无论怎么样也要早一点医好美代子的病呀。

美代子今年十二岁，最近因为生病，没有上学，正请医生看病呢。但是，她的病总不见好，她再也不能像过去那样活泼了。这样一来，美代子每日有时躺在床上，有时起来。她起来的时候，给布娃娃穿衣呀，读杂志呀，看画册呀，但是她不能像过去那样，活活泼泼地到外面去，又奔又跳地玩啦！

除了美代子的妈妈、爸爸外,家里的所有人都很担心。"为什么孩子的病总不见好呀。"老大娘这样想着,拄着拐杖,走到桥边。

"喂,降价卖鲤鱼,请买呀!"老大爷叫着。

老大爷想赶快卖完鲤鱼回家去。因为家中有两个孩子正等待他回家呢!老大爷的家很穷,他如果不卖掉鲤鱼得到钱,大家就不能高高兴兴地吃上晚饭的。

"来,降价卖鲤鱼,请买呀!"老大爷又热心地说。

老大娘听着,握住拐杖停了下来。随即,眼光停在桥旁店中那个木桶里的大鲤鱼上。

老大娘想起了有人说过:"病人吃了鲤鱼,有气力。"

"真是一条大鲤鱼呀!"老大娘惊讶地说。

"降价卖给您,好吗?"老大爷大声地说。

"我们家的小姑娘生了病,正想买点什么给她吃呢?"

"她要吃了这条鲤鱼,病一定会好的。"老大爷回答道。

老大娘定睛地看着这条饥饿的鲤鱼露出白色的肚皮。

"为什么这条鲤鱼没有精神呀!瞧,一动也不动呢。"老大娘小声地说。

"对不起,这条鲤鱼体弱,的确没有精神呀。"老大爷不得不承认。

虽然那样,老大娘还歪着头看着。

"这条鲤鱼是不是已经死了?"老大娘问。

"它不是嘴巴还那样一张一合吗?"老大爷说。

"多少钱呀?"

"大降价了,不过不能降到一两钱以下了。"老大爷回答。

"把尾巴提起来,看它还能不能蹦。"老大娘要求道。

这时,鲤鱼真的就像死了一样,一动不动,所以听了老大娘的话后，老大爷抓住鲤鱼的尾巴，将鲤鱼高高举起。鲤鱼想，就这时候了，现在自己要不逃走，在几分钟内就要被杀死的，于是它用尽气力，用尾巴摔打着老大爷的手腕，就在老大爷吓了一跳，松开了手的瞬间，一跃，跳到河流中了。

"哎呀，鲤鱼逃走了。"过路的人叫喊着，黑团团地围上来。老大爷和老大娘也都大吃一惊，特别是老大爷，因为鲤鱼逃走，而受到很大的损失，他甚至不能给孩子们买晚饭的菜肴了。

"你要不说把尾巴提起来，鲤鱼是不会逃走的。把鲤鱼的钱还给我吧。"老大爷对老大娘说。

"什么，我还没有拿到鲤鱼，怎么能交款呢？东西还没有吃到我可爱的孙女的嘴里呢！我不能交这个钱。"老大娘以尖利的声调争辩着。

这时，人群中有个披着长头发的算卜者，走上前来。

"老大娘，再也没有这样可喜的事了呀，被认为已经死了的鲤鱼却能跳进河里，这实在值得庆贺的呀！您孙女的病，从明天开始一定会好的。疼爱孙子，谁都一样呀！这位老大爷，也有可爱的孙子在家等他呢！老大娘，您就把钱交了吧。"这位长头发的人说。

本来老大娘想："我怎么能交鱼的钱呢？"这会儿，听了这个人的话后，觉得他的话很有道理，于是就用干瘪的手，从钱包里取出钱来，交到老大爷的手里。

老大娘交了鲤鱼的钱后，老大爷笑眯眯的，从怀里取出一张美丽的千代①来。

"老太太，这张千代纸是我想拿回去作礼物送给孙子的。再也没有今天这样凑巧的事了，请您把这拿回去，送给您生病的

---

① 日本孩子玩的一种花纸。

孙女吧!"老大爷说着要交给老大娘。

"千代纸吗?我家的孩子有很多,我不要这东西。"

老大娘说着拒绝了老大爷的好意,但是老大爷硬把千代纸塞到老大娘的手里。

"不能这样说呀,孩子拿到不同颜色的千代纸是一定会高兴的。"老大爷说。

于是,老大娘拿着千代纸,又慢吞吞拄着拐杖走了回家。

一轮明月高高地挂在天空。老大娘回到家后,将鲤鱼跳到了河里,自己交了鲤鱼的钱的事告诉了家里人。美代子的妈妈听了后说:"奶奶没交到鲤鱼,白交了逃掉的鲤鱼的钱,这未免太傻了呀!"但是美代子的爸爸却说:"这是可喜的事呀,美代子的病一定会好的。"爸爸的话和那算卜者的话刚好一个样。

于是,老奶奶详细地告诉大家鲤鱼逃走时的情景。那时的状况多美妙呀。大家说着,都乐得大笑起来。美代子在明亮的灯光下,听了老奶奶的这些话,也觉得奇怪得不得了。逃走的鲤鱼现在怎么样呢?它大概沿着大河,回到了故乡。要是这样,鲤鱼的孩子和朋友们该很高兴地欢迎它呀!美代子这样那样地想着。这时,老奶奶从怀里拿出了美丽的千代纸,递给美代子。

"这张千代纸是卖鲤鱼的老爷爷,给他孙子买的。老爷爷听说你生了病,就将这送给你了。"奶奶对美代子说,"真是个好心肠的老爷爷呀!"

"你拿回千代纸代替鲤鱼是吗!"美代子的爸爸笑着说。

美代子现在知道了,卖鲤鱼的老爷爷也有一个和自己同年纪的孙子。老爷爷的孙子的脸是什么样子呢?她多么希望老爷爷的孙子和她交朋友呀!

"医生今天来了,他说,美代子的肚子大概长蛔虫,要让她吃几片驱虫药。医生的话大概是对的,因为美代子吃了许多东西。"妈妈对爸爸这样说。

"奶奶,还是不让孩子吃鲤鱼好吧!"爸爸说。

"应该快点养好病到学校上课。花就要开了。"妈妈自言自语地说。

美代子在灯光下用剪刀把千代纸剪成小片,摆成各种各样的花,并且她还想,病好了以后和朋友们到原野、公园去玩。她打开窗户,这是一个很美好有月亮的夜晚。美代子将自己制作的千代纸的花,全部撒在窗外。

过了两三天,院子里各种各样的花,全都绽开花蕾。千代纸的花全落在树枝上,变成真的花了。美代子的病完全好了。

月亮和被压伤的铁轨

铁轨从市镇伸向村庄,又从村庄伸到平原,进到山里去。

这里是离市镇几十英里的地方。有一天,一列火车载着沉重的货物和许多乘客通过这里时,把铁轨压伤了。

铁轨疼得难以忍受,它想,有谁比自己更不幸呢?沉重的火车头每日不知多少次毫不怜惜地从自己的头上压过去,岂但如此,灼热的太阳光烫着自己的身体,自己焦急地想躲到阴凉的地方去,可是粗大的钉子把自己死死地钉在枕木上,一动也不能动。自己的身体究竟成了什么呢?……铁轨想着想着,伤心地哭了。

"你怎么了?"在铁轨旁边,一棵盛开着淡红色花朵的翟麦花含羞地歪着头问。翟麦花总是安慰着铁轨,它的安慰使铁轨感到高兴。

"刚才火车头把我压伤了。虽然伤势不严重,但是我一想到自己的不幸,就很伤心。"铁轨回答。

"是吗?像你这样身体强壮的人,不是万不得已的时候是不会哭的。要是我遭到你那样的不幸,真不知会变成什么样呢。刚才,火车上堆满了木材、米袋、煤,还有别的什么箱子,而且今天从这里经过的客车好像也都比往常长，因为那一边有海，有温泉什么的，去那里的人很多。不过，你的伤不严重，这是不幸中的大幸呀。"花很亲切地说。

"你太善良了，你这样安慰我，使我感到多么高兴呀。过去，你还没有在我身旁开放的时候，我是感到多么的寂寞呀。"平时倔强、默不作声的铁轨十分感动，它将闪闪发亮的脸朝向瞿麦花说。

"但是，我的生命也不长久了，这么炎热，又很长时间没有下过雨，因此，我的身体已经虚弱不堪了。"淡红色的花悲伤地说。

这时，风从铁轨上吹过，摇动着花朵。

"好像就要下雷阵雨了，雷正在远方响着，因为在很远很远的地方，你听不见。不过，我们再等一会儿，雷声就会传过来的。"铁轨竖着耳朵说。

"真的吗？要是这样，那我太高兴了。"花随风摇摆着，说道。

这时，吹拂着花的风说话了。

"真的，今天这里要下雨。过一会儿，云就要集中到这里来，把太阳光遮住的。"风告诉铁轨和花。

铁轨想尽快将发热的身体泡在水中，花渴望着赶快喝水给自己眼看就要死去的身体解渴呢。果然，不一会儿，黑色的云，灰色的云，从远处不断地聚拢而来，逐渐地笼罩了蓝色的天空，不知不觉地甚至将太阳光也遮住了。

变成红色的仿佛被烧焦了的土地，突然被乌云遮盖住，变得阴暗和凉爽，而这时传来的雷声越来越响。

铁轨和瞿麦花都默默地望着天空激烈的变化。终于，下雨了。雨水落到花的身上，落到铁轨上，冷却着铁轨发热的身体，冲洗它的伤口,并且说:"唉,可怜呀……"

铁轨含着泪水向雨水诉说,冷酷无情的火车头今天把自己压伤,太阳每天毫不客气地烫烧着自己的事。

"真不幸呀,让我来冷却你那发热的身体吧。我马上就要离开这里,过一会儿,月亮一定要出来的。月亮的脾气和太阳不一样,虽然现在它没有太阳那种主宰万物的力量,可是据说从前它也是很了不起的。把你的不幸向月亮诉说吧,月亮听了,对你不会有坏处的。"雨水轻声地对铁轨讲。

当天晚上,俯照着平原的月亮比平时要明亮,它闪烁着慈祥的光辉。被雨水淋湿的善良的花,早就睡着了,在它的叶子底下传来虫的叫声。

是不是刚才离开这里的雨水告诉了月亮呢?当月光照到平原时,首先就出现在铁轨上。铁轨告诉月亮今天有辆火车把自己压伤了。

"我虽然不知道这是什么样的火车头,但是它压伤了你却装不知道扬长而去,说明它很冷酷无情。我找到它,一定要批评它的鲁莽行为。请你告诉我,它是什么番号的车。"月亮这样说。

于是,铁轨将这列火车的番号告诉了月亮。

月亮很快地从市镇走到村庄,又从村庄走到山野,尽最大的努力寻找着铁轨告诉它的那列火车。这时,刚好一列火车从铁桥上驶过,是不是这辆火车呢?月光跳下来辨认着,可是不是那一列火车。

月亮寻遍了所有的海岸,找遍了所有的原野,见到了在所有的地方奔跑着的火车。其中有的是完全装着货的火车,有的是又装着货,又坐着人的火车。月亮来到一个海岸的时候,看到、许多来海边游泳的人。他们有的躺在沙滩上,有的在阴暗的被浪中游泳,他们都异口同声地说:月光多好啊。正好这时,有一列火车经过这里。车中的乘客也从窗口探出头来,欣赏着海的景色,说着笑着。

但是这列火车的火车头并不是铁轨所说的那个火车头。差不多在这同时,有许多火车在大地上奔跑,铁轨所说的那个火车头是不是进入了隧道的什么地方,而始终没被月亮看见呢?

过了这个凉爽的一夜之后,铁轨已将昨天的痛苦忘得一干二净了,可是月亮并没有忘记自己的许诺,它继续寻找那辆压伤铁轨的火车头。终于它发现了在不远处的一个停车场内,它要寻找的火车头正一动不动地停在那儿休息呢。

月亮赶快跑到它的上面,以一贯平静的口气问:"你怎么这样一个人闷闷不乐地蹲在这里呢?"

"你不知道,我是多么疲劳呀。人们让我每天每天走很远的路,而且就在昨天,让我载着从来没有载过的那么多沉重的货物,把我的一个车轮也扭伤了,而人们却在那沉重的货物中和车厢里满不在乎地又说又笑,我对他们是多么憎恨呀!……"火车头被月亮一问,才开口诉苦道。

"那么,你的身体一定很疼吧!"月亮问。

"是的。我不知是和什么地方的铁轨激烈地摩擦一下,把一个轮子扭伤了。"火车头回答。

现在听了这些,月亮也不知道是谁不好了。火车头虽然把铁轨压伤了,但是也不能受责备的呀!

"那些货物运到什么地方呢?"月亮继续问。

"什么地方?不是只运到一个地方的。大箱子运到港口的火车站,煤和木材却要运到别的市镇卸下来。"火车头说。

"那么,请你多保重呀……"月亮告别了火车头,来到了港口。现在,轮船正吐着烟,准备出发。这个船装着许多大箱子,月亮很快来到船上,照着箱子。

"你们要到哪儿去呢?"月亮问道。箱子们正忧郁地、默默地坐在那里。

"我们也不知道要波运到什么地方去。从故乡出来以后,我们已经坐了很长时间的火车了,现在将在这无边无际的海上飘流,我们感到多么不安呀!"过了一会儿,箱子才这样回答。

究竟是谁不好呀?月亮还在想。这次,它想看看人的情况了。它来到市镇上,张望着周围,大概这时已经很晚了,家家户户都闭上了门,有一户人家的二层的屋子窗户是玻璃的,月亮就从窗口向里面望去。它看到有一个可爱的婴儿,正睁开眼眼,高兴地朝着月亮笑呢!

王 爷 的 碗

从前,在一个国家有一个很有名气的陶器师。他家祖祖辈辈烧制陶器。提起他家烧的陶器,连很远的国家都知道。这个陶瓷世家的每代主人都精选从山上挖下来的土,雇了很多工匠和出色的画师,来制造陶器。

他们烧制出花瓶,茶碗,碟子等陶器。旅游的人来到这个国家,没有不到这家陶器店来的,而且一踏上这个国土,就马上来这家陶器店。

"啊,多好的碟子,瞧,还有那么美丽的茶碗呢!"他们看着,都感叹不已。

"买这个作礼物带走。"旅客们总是买了花瓶,碟子,茶碗带回自己的家乡。这个店的陶器,也用船运到别的国家去。

有一天,这个陶器店的店前,出现了一位身份高的官吏。他把店主人叫了出来,并且自己仔细地瞧着陶器。

"果然,陶器烧得很好,每一件都能够制得那么轻巧和细薄。这就好了,我现在下命令,大概不碍事吧!那就是:请你精心给王爷制作一只茶碗。我也为这个目的,才来到这里的。"那个官吏说。

陶器店的主人是一个正直的人，他听了这话后，感到十分惶恐不安。

"我要尽最大的努力，烧制王爷的茶碗。实在再没有比这个更荣幸的事了。"主人还礼道。

官吏马上回去了。店的主人把店里的人全部叫在一起，说明了事情的经过。

"王爷命令我们，给他制作一只茶碗，这是无上光荣的事呀！你们一定要用心给我制出一只从来没有的上等的茶碗来。刚才那官吏要求制作的茶碗要轻轻的，薄薄的。陶器就应该制成这样的呀！"主人向大家这样交待。

过了几天，王爷的茶碗烧制出来了。那个官吏又来到这个店铺。

"王爷的茶碗，做好了没有呢？"官吏问。

"正好今天要给王爷送去的。让您这样奔走，这太对不起了。"主人说。

"制出的茶碗一定是很轻，很薄的了。"官吏说。

"就是这个。"主人把茶碗拿到官吏跟前。

这是一只又轻又薄的茶碗，白白的，像透明似的，而且还印着王爷的标志呢！

"真是名不虚传呀！声音多好听！"官吏手握着茶碗，用指尖轻轻地弹着茶碗。

"再也不能做得比这个更轻，更薄的了。"主人低着头，恭恭敬敬地对官吏说。

官吏点点头，并且命令店主人马上将这只茶碗送到宫殿去。他下了命令后，先走了。

店主人穿着礼服，将装着茶碗的精制的盒子，送到了宫殿。

于是，世上就传说开了：这个市镇的有名的陶器师，给王爷精心烧制了一只上等的茶碗。

那个官吏把茶碗奉献到王爷面前。

"这是我们国家最有名的陶器师，特地给王爷烧制的最好的茶碗。他尽量制得轻巧薄细。您觉得怎么样，感到满意吗？"官吏说。

王爷将茶碗拿起来欣赏，果然是只又轻又薄的碗。这只碗在他手里轻得正好使他感到似有似无的样子。

"茶碗的好坏，是根据什么标准衡量的？"王爷问。

"所有的好陶器都是轻和薄的，而那些重的，厚的茶碗，实在是不好的呢。"官吏回答。

王爷默默地点头。从那天开始，王爷的饭桌总摆上了这只茶碗。

他是个有忍耐心的人，遇到难受的事，从不说出来。而且因为他统治一个国家，而对一般的事，也从不感到惊奇。

自从他用上这只新的薄的茶碗后，每天三顿饭，手都被烫得很难受，但是他忍耐着，从不在脸上表现出来。

"难道好的陶器，不忍耐着这种痛苦，就不能玩赏吗？"有一次他这样说。还有一次他这样想："不，不是这样的，家来[①]们都希望我每天不要忘记痛苦。出于这种忠诚之心，让我忍受茶碗的热烫呀。"可是他又想："不是这样的，大家都以为我是强者，不会把这样的事，放在心中的。"

但是，每天吃饭时，王爷一见到这只茶碗，不知为什么，心情就不愉快起来。

有一次，王爷到乡下去旅行。因为那个地方没有供王爷居住的好的房子，王爷就住在一个农民家。

---

① 家来：日本封建时代的家臣。

农民用亲切代替奉承来对待王爷。王爷从内心对农民一家的款待感到多么高兴啊。尽管农民想奉献什么给王爷，由于山区的贫穷和不便，没有什么可奉送。但是，王爷知道农民的心意，高高兴兴地吃着农民做的食物。

这时已经是秋末天气，很寒冷。农民让王爷喝着暖身体的热汤，王爷非常满意。而且，因为盛汤的碗很厚，一点也不会烫手，王爷更高兴了。

这时候，王爷感到自己的生活有多么的不方便。他想：即使茶碗多么轻，多么薄，但是这不能代替茶碗的价值。把轻的薄的陶器作为上等的东西，而必须加以使用，这是多么讨厌和愚蠢的事呀！

王爷拿起农民桌上放的茶碗，仔细端详着。

"这只茶碗是什么人制作的?"王爷问。

农民确实感到害怕了，因为他觉得，用这样粗糙的茶碗盛东西招待王爷，太无礼了。于是，就低下头向王爷赔罪。

"让您使用这样粗糙的茶碗，实在对不起。这是我从街上买回来的便宜东西。没想到王爷驾临，我虽然知道这是无上光荣的，可是没有时间去街上买好的茶碗呀。"正直的农民这样说。

"你说什么了！我对你的热情招待，感到无比高兴。过去我可没有这么高兴过呢。我每天为茶碗而吃苦头呀！我没有使用过这样方便的好茶碗，所以你知道这只茶碗是谁烧制的，请告诉我吧！"王爷说。

"谁制作的，我不知道。这样的东西，肯定是无名的工匠烧的。他当然做梦也没想到，王爷这样高贵的人，使用自己烧的茶碗呀。"农民恭敬地回答。

"大概是这样的。不过他一定是个很认真的人，他做的茶碗很实用。他知道，茶碗是用来盛热茶、热汤的。所以使用的人，就这样很放心地喝着热茶热汤。有的陶器师，尽管是世上很有名气的人，他要没有这样的热切的心肠，那又有什么用呢？"王爷这样说。

王爷结束了旅行，回到了宫殿。官吏们都恭恭敬敬地迎接他。王爷亲身体会到，农民的生活多么的简单，又多么自在。他们连奉承的话也不说，但心肠好。这些，王爷是不会忘记的。

吃饭的时间到了，桌子上又摆上那轻轻的、薄薄的茶碗。王爷一见到这茶碗，心情马上变得不愉快。因为他想到从今天开始手又要挨烫了。

一天，王爷将那位有名的陶器师召到宫殿上来。陶器店的主人，因为以前自己给王爷奉献过茶碗，就想：是不是王爷要称赞自己一番呢！于是内心很得意地来参拜王爷。可是一见面，王爷用很平静的语气劝告他："你虽然是烧陶器的名人，但不管烧得多好，要是没有方便他人的心肠，那又有什么用呢！因为你制作的茶碗，我用着可每天都吃苦头呀"。

陶器师羞愧地从宫殿里退出去。据说，从那以后，这位有名的陶器师，变成了制作那厚厚的茶碗那样普通的工匠了。

牛　女

从前有个村庄,住着一个身材高大的女人。她因为个子很高,总是低着头走路。她是个哑巴,可是心地善良,性格和气,心肠软,爱流泪。她唯一的亲人是她的独生子,她非常疼爱他。

她总穿着黑色的衣服。他们母子相依为命,人们经常看到,她手牵着还没有成年的儿子,在路上走着。因为她脾气温顺,不知是谁开始叫起的,大家都叫她为"牛女"。

当她从街上走过时,村里的孩子们好像看什么稀奇的东西似的,喊着"牛女来了,牛女来了!"跟在她后面,指手划脚地说着吵着。可是因为她是哑巴,什么都听不见,只是和平时一样低着头,慢慢吞吞地走着,情形很可怜。

牛女不是一般疼爱自己的孩子,因为她很知道,自己是残疾人,孩子是残废人的儿子,要受人欺凌的;孩子没有父亲,除了自己之外,再也没有别人养育他了。这样一想,她总觉得孩子可怜,因而更加疼爱他了。

儿子也很爱自己的母亲,母亲去什么地方,他总是跟着。

牛女因为个子大,力气比别的人大好几倍,而且心地善良,因此,大家都愿意托她干力气活,如砍柴呀,运石头呀,挑担子呀，等等。牛女总是辛勤地干活，她用所得的钱养活儿子和自己。

这样大个子的身强力壮的牛女终究也生病了，因为没有不生病的人呀！而且牛女的病是很重的，她都不能干活了。

牛女想：自己是不是将要死了，如果自己死了，谁来养育儿子呢？即使是要死也不能在这时候死的呀；即使死了，自己的灵魂化成什么，也要来照料自己的孩子的。牛女的善良的眼睛里，淌下大滴大滴的眼泪。

但是，牛女无法抗拒命运，她的病越来越重，终于死了。

村里人都很同情她，谁都因为知道她多么挂念她遗留在世上的孤儿而感到可怜！

于是大家都集合起来，给牛女送葬，将她埋到墓地里，并且决定照料她的孤儿。

这以后，孤儿轮流在各个家生活，随着日子一天天过去，他渐渐长大成人了。但是，无论遇到什么高兴的事，还是悲伤的事，他总怀念着自己死去的母亲。

村里春去夏来，秋去冬来，孩子没有一刻不在深深地想念死去的母亲的。

有一年冬天的一天，孩子站在村头，望着对面国境的山上，突然看到高山的半山腰上，母亲的黑影浮现在白云上。孩子吓了一跳，但他没有将这件事告诉任何人。

从此，孩子一想念母亲，就跑到村头，眺望对面的高山。这时如果天气晴朗，他总可以清清楚楚地看到母亲的黑影的，而母亲也好像默默地定睛注视着这边，好像在照看自己的的儿子似的。

虽然孩子没有讲出来，但不知什么时候村里人终于发现了这件事。

"牛女出现在西边的山上了!"大家这样传说着,都跑到村头,望着西边的山。

"一定是她想念自己的儿子了。"大家这样说着。"牛女,牛女,"每当天气好的傍晚,孩子们望着西边国境的山,总是这样叫喊着。

可是,不知为什么,春天来到了,雪开始融化的时候,牛女的影子越来越淡薄,待到中春,雪完全融化时。她的影子再也见不到了。

然而,到了冬天,雪积满了山,到处白茫茫一片的时候,西边的山,又清晰地出现牛女的黑影。因而在冬天,村里人和孩子们总是在传着牛女的故事,而牛女的孤儿,每日都站在村头;望着自己怀念的母亲的黑影。

"牛女又出现在西边的山上了,她那样挂念自己的儿子呀!,实在可怜呢!"村里人这样说着,更精心地照料她的儿子。

春天又来了,天气变得暖和,牛女的影子和雪一起消失了。

就这样一年又一年,牛女的黑影总出现在西边的山上。在这期间,她的儿子长大了,于是大家让他去离村很近的一个镇上的商店谋生。

孩子到了镇上以后,还经常望着西山上自己怀念的母亲。而在村里,虽然孩子离开了村庄,每当下雪时,西山出现牛女时,村里还在谈论她们母子之情。

"呀,牛女的影子那样淡薄,已经相当暖和了吧!"最终人们以牛女的影子的浓淡来判断四时天气的变化。

这一年春天,牛女的儿子,没有告诉出现在西山的母亲,就擅自从商店里跑出来,离开故乡,乘火车到遥远的南方的国家去了。

村里的人,镇上的人,谁也不知道他的去向。这不久,夏天过去了，秋天过去了，冬天来了。

雪又积满了山脉，积满村庄和市镇，但是令人奇怪的，不知什么原因，今年再也见不到牛女的影子了。

"因为孩子不在镇上，牛女再也没必要照看了。"大家因为见不到牛女的影子，感到奇怪，都这样说道。

不知不觉这一年春天又过去了。镇的街上，到处还留着没有融化的雪。一天夜里，有一个大个子的女人在街上慢吞吞地走着。见到的人，无不感到惊奇，因为她的的确确是牛女。

牛女为什么来这里呢？大家都这样谈论着。从此人们经常在深夜看到牛女孤零零地在街上走着。

"一定是牛女不知道她的儿子离开故乡，所以才在街上寻找他呢！"大家都这样说。

雪完全融化了，街上再也看不到雪的痕迹了。树开始发芽，夜也微微发亮，真是好季节呢！

据说，一天夜里有人见到牛女在街旁的一个小巷旁哭泣。从那天夜里以后，人们再也没见到牛女了。不知为什么她再也不来这个镇了。

而且也从那一年开始，即使冬天，人们再也见不到牛女的黑影出现在西边的山上了。

牛女的儿子到了一个不下雪的南方的国家，在那里辛勤地劳动，挣了不少钱。他越来越想念出生自己的故乡。虽然故乡没有母亲，也没有兄弟姐妹，但是还有自己孩童时曾经抚养过自己的好心的乡亲呀。他想起了这些人，想念自己的村庄，他要感谢他们。

他带着很多礼物和钱，又回到了遥远的故乡。到了村庄，他热情地向大家致谢。村里人都为牛女的孩子的成功而高兴，向他祝贺。

牛女的孩子想干一番事业，就在村里买下了一块宽阔的土地，种上许多苹果树。他想让树结出大大的苹果，拿到各个国家去出售。

他雇了很多人，给树施肥。冬天来了，把树枝夹起来，不让雪把树枝折断。树越长越大，一年春天，宽阔的苹果园，满园盛开苹果花，像铺满雪一样。太阳终日明亮地照在花朵上，蜜蜂一天到晚繁忙地在花丛中飞来飞去。

到了初夏，这些花结成青绿色的果实，可是当果实快要成熟时，一时长起虫来了，满园的果实都被咬落了。

好像有什么缘故似地，一年又一年，苹果的果实没有成熟就这样地落到地下。

"这好像是什么报应吧！你能想起，你干过什么亏心事或错事吗？"有一天，村里一个久经风霜的老爷爷这样问牛女的孩子道。可是当时他什么都想不起来。

但是当他一个人静静地想的时候，他想起了，自己离开镇，到远方去的时候，没有得到母亲灵魂的允可。而且回到故乡以后，仅仅参拜一下母亲的墓地，而没有给她作佛事。

母亲那样地疼爱自己，而且即使死了，也还保佑自己，而自己对她，却是那样冷淡呀！牛女的儿子终于认识到了：一定是母亲发怒了。于是他恳切地祈祷母亲的魂灵，叫来了和尚，叫来了乡亲，虔诚地给母亲做了佛事。

第二年春天，苹果花又像雪一样盛开了，白色的花朵到了夏天又结出了青绿色的果实。每年一到这时候总要长害虫。"今年总得想出办法，让苹果结出丰硕的果实呀。"牛女的儿子这样想着。

就在这年夏天的一个黄昏，不知从什么地方飞来了一大群蝙蝠，每天在苹果园上飞来飞去，将害虫都吃尽了。这些蝙蝠中，有一只大蝙蝠，好像女王似地率领着别的蝙蝠。无论是圆圆的月亮升在东方天空的夜里，还是黑云密布的漆黑的夜晚，蝙蝠都在苹果园里盘旋。因此这一年，苹果没有受虫害，而结了很多又大又红的苹果，收获比人们所预料的还要多。"牛女变成了蝙蝠，帮助她的儿子了。"村里人这样传说着，大家都被她善良的慈母之情所感动。

从此，以后每年一到夏天，每天晚上总有一匹大蝙蝠率领一大群蝙蝠，在苹果园里飞来飞去。所以苹果没有被虫咬坏，而结出丰硕的果实。

这以后四、五年，牛女的儿子成了当地一个生活宽裕而幸福的老百姓。．

山里的鸽子兄弟

"妈妈,寒风吹来,又变得荒凉了。白雪把原野都盖住,我们再也看不到有趣的东西啦。妈妈,我们干吗要住在这样寂寞的地方呢?"小鸽子们问妈妈。

过去,这里的山和原野,都是碧绿碧绿的。现在,草木已经枯萎了,严寒的北风吹打着栖息在树枝上的可怜的鸽子们的翅膀。

"孩子们,哪里有我们这儿好。住在这里,我们可放心呢!离我们不远的后面的田野,虽然有许多食物,有你们喜欢的花朵和河流,可是在那里,我们要担惊受怕呀!在这儿,我们已经生活了许多年,一点儿也没有可担心的事啊,而且,山上有鲜红鲜红的成熟的果子等待着你们,越过那座山,在后面有一片田地,我们可以随便捡吃掉下来的果实。这么好的地方哪里有啊……你们可千万别想去其他的地方呢。"母亲告诫小鸽子们说。

开始,小兄弟们觉得妈妈的话有道理,很听话。后来,他们渐渐长大,身体变得结实了,就想出去冒险。

有一天,天气晴朗,兄弟俩得到妈妈的许可,决定飞越那座山，到那边的田地里去。过去它们出去时，妈妈总是跟着。这一次，妈妈没跟去，因为那边田野很少有人。妈妈想，即使它们自己去，也很安全，就放心让它们走了。

两只小鸽子离开了巢，迎着朝阳，高高兴兴地展翅飞上高空。可是，当妈妈看到它们的影子消失在天边时，不禁叹息了。

"孩子们都长大了，这是多么高兴的事啊，可是它们翅膀一硬，就离开了妈妈……。"

母鸽子一个人十分孤独地绕着巢飞来飞去，等待着儿子们回来。

两只小鸽子却不理解母亲的心情。

"哥哥，我们不去后面了，去别的地方看看怎么样？"弟弟说。

"是呀，到海那边看看吧……只要我们回家不太晚，妈妈是不会骂我们的。"哥哥很快就同意了。两只小鸽子一点也不觉得自己这么做不对，就穿进蓝天，飞向大海那边去了。

它们终于看到了波澜壮阔的大海。海在欢笑。这时，不知从什么地方传来别的鸽子呼喊它们的声音。

"哥哥，好像是我们的同类在什么地方招呼我们呢！"弟弟回过头对哥哥说。

"真的呀……在什么地方呢？"哥哥回答。但是，兄弟们马上看到自己的同类是在海滨的小山坡上喊叫，就立刻往那个方向飞去。

在山坡上叫唤的鸽子比它们兄弟漂亮多了。兄弟们知道，这只鸽子和自己不一样，它不是在山里长大的，是住在镇上的鸽子。

"山里有什么稀奇而有趣的东西吗？"漂亮的鸽子问。

"眼下，红色的果实熟了，田地里，大概掉有一些没收走的豆子。……"山里的鸽子哥哥说。

"您是从什么地方来的？怎么过去我没有见过您呀？"弟弟问镇上的鸽子。

"我很少来这些地方。因为今天天气非常好，我想看看海，就飞来了。"镇上的鸽子回答道。

于是，它们很要好地在一起玩耍。三只小鸽子飞过山坡，来到一片收割完的豆田。这里田地上落着很多豆子。

"喂，这里丢了这么多豆子，您赶快捡呀。"鸽子兄弟对镇上的鸽子说。

"我们每天吃腻了这些豆子呀、芋头呀。你们如果和我去镇上看看，一定会感到惊奇的。……"镇上的鸽子不要说捡了，它看也不看这些地上的豆子，得意地说。

"镇里怎么有这么多的豆子和芋头？"山里的鸽子好奇地问。

"都是人给我们的。"

"人？"鸽子兄弟越来越感到不可理解了。它们是多么怕人类呀。用枪夺走我们生命的不是人吗？过去，自己的很多同伴不都是被人杀死的吗？镇上的鸽子说的话使山里的鸽子兄弟感到多么意外呀。

"人非常喜欢我们，人的孩子总是和我们一起玩耍。即使是鲁莽的人用石头打我们，或者捕捉我们，他们也是要受到大家的惩罚的……"住在街上不知有多么安全，多么热闹和多么愉快呀……如果，你们想和我去街上玩，我可以带你们去……。"镇上的鸽子对山里的鸽子兄弟说。

弟弟想马上就和它一起飞到镇上去，可是哥哥想，这样一走，妈妈会不放心的。

这时，白色的海浪拍打着海岸，它看着这边两只小鸽子犹豫不决的样子，感到可笑，就高声叫着："还是想想好，还是想想好……"

"今天我们回到山里去，明天再来，如果明天您能带我们去，那没有比这更高兴的了。"山里的鸽子们说。

"那好，你们好好商量吧，明天，我再来这里。"镇上的鸽子是个热心的好鸽子，它这样说。于是它们告了别，分别飞回山上和镇上。

哥哥和弟弟越过山坡，急忙飞回山里。它们看到可怜的妈妈站在枝头上，被寒风吹打着，急切地等待着它们回来。

两个孩子到了家，将今天遇到镇上的鸽子的事告诉了妈妈。

"妈妈，为什么我们不到镇上去住呢？"兄弟俩感到纳闷，就这样问妈妈。

"不，这里最好。要是在镇上，一天也不能安心地生活的。"妈妈回答道。

"但是，妈妈，那个鸽子说，到镇上看看就知道了。镇上的人很和气，他们待鸽子很好，绝不捕捉和杀死我们的。"哥哥说。

"镇上的那个鸽子还告诉我们说，谁要用枪打我们，这个人反而要被别的许多人惩罚的。"弟弟补充道。

"你们可不能穿着这样的衣服飞到镇上去呀，穿着这样的衣服，人家一看就知道，这是山上的鸽子，镇上的人规定，杀死山上的鸽子是没关系的。"妈妈默默地听了两兄弟的话以后说。

两只小鸽子心想，对呀，我们的衣服和镇上的鸽子相比，的确是粗糙的。但是妈妈说，鸽子之所以受到保护或被杀害，是根据它们衣服的好坏来决定的，这话就没有道理了，不能就这样相信妈妈的话。第二天，两只小鸽子想起了对镇上鸽子的允诺，对妈妈说了声："我们马上就回来。"就头也不回地飞到海那边去了。

镇上的鸽子早就来到那里等待着鸽子兄弟了。那一天，海上的白色波浪担心地望着三只小鸽子，可是过了一会儿，三只小鸽子腾空往镇里飞去了。

从此，再也见不到这两只小鸽子了。大概它们到了镇上以后，因为镇上的鸽子们都觉得它们新奇，它们就得意地给镇上的鸽子们讲述山里的事吧……总之，白色的波浪再也不知道鸽子兄弟的事了，而从那天开始，每天从山上传来母鸽子呼唤儿子们的寂寞、忧虑的声音。

半个月过去了。在一个暴风雨过后的早晨，波浪看到这两只鸽子兄弟十分疲劳地落在沙滩上，看来它们平安地回来了。

"你们这么早飞来，有什么事呀？"波浪问两个疲劳的小鸽子。

"镇里天空上火红火红的。不知什么时候从外地跑到镇上的鸽子们住的寺院着火了，我们两个好容易才逃出来的。"鸽子哥哥用夹嘴整了整受了重伤的翅膀，喘着气回答。

波浪听了，吓了一跳，腾空而起，往起火的方向眺望。

两只小鸽子往山里的方向飞去了。

山顶上的茶馆

在山顶的中间，有一家茶馆。从这边市镇来，到那边村庄去的人，或者从那边村庄越过这个山顶，到这个市镇的人，都要在这个茶馆休息。

这里，仅仅住着一个老大爷。虽然是一个男人，老大爷能把所有东西，都收拾得干净利索地招待客人。他给喝茶的人沏茶，端来点心；给喝酒的人温酒，送来现成的菜肴。老大爷自从死去老伴以后，已经有很长时间，独自一个人，这样经营买卖了。大家对他都很亲切，来往的过路人，大都乐意在这里停歇一会儿，而老大爷总是笑眯眯地，一视同仁地，热情地招待所有的客人。因而谁都亲切地叫他：老大爷，老大爷。

繁忙的时候，老大爷的瘦小的身体，总是忙得团团转，他一点儿也没有时间来考虑别的事了。而当没有客人，仅仅他一个人的时候，他茫然地坐在店前。这样一来，他就不知不觉地发起困，打起瞌睡来了。

因为，他年纪渐渐老了，当他一个人这样静静地坐着的时候，无论是睁着眼睛，还是闭着眼睛，总是迷迷糊糊，似睡非睡，像酒醉似的。最近几天老大爷就是这样渡过的。

这时，窗外秋高气爽，老大爷听到从远处山麓传来经过那里的火车声，和大概是附近森林鸟儿的叫声。鸟声是那么清脆，好像伸手就能抓来一样。

老大爷静静地倾听火车声，由强到弱，火车好像是从那边的山麓，往海岸的方向奔驰的。一声响彻云霄的汽笛之后，列车的声音逐渐消失了。

"从火车的窗户，大概能看到海上白色的波浪吧。"老大爷好像就坐在火车上似的，自言自语道。

他眼前浮现起自己年轻时，带着儿子到山上砍柴，还采了许多刚长出来的木耳的情景。仿佛现在就闻到，那时寒冷的地面上，落叶发酵的令人神往的气味。那时老大爷的老伴还活着，父子一回家，她就烧起火煮木耳。

眼前，鸟儿更使他触景生情，他深切地怀念那时的情景。

老大爷就这样一个人，静静地沉入既不是梦，又不是现实的、可愉快的、回忆中的时候。早上从这里经过去市镇的村里人，办完事以后，回来了。

老大爷的心情是那样的轻松、愉快。他面对的山峰的景色，又是那样清晰、优美。那山谷被美妙地染成黄的、紫的和红色的，在蔚蓝色的晴空下，好像静静地在沉思。虽然老大爷并不是不知道，这好天气以后，迎接冬天的将是狂风暴雨。但是，对春夏两季温暖的美丽回忆，使老大爷忘记了短暂的日子，在一天天流逝。这时，没有一样东西，能破坏老大爷心境和对面山的宁静。

可是，有一天，一个消息从来店里休息的村人的嘴，传到了老大爷的耳朵里。

"老大爷，听说前几天糖铺老板，经过这里，喝得酩酊大醉，是吗？"

"是的，后来他高兴地走了。"老大爷笑眯眯地回答。

"听说，他在路上被狐狸迷住了，在林中过了一个晚上。"

"什么，糖老板？"老大爷吓了一跳。

"据说，他想走到那条回镇的道路上去，却总是在另一条路上转来转去，转了好几遍，当他睁开眼睛时，自己却睡在西山的森林里。"村人说。

这时，老大爷想起了一件事：有一次，糖铺老板来到了茶馆，他因为心情高兴，就滔滔不绝地对老大爷谈起童年时代的事。他说，他小时曾经来到这西边的山采木耳。他说着说着，满怀留恋之情，一会儿望着那边的山，说是在那座山上采的。可是，过一会儿又说，不，是在离这边近一点的山上采的。老大爷想，他大概因为醉了，脚自然地往西边的山走去的。于是，老大爷就把这件事告诉了村人。

"对，大概是这样的。什么被狐狸迷住呀，这纯粹是滑稽可笑的事，是胡说八道。"那个村人说着，笑了。

但是，大概是被狐狸迷住的话，像是真有此事似地传开了。第二天，村长助理，来到了茶馆。

"老爷爷，听说坏狐狸出来搅乱人心呢，这里有什么动静呀？"村长助理问。

"据说，糖铺老板被迷住了。"老大爷笑眯眯地回答。

"还听说，村上的妇女，从镇上回来途中，手里提着的咸鱼被抢去了。多半是被跟在后面的狐狸夺去。"

"这是什么时候的事呀？"

"是最近两三天前的事。据说，当时天才刚刚黑下来一点的时候……"

听了这些话，老大爷的眼前浮现起一番情景：有一天，两三个女人，说说笑笑地从茶馆门前经过。其中一个女人，背后挂着一条鱼,她笑得摇晃着身体,使后面的鱼像摆子似地,左右动来动去。谁从这边看,都会想,这条鱼要不在途中掉下来才怪呢!

"从现在开始,天气渐渐变冷,将没有食物了,狐狸不知道要搞什么把戏呢?"村长助理说,点上一支烟。

"是不是在什么路上,掉了吧!"老大爷说。

"哪里,据说她们还看到逃走的狐狸的后背呢,是真的!"村长助理相信是狐狸作祟的。

"老大爷,狐狸的事怎么样都没什么了不起。不过,有件事可不是小事呀!据说明年公共汽车要从这茶馆前经过。"村长助理一本正经地,夸张地说。

"公共汽车?"

"具体还不知道。可是这样一来,就没有像现在这么多过路的人了。"

"没有过路的人,那我的生意怎么办呢?"老大爷有气无力地说。

"世上,便利的事,有好的方面,也有不好的方面,但是要开动脑筋,想个办法来解决呀!大家都从附近的村出来,走到这条路上的。要是决定公共汽车停车站设在这个茶馆前什么的,这里不是更繁荣吗?"

"会这样吗?"老大爷歪着满是白发的头,给村长助理端来一碗新沏的茶。

村长助理端起茶碗。

"现在您还是早一点活动,让汽车停车站设在这里好。"助理说。

"活动?可是我这么一大把年纪,一个人,什么地方也去不了呀!"老大爷端端正正地坐在凳子上,用干瘪的手在膝盖上搓来搓去。

"什么，你要有这个意思，我来替你活动吧。"年轻的助理为了使老大爷领会自己的意思，以尖利的眼光，望着老大爷的脸。

老大爷心想，自己要花钱的，可是，究竟要花多少钱，才能得到希望呢？他犹豫不决了。

老大爷担心，从此，自己不知道将要遇到什么新问题。大概因为他年纪老了，更深地想念远离自己的独生子，越来越感到要去依靠儿子，和儿子生活在一起。

老大爷在客人都离开茶馆，自己一个人时，拿出最近儿子寄来的信。信中写道：您那边寒冷的冬天就要到了，马上就要下雪呀。可是我们这里虽然是冬天，但很暖和。请父亲大人到我这里，咱们父子一起生活吧！趁我们现在还没有孩子的时候，好好孝敬您老人家！信大概是儿子下班休息时写的，用的是工厂的信纸。老大爷为这些文字所凝结的儿子思念父亲之情，感到高兴和温暖。他把信叠起来，放到佛坛的抽屉里。他好像觉得和自己长年同甘共苦的老伴——儿子慈爱的母亲，现在变成了灵魂，坐在佛坛里，目不转睛地看着自己。老大爷换了花瓶里的水，敲了几下钟，恭恭敬敬地合着手掌。

"天，忽然这么早黑下来了。"这样说着，走进来的是一位年老的人。

"现在，回镇去吗？"老大爷亲切地迎上去。

老人在老大爷旁边坐下，对着老大爷推过来的火炉，给自己的老式粗烟管点上火。

他们俩人是小学时代以来的好朋友了。他们虽然还有别的好朋友，但有的早就死了，有的离开了这块土地，仅有他们两人从小到老，保持亲密来往，互相诉说自己的知心话。

"咱们干一杯吗?"

"我正为了在这里痛饮一杯的,在镇上忍耐着不喝。"

老大爷听着,赶快在火炉上倒松叶,把铁瓶吊在炉上,开始热酒了。

"听说,明年开始,这条路要通公共汽车啦。所以,刚才村长助理到这里说,现在赶快活动,让在这里设一个停车站。可是,你也知道啦,我年纪渐渐地老了,我想,倒不如到我儿子那里去。"老大爷悲哀地说。

老人静静地往下望着燃烧的松叶升起缕缕青烟,听着老大爷的话。

"毕竟是只有父子相依为命,不能分开的。但是,你生来就住在这块土地上,故土难离呀!你的心情我知道。不过,不管怎么样,得好好考虑,找出能使自己比较满意的办法来。但是,因为这条道路要通过公共汽车,你就担心做不成生意,这是不必要的。乘公共汽车的人是有数的,而每天扛着货物进出市镇的人,是不乘那东西的啊!而且一旦下起雪,车要想在公路上跑,可跑不了呢。再说,这里的冬天,很少有人出外的。停车场设在什么地方都可以,任凭他们安排好了。另外,有我们在,发生什么问题,你也不会有什么为难的呀!"老人这样安慰老大爷。

"这个,那我就这样喝了。"老人拿起酒杯,等老大爷给他注上酒后,歪着头,放在嘴边呷着。

"再热一会儿好吗?"

"不,刚好。你要能到镇上,咱们一起喝酒该多好呢!可是你一直不能去,真遗憾呢!"

"那么,你痛快喝吧!我也要喝得醉醉的,真高兴呀!"两个人亲切地谈着,从开着的拉窗,望着还有点光亮的傍晚的山脉。

第二天，天气突然变坏。从清早开始，寒风越刮越猛，整整一个白天，就没有行人。老大爷赶快关起门。

窗外的天空，还有几分明亮。可是，在屋内点起灯火后，周围静得就像深夜一样。这时，传来了咚咚的敲门声。

老大爷开始以为是风刮着门的声音，并不介意，可是紧接着又听到咚咚的声音时，才觉得是谁来到这里了。

忽然，他想起最近人们传说狐狸作祟的事，就小心翼翼地走到门边。

"有什么事呢？"老大爷在里边大声问。

"对不起，在您已经关上门的时候，打搅您了！"是一个温柔的妇女声音。老大爷更加感到奇怪，打开一点门缝，往外看。

于是，他看到一个还比较年轻，带着小男孩的妇女，站在门外，样子很像是过路人。

"以为再也没有人来了，就提早关门了。"

"对不起，你这里要是有芋头、柿子什么吃的东西的话……"女人问。

"有。"老大爷咔啦一声打开了门。

"请进来歇一会儿吧！您去什么地方？"老大爷问道。

我到前面的村子去，因为火车误了点，我又是第一次来到这地方，问了很多人，好容易才走到这里的。孩子走不动了，您这里有什么，我买点给他吃，也好赶路呀！"

老大爷从里面取出柿子、芋头，放在盆上递给女人，另外又抓了一把煮栗子，塞到孩子的两手里。

"你们也太辛苦了！从这里到前面的村子，还要加把劲走一会儿，不过路好走，趁现在天还没完全黑下来，快点走吧！"老大爷说着，心里想，这大概是村中哪一位青年在他乡娶的妻子吧!

"那谢谢您的好意了。"女人还了礼,牵着孩子的手,在凉风中消失在已经开始黑下来的道路上。

老大爷站在门边,目送着母子两人,想到远方儿子刚娶来媳妇的事。

"什么时侯,还会有人来敲门的。"

如果,那个时侯,从市镇到村庄通了公共汽车,将会怎么样呢?大概是便利的吧!这样一想,老大爷脑海里所想的,买卖得失的事,就像落叶一样,被扫得一干二净,只是觉得这个世上如果能变得光明,是更高兴的了,于是他真心地祝愿更多的人,过得更幸福美满。

远方传来的雷声

二郎看到，撒在前面田野里的各种蔬菜种子，雨后从黑油油的土里露出可爱的芽来。

刚钻出的，有着象小蝴蝶翅膀那样的两片叶子的嫩芽是黄瓜。

此外，南瓜、玉米也都发芽了。

黄瓜渐渐长出了像细线一样的藤子。妈妈在栽着黄瓜的地方搭了架子。虽然说是黄瓜架，但是很像篱笆，黄瓜的藤攀缠着这个架子往上爬。

不久，其他各种蔬菜的芽也都长大起来。不知不觉地，黄瓜藤也布满了篱笆，长出了茂密的、绿油油的、厚厚的带着像小刺那样的白茸毛的叶子。

以后，开出了黄色的小花。花谢了，长出了青青的、细长的果实。

每年夏天，二郎都要这样看着黄瓜长大。在那果实初结的时候，看到这些是多么快活啊。

"已经长那么大了。"他每天总要透过叶子的影子，看着一天一天长大起来的青青的果实，非常高兴。

已经有好几条小黄瓜了,其中最早结实的那一条,最大、最漂亮。

"妈妈,黄瓜已经长得那么大了啊!"每天,二郎从外面回到家里,照例要这样告诉母亲。

"真的,黄瓜长得多好啊!"妈妈说。

二郎觉得,那个黄瓜好得不能再好了。

他每天总要抚摸着这条黄瓜,心里想,现在是不是可以摘下来呢?

有一天,妈妈对二郎说:

"二郎呀,去把那个大的黄瓜摘下来吧。这儿有剪子,小心一些,不要伤了藤。"

二郎立刻踊跃地奔到田里去。他握着剪子,透过树叶的影子,看到那个大的黄瓜悬挂在那里。

二郎不忍心摘下这条黄瓜。他怀着怜悯和惋惜的心情久久地站在那里。

他茫然地、就像作梦似地回忆起了黄瓜刚刚长出嫩芽,以后又爬到架子上,开出了黄色的花时的情景。他真觉得把这果实从藤上割下来是很可惜的。

二郎终于摘下黄瓜,然后把它放在自己的鼻子上闻着香味,瞪大着眼睛仔细地看着这生机勃勃的、刚摘下的新鲜的绿色果实。

"妈妈,这个怎么吃呀?"二郎问。

"嗬,是个漂亮的新嫩的果实呀。可是这个不吃,你总是去钓鱼啊、游泳呀,把这黄瓜送给水神吧。"妈妈说。

听了妈妈的话,二郎那总是觉得可惜的心情,这回又增添了一缕寂寞。

"水神还吃黄瓜吗?"

"黄瓜顺水向遥远的海的方向流去呀,只是让水神了解你的情意……"妈妈用有些悲哀的调子说。

二郎想把自己的名字写在这条黄瓜上。可是黄瓜青绿色的、光溜溜的表皮使二郎笔尖上的墨汁散开来。虽然这样,二郎还是用笔把上面的字描了又描。

"妈妈,写得不好。这样行吗?"二郎把黄瓜送给母亲看。

"噢,行了,行了。你拿着它投到河里去吧。"妈妈说。

二郎拿着黄瓜,向着自己和伙伴们经常去玩儿的桥头走去。

因为刚下过雨,河里的水涨得满满的,好像就要溢到岸上来了似地慢吞吞地往前流去。

两岸长满了茂密的草和各种各样的树木。

二郎将手里拿着的黄瓜从桥上扑通一声扔进了水里。然后抓住栏杆。看着黄瓜一浮一沉的,向着下游的方向漂去。

这一天、二郎连回家以后也总是想着黄瓜的事情,感到无限寂寞。

"现在到哪儿了呢?"

二郎没有边际地想着黄瓜的去向。傍晚晴朗的天空上,夏日赭色的云慢慢地聚集起来,远方传来了雷声。

二郎一直到睡觉的时候也想着黄瓜的事。可是他一钻进被窝,立刻就睡着了。

这时候,黄瓜在水里漂呀、漂呀,夜里经过了森林、广阔的原野及几个村落,在天亮时已经到了很远的地方,而且,黄瓜还继继旅行呢。

这天下午,一个衣衫褴褛的小乞丐站在低低的小桥上,一个人寂寞地望着桥下的流水。水中映出了浮云的影子和草叶的影子。

这时候,一条黄瓜漂过来了。孩子急忙拿起棍子,把那条黄瓜拾了起来。黄瓜上写着的字已经完全被水洗掉了。

可是小乞丐也知道这条黄瓜是从很远很远的地方顺水漂来的。因为这一带风还很寒冷，黄瓜的秧还很小呢。

小乞丐拿着黄瓜，非常高兴。他想马上拿去给妈妈和妹妹看，就向那边跑去。

这一天，孩子开始听到山那边传来的雷声。孩子突然在路上站住，侧着耳朵听着。在北方，夏天也来到了。

到达港口的黑人

一个看起来，顶多是十岁的男孩子在吹奏着笛子。笛声使人觉得像秋风扫动枯叶似的那样凄凉悲哀；又使人觉得像春天的小鸟在绿色的森林里歌唱似的那样委婉动听。

是谁能够如此悲哀而又优美地吹奏着笛子呢？大家想着，都围了过来。原来是一个才十岁的男孩子。而且他身体很瘦弱，又是一个瞎子。

大家又一次愣住了。

"多么可怜的孩子呀！"谁都这样想。

可是，这里不仅仅是一个孩子，还有一个十七八岁的美丽姑娘呢，一看就知道，她是瞎子男孩的姐姐。姑娘伴着笛声，在歌唱和跳舞。

她穿着浅蓝色的衣服，长长的头发，披在肩膀上。一双水灵灵的眼睛像星星那样明亮。姑娘光着脚，在砂地上翩翩起舞，宛如花瓣随风飘扬，又似蝴蝶在田野上飞舞。她在人画前害羞似地，低声歌唱着，因为声音很低，以至于听的人都无法听懂她究竟唱的什么歌。但是她的歌声却使听的人的心儿飞到遥远的天边，悲哀地感到自己是在括着凄凉的风的树林里，孤独寂寞地徘徊似的。

谁都不知道，这姐弟两人为了挣到一点钱每日里是从什么地方来到这里，这样歌唱，这样吹奏笛子的。因为大家在什么地方都没见过这样可怜的，美丽的，善良的乞丐呀！

他们没有父母，也没有别的可以依靠的亲人，他们被父母遗留在这广阔的世界里，不得不饱尝着人间的痛苦。瘦弱的瞎子弟弟，把姐姐当作他的命根子，他的唯一依靠。而善良的姐姐内心里可怜自己不幸的弟弟，为了弟弟，她哪怕舍去自己的生命，也心甘情愿的。这两个孩子是这世上少有的亲密的姐弟呀！

弟弟是天生的吹笛能手，而姐姐是天生的好嗓子。两个孩子来到海港附近的宽阔的广场，不知什么时候就吹起来，唱起来了。一会儿，人们从四周围过来听着。

在这样的好天气里，清晨，当太阳升起来的时候，姐姐就拉着弟弟的手，来到这里。他们终日里在这儿吹着，唱着，直到傍晚时分，又回到人们所不知道的地方去了。

阳光明媚，吹过柔软草地上的温暖的和风，带着这美妙的歌、笛声，飞向那明亮的南方海的方向。

姐姐每日里这样跳着、唱着。弟弟的笛声，使她一点也不觉得累。

她是个腼腆羞怯的姑娘。她一想到周围的人把眼光投向自己时，就觉得难为情，因而她的歌声也就变得低沉忧郁了，可是在这时候她耳朵倾听着弟弟的笛声，仿佛感到自己在开满鲜花的辽阔原野里，一个人自由自在地飞跑似的，胆子就壮起来了，于是像蝴蝶那样又精彩地翩翩起舞了。

一个夏天的一天，太阳很早就升起来。蜜蜂飞来飞去，在寻找花朵；广场的树木，看去像高个子人一样，无精打彩地、静静地站在昏暗的天空下。

　　从港口方向传来进进出出的轮船的阴沉沉的汽笛声。明亮的，米黄色的天空，有几缕黑烟。烟雾是从这里出发、乘风破浪驶向远方的轮船吐出来的。

　　和往常一样，这一天，姐弟俩的周围有黑乎乎的一片人群。

　　"从来没听过这样好的笛声呀。"一个男人说。

　　"我到过许多地方，也没听过这样优美的笛声呢！听了这笛声好像自己过去忘却的事，又一件一件从心底浮现到眼前一样。"另一个男人这样说。

　　"如果他的眼睛能看得见，那该是一个多好的男孩子呀！"另一个扛着行李，好像是旅客模样的老年妇女说。

　　"这样漂亮，可以不干这个事的。这么美丽的姑娘，谁都愿意娶的。可是……"一个矮个子的男子，踮着脚看着说。

　　"一定是有人跟着他们的，而且是为了赚钱。""不，这女孩子，可不是那样卑下的孩子哟，一定是为了她弟弟，才这样受苦的。"从刚才开始，一直目不转睛地看着姑娘跳舞的一个女人这样说。

　　人们纷纷议论着，有的人往孩子脚下扔钱，还有的人说这说那，钱也不给，就走了。

　　一会儿，暮色就要来到，海上的天空呈现出银黑色，西沉的夕阳红红的。人们渐渐地离开广场。穿浅黑色衣服的姐姐，照拂着弟弟，也准备离开那里。

　　这时候，一个陌生的男人，走到姐姐跟前。

　　"我是住在这条街的大尽①家的使者，大尽说，他想见你，有话对你讲，要你赶快去他那里一下。"陌生人说。

----

　　① 大尽：江户时代大财主的称呼。

因为过去就有几个人这样找过她,所以姐姐想,这次也许还和从前一样吧!可是这位大尽是这里大名鼎鼎的大财主,姑娘觉得不能冷淡地拒绝,因此感到非常为难。

"大尽说,有什么事要见我吗?"姐姐问那个使者。

"我不知道,你去了就明白了。有一点是可以肯定的,那就是他决不会做对你有害的事的。"那个使者回答。

"我不能撇下弟弟,到什么地方去的,能不能带着弟弟一起去呢?"姐姐问。

"没有听说让你弟弟也去。大尽要会见的好像就你一个人,但是他决不会给你麻烦的。马车已经准备好了,而且离天空全黑下来,还有一段时间呢……"使者说。

姐姐沉默了。

"如果这样,请一定在一个钟头内让我回来。"姐姐考虑了一会儿,抬起头,若有所思地对使者要求道。

"大概还用不了这么多时间的。看在特地被派来做使者的我的面上,乘上那辆马车,尽快到大尽的宅邸去吧!现在大尽正等待着你呢。"使者说。

弟弟坐在那边的草地上,手拿着笛子,正温顺地等着姐姐。

晚风吹动着上衣的下襟,她忧虑地光着脚走近弟弟身边。弟弟虽然眼睛看不见,但感觉到姐姐走近,对姐姐微笑着。

"姐姐有点事要离开你一会儿,你什么地方也别去,就在这儿等着我好了,姐姐马上就回来。"姑娘和蔼地对弟弟说。

弟弟用失明的眼睛对着姐姐。

"姐姐不回来了吧!我不知为什么,有这样的感觉呢?"他说。

"你为什么说得那么悲伤?姐姐用不了一个钟头就会回来的。"姐姐的眼睛里涌出泪水,这样安慰弟弟。

弟弟好像终于显出听懂姐姐话的样子,默默地点了点头。

姐姐随着那个使者,坐上富丽堂皇的马车。马蹄在砂地上响着,马车在傍晚的天空下向远方驶去。

弟弟坐在草地上静静地听着,马蹄声渐渐远去,直至完全听不到。

一个小时过去了,两个小时过去了,姐姐始终还没有回来。天空已经完全黑下来了,砂地上弥漫着潮湿的空气,而天空就像刷上一层蓝靛一样,变成浓黑色了。星星在上面忽闪忽闪地眨着眼睛。港口的方向,还稍微带有一些令人怀恋的光亮,可是瞎子弟弟是看不见这些的。

只是时时从海面吹来的微暖的风在黑暗中旅行的时候,吹到等待姐姐归来的弟弟脸上。弟弟再也忍耐不住,他终于哭了。姐姐到哪里去了?如果姐姐再也不回来,自己该怎么办啊?瞎子感到不安。眼泪哗哗地流出来。

他想,姐姐总是随着自己的笛声跳舞的,她要听到自己的笛子声,一定会想念自己,赶快回来的。

于是,弟弟热切地吹起笛子,他可从来没有这样用心吹过笛子。姐姐一定会在什么地方,听到这个笛声的,她听到了笛声,一定会想起自己,赶快回来的。弟弟这样想着,更加起劲地吹着笛子。

就在这时,天空飞着一只天鹅、因为在北方的海上,她死掉了自己的孩子,心里十分悲伤,现在她是在飞回到南方去的途中。

天鹅默默地飞过高山,飞过森林,飞过河流,远远地离开了蓝色的海洋,向南方飞去。天鹅要是飞累了,就会落在河的岸边,好让自己的翅膀休息一会儿,然后再飞上旅途。因为失去可爱的孩子,她再也没有兴趣歌唱了,只有默默地在黑夜的天空中，在星星下飞翔。

天鹅忽然听到悲哀的笛子声。这音色使人觉得不是普通人吹的。天鹅知道，多半是心里悲伤的人，才会吹出这样悲哀的笛声，因为天鹅自己失去了孩子。亲身尝到悲伤的滋味，所以才能体会到这个笛子的音色。

这眼睛看不见，像接连不断的细丝似的，悲哀的声音，是从哪里传来的啊？天鹅想着，缓缓地张着翅膀，在夜空中盘旋了一会儿，终于她知道这声音是来自广场的。她发现一个少年坐在草地上吹着笛子。

天鹅落到少年跟前。

"你为什么一个人在这里吹笛子呢？"天鹅问。

瞎子少年觉得有人用这样和蔼的声音，亲切地问自己，就把姐姐将自己留在这里，不知去什么地方的事情，原原本本地告诉了天鹅。

"真可怜呀！我代替你姐姐来照顾你吧！我现在把你变成和我一样的天鹅，因为我们要跨过大海，越过高山啊！"天鹅说。

于是，瞎子少年变成了天鹅。夜里，两只天鹅从这寂静的、漆黑的广场起飞，俯视着这灯光明亮的港口，一会儿，就消灭在远方的天空里。之后只有星星在天空中闪烁着光辉，大地黑沉沉的，草木都无声地睡着了。

两只天鹅飞走不一会儿，姐姐从大尽的府邸回来了。因为用了比原定多得多的时间，姐姐很担心弟弟现在会怎么样了，急忙跑回来。可是她发现弟弟没在广场，就到处寻找，但始终找不到。星星稍稍把大地照亮，那里过去没有见到的月见草，正开着可爱的花。而且，姐姐的青色衣服的领子上，别有一颗从没见过的宝石，在星光下闪闪发亮呢！

第二天，姐姐发狂似的在海港的各条街巷，寻找弟弟。月光像细绸丝似的,静静地照在海港的每间房子的顶子上。各个水果店前,堆满轮船从远方运来的水果,月光洒在水果上,这新鲜的果子散发出令人心醉的芳香。在酒店里,坐满了许多人,在饮酒,在歌唱、说笑,月亮也从店的玻璃窗,流了进来。停泊在港口的轮船的挂旗的桅杆在月光下摇摆着。波浪在这里总是显得懒洋洋地拍打着海岸。

姐姐茫然地望着这些景色,心中无比悲痛和焦急。她苦苦地寻找自己的弟弟,但是她不知道弟弟到什么地方去了。

有一天,来自外国的一艘轮船来到这个港口,从船上走下许多穿着各种各样衣服的人,他们高兴地登到岸上。大概是南方人,他们的脸被晒得红红的,显得十分轻松愉快,每个人手里还提着一个藤箱。人群中有一个陌生的,矮个子的黑人。

黑人在阳光明媚的街上,对一切都感到新鲜似地,东张西望地走着。当他走到街角的地方,遇到穿浅黑色衣服的姑娘,而当姑娘好奇地回过头看着这个黑人的时候,黑人停住脚步了,奇怪地望着姑娘的脸,接着走到姑娘面前。

"你不是在南方的岛上唱歌的那个姑娘吗?你什么时候来到这里的呀.可是我还在离开那个岛前一天,见到你的呀。"黑人说。

姐姐被他这样突然一问,吓了一跳。

"不,我从来没有去过南方的岛的,你一定看错了人。"她回答。

"不,我没有看错。你穿着浅蓝色的衣服,随着一个十岁左右的瞎子孩子吹的笛子声跳舞呢。肯定是你。"黑人用疑惑的眼光,望着姑娘这样说。

听了这些,姑娘更加惊讶不已。

"十岁左右的男孩子在吹笛?而且这个孩子眼睛看不见?"

"这是近来岛上非常了不起的事件！因为姑娘长得十分美丽，有一天岛上的王爷，派了金轿来，要娶她走。可是姑娘拒绝了王爷，不去。他说弟弟很可怜，需要人照顾呀。那个岛上栖息着成千上万天鹅。其中许多天鹅围在两个人吹笛、跳舞的海岸上。而当傍晚天鹅在海岸的天空欢舞时，那实在是一幅十分美丽壮观的情景呢！"黑人回答着，现在他似乎觉得自己看错人了。

"啊，我该怎么办呢？"姐姐用手拧着自己的长发，悲伤地说。

"在这个世上，还有一个像自己这样的姐姐，这个姐姐比自己更亲切、更善良。这个姐姐把弟弟带走了。"姐姐感到无比悲哀和后悔。

"那个岛在什么地方？我一定去看看。"姐姐说。

黑人往海的方向指去，回答说："在几千里外的遥远的地方，有一个银色的海。越过那个海，走到陆地，那里有白雪皑皑的高山，连绵不断。越过那些高山，还要往前走。这能容易走到吗？"

这时，夏日将要西坠，晚霞像昨晚一样又染红了天边的一角。

一个过路人

在一个偏僻的地方有一户人家。这里是离波涛汹涌的大海很近的一座山,有一条从山脚的村庄到海滨去的小路通过这里。夏天的时候,虽然有人从这户人家门前通过,可是一到秋末,当白天短了,山顶和山谷的树叶被风吹落了的时候,就再也没有行人了。

有一天傍晚,就像往常要闹天气之前那样,西边的天空呈现出令人可怕的黄色。果然,到了夜里,暴风雨来了。

这户人家紧闭着家门,听着外面可怕的风雨交加的声音。

"这以后要下雪吧……"他们低声地说着,点起火来取暖。

大风不时地猛烈地刮着屋子,甚至使人感到,他们这样待在房子里,是不是会连同房子一起被刮到深深的山谷里去呢。

"哎呀,真难受,口渴得要命,我要喝水呀!"躺在那边屋子里的女儿叫喊着。

母亲望着那边,露出担忧的神色。

父亲和哥哥都装作没听见,仍坐在火堆前说话。

"妈妈,给我水呀……!"躺着的女儿依然呼叫着。

"光喝水不好,再忍耐一下吧。"母亲回答说。

父亲和哥哥也露出为难的神色。

"我渴极了。哥哥,把水拿过来好吗?"这一回生病的妹妹向哥哥哀求了。

"光喝水,病会越来越重的,不行,不行。"哥哥大声回答。

姑娘大概失望了,再也不作声了。这时外面的暴风雨越来越猛烈,而且,从旁边吹打房子的风雨声使他们感到仿佛房子马上要被风刮倒。

就在这时候,外面传来了敲门声:"劳驾!劳驾……"

"这么晚了,谁呢?"这户人家的人面面相觑。因为在这样的时候,很少有人来到这个山中的,不仅如此,这个声音他们也从未听过呢。

"晚上好,晚上好……"是谁呢,还在敲门。

"还是别理他的好,我们装不知道。他以为我们睡着了,也许会走的。"父亲低声地说。

"是的,不要理他。"儿子也这样说。

暴风雨的声音越来越猛烈,一刻也没停止。这时,又传来"咚咚咚……请开门,请开门……"的声音。

这家人还是默不作声,装作已经睡觉的样子。"好象有谁来了,敲门敲得多响呀……"生病躺着的姑娘说。

"你不要说话。"母亲走到女儿床边对着她斥道。

"对不起……请你们打开门,火还点着,看来你们还没睡呢……请打开门好吗?"这时,站在门外的人又苦苦地哀求道。

父亲和儿子互相看着。

"不知道是谁,咱们走到门边瞧瞧也好……。"父亲这样说着,儿子手里拿着一根粗棍子,两个人小心翼翼地走到门边。

"是谁?这么晚了,有什么事敲门?"父亲怒气冲冲地叫着。

"实在对不起了,请您打开门好吗?"门外的人悲哀地说。

"混账话。这样的大风雨，能开门吗？有什么事，就在门外快快讲好了。"父亲骂道。

儿子的手腕用力地紧紧地握着粗棍子。

"我是过路人，从海滨来到山中，因为大风雨迷了路，天这么黑，这么大的风雨，我一步也走不了了，睡土屋子的角落也可以，能让我借住一晚吗？……"

"不行不行，我不能让一个不相识的什么地方的人进到家里来过夜，再走几步，就有一条去村子的路，到了村子里，你可以找别的人家嘛。"父亲一下子拒绝了那个人的请求。

敲门人在门外深深地叹息着。过了一会儿，他又以可怜的声音哀求：

"我第一次经过这里，一点也不知道该怎么走。是土房还是什么地方都行，只要能遮风雨，让我进去就好了……"

"你还絮叨什么，赶快离开。"儿子挥动着手臂叫喊着。

"没有办法了，那我走。不过我口很渴，能给我一杯水喝吗？我喝点水，提提神也好走路……"站在门外的陌生人被斥责后，这样说。

"我不能给你水。女儿生病了，正嚷着要水喝，可是她喝了水就会死去的。我不能动水勺，让她听到水声。你还是到村上去喝吧。"和儿子互相看了一眼之后，父亲摇了摇头，大声地说。

"爸爸，我口渴呀！给我水，我难受呀，给我水……水不是有很多吗？那个人要水喝，给他喝吧！"姑娘好像听到了她爸爸的话，又吵着要水喝。站在外面的人听到了姑娘嘶哑的声音。

"我不知道这个姑娘得了什么病。不过，我这里有好药，像我这样旅行的人是能够得到名药的。我要把药分给你们，请打开一点门。"过路人说。

父亲和儿子还是互相看着。

"怎么办好呢?"他们交换着目光商量着。

"决不会给你添麻烦的。只是为了给你们药。请你们把门打开一点好吗?"这时门外又传来过路人的声音。

村里的医生们认为女儿的病已无法治了,到底是父女之情,总得想办法救女儿啊,于是父亲很小心地打开一条门缝,让过路人仅仅能将手伸进来。过路人将五六个丸药交到站在门里的父亲手中。

这时,父亲想到自己对待过路人的态度,不由得感到羞惭,心里踌躇着,还是让过路人进到房子里来吧。

但是过路人已经消失在黑暗之中。

"爸爸,只给他水喝可以吧。"儿子这样说了以后,父亲赶快走出大门,但不管怎么样,因为暴风雨太大,无法再追他回来了。

两个人又回到火堆旁。

"哎,多好的人啊。我们没让他住宿,又不给他水喝,他却给了我们药走了,多么善良的人啊……"母亲说。

"不知道这是什么药。"父亲不相信过路人给的药。

吹打着门的风声雨声一直没有减弱。

"那个人怎么样呢?大概现在已到了村子里了吧。"过了一会儿,儿子好像想起来似地说。父亲大概为自己的冷漠无情而受良心的责备,不愉快地、默默地望着火。

那个夜里,姑娘痛苦极了,想要水喝。第二天,她连喊要水喝的气力也没有了。

暴风雨之后,天气一下子变晴了,可是冷得好像要下雪似的。山谷的树叶完全落了,山峰顶上的天空,就像蓝色的玻璃似的清晰明亮。

父亲让儿子到村里去请医生。因为姑娘的病急剧恶化,大家都忘了昨晚过路人的事。医生很快赶来给病人看病。可是他说,现在姑娘的病已经很难办了。他坐了一会儿,又回村里去了。

这时,母亲说:"把昨晚过路人给的药让她吃吃看怎么样?"

"事到如今,给她吃什么也无所谓了。"父亲说着,将放在盒里的丸药拿过来让女儿吃了。

过路人的话不是假的,这个药有奇妙的效力。被医生判为无法治的姑娘,吃了这些药以后,当天傍晚,眼睛就能望着周围,望着母亲笑了。

又过了一天,姑娘的病更加好些了。这以后,她的身体逐渐恢复健康。

不知不觉地,姑娘的病痊愈了,身体完全恢复健康。这件事传到村里后,大家都回忆起那狂风暴雨的夜晚,可是,在那个夜晚,谁都没遇到那过路人呀!

"他一定是个神。现在这个世道,大家都无情无义,甚至连神都不信了,所以神来显示自己的力量呢!说不定神在什么时候要带走那个姑娘的。"有人这样说。

自从发生了这个奇妙的事以后,父亲对自己无情的行动,感到后悔。他希望那个过路人再一次来自己家,那时,自己一定要表现出极大的热情来欢迎他的。

过了几年,姑娘长成了一个非常漂亮的人,村里有很多人想娶她,甚至使她和她家的人,不知怎么办好。后来,她终于选中了其中一个最出色的人家,嫁出去,过上了幸福美满的生活。

每当看到女儿这样幸福,父亲总想,这多亏那过路人呀!女儿生了个男孩子。这个天真可爱的外孙,跟在父亲的后面,喊着"外公,外公"。这种幸福的情景,又使父亲激动得想起那风雨交加的夜晚。

后悔的不仅仅是父亲一个人。儿子,母亲一想起那天晚上对那位过路人如此冷酷无情时,也都羞惭得无地自容。而且,他们为行人的面也没见到,而感到更为遗憾。

"以后,如果还有像在那个夜里一样,有借宿的人,我们一定要高高兴兴地请他住进来呀。"他们一家都这样说。

然而,在这以后,大概过了多少个年月,其间无论是刮风的天,下雨的天,还是飘雪的天,却再也没有人来到这个偏僻的人家,请求借宿了。

黑色的人影和红雪橇

这个奇怪的故事，发生在遥远的北方的国家里。

有一天，这个国家的男人们在冰上忙忙碌碌地，不知道在干着什么活。这里，一到冬天，靠近陆地的海面上，铺上了一层厚厚的冰，可以想象这里是多么寒冷的啊！

因为这个地方是在地球的北极，夜里，天空看上去就像在头顶上似的，那么狭窄，离地面那么近。这样，星星看起来也要比其他的地方大，更闪闪发亮了。它们的光，在这寒冷的夜晚，仿佛也冻结了似的，像一缕缕细细的银丝那样发亮。树木发出被冻裂的咔咔的声音，而海水像磨亮的铁似的一动不动。

在这样寒冷的国家里，大家都穿着黑色的皮衣服干活。这一天是阴天，海上阴沉沉的，呈现出一片灰色。

就在这时，脚下厚厚的冰块突然裂成两块，这种事情是很少见到的，当大家都惊呆地望着脚下时，这个裂缝越来越深、越暗，眼看着越来越大。

"啊！"留在海面上的三个人大声地喊叫着，但是已经来不及了，因为这裂缝已经很大，以至于他们再也无法跳过来或架起木桥。而且那个冰块好像被急流推动着似的，渐渐地向远方漂去。

三个人举着手，大声地叫喊着呼救。但是站在靠近陆地一面的人们毫无办法，只能眼睁睁地望着冰块漂去。

大家张皇失措，惊叹着这件莫名其妙的事。这期间，载着三个人的冰块迅速地向着灰色朦胧的海面方向漂去。大家发呆地面对着阴沉沉的大海，毫无办法地望着三个人影消失在远方的海面上。

人们骚乱起来了。冰突然裂成两块，而且像箭似地飞快地向海上流去，象这样稀奇古怪的事情谁也没有见过的呀！

大家商量着如何搭救这三个随冰被漂到不知什么地方去的三个人。

"这时候是没有办法救他们的。冬天船不能出海，怎么去追他们呢？"有人绝望地说。

"实在是没有办法。"大家都点点头，说。

可是这时有五个人在摇头。

"难道能这样坐视不救自己的同伴吗？无论如何要救他们呀。"这五个人这样说。

"可是这样的灾祸在我们这个国家里是前所未有的，单靠人的力量是无能为力的呀！"有人这样说。

大家默默地听着，大概都觉得这个人的话说得对。

"你们不救，我们去救！"五个人大声喊着。

正好，这个地方有五辆红色的雪橇。那是预备在发生什么事时，让狗拉着在冰上跑的。

当夜，五个人开始准备了。他们把吃的呀，穿的呀，以及其他需要的东西都堆放在雪橇里，等待着天亮。这是一个比哪一天都寒冷的夜晚。天亮了，海面不知什么时候又结成像昨天那样一层厚厚的冰，在闪闪发亮。

五个人分别坐进红色的雪橇里。每个雪橇由两三条狗拉着。

昨天被漂走的三个人的家属和许多人都来为出去搜索的这五辆红雪橇送行。

"请好好地寻找!"送行的人鼓励他们。

"我们哪怕去北方的海角也要把他们找回来的!"五个人大声说。

道别完了,五辆雪橇在冰上开始走起来。海面上还是和昨天一样,灰蒙蒙的。所有的人的胸中,都充满着说不出的不安。向海面上跑去的五辆红雪橇越来越小,后来变成像一个小红点,慢慢地这些小红点也模糊不清了,看不见了。

"能够平安地回来就好了。"大家异口同声地说,然后三三两两地回到自己的家中。

那天午后,海面上奇怪地刮起了大风雪,到了夜晚,风越来越猛,从海的远方传来了奇怪的海啸的吼叫声。

第二天,依旧是猛烈的大风雪,直到五辆红雪橇出发后的第三天,天空才变晴。

人们挂念着三个失踪的人和去救他们的五辆红雪橇,又聚集到海边来。海面上冻得更像一面镜子了,在很长时间才露出来的太阳光照耀下闪闪发光。

"好厉害的大风雪呀!"

"碰到这么厉害的风雪,那三个人和五辆红雪橇上的人怎么样呢?真令人担心呀。"大家纷纷议论着。

"据说是准备了五天的食物去的。"

"这么说,只剩下两天了。"

"大概到那时就回来了。"

"这些都很难说,只能求神明保佑了。"大家担忧地望着大海说着。

111

而海面上，只有冰层在朦朦胧胧地闪光，连个影子也没有。

终于到了红雪橇出发后的第五天了。大家都想，他们今天该回来了吧？人们向遥远的海面上眺望着。

这天，天又黑了，可是又没见到红雪橇回来。

第六天，人们又站在海岸上，向大海眺望。

"大概要回来了吧？"

"要是今天还不回来，五辆雪橇也出了事了。"

大家这样那样地说着。

可是第六天他们没有回来，而且第七天、第八天……他们始终没有回来。

"去寻找他们吧，怎么办呀……"

大家面面相觑。

"这次谁去寻找？"有个人问。

大家你看我，我看你，谁也没有勇气报名去找。

"那么抽签来决定吧。"一个人说。

"我害怕，不能去。"

"我也不能去。"

"……"

大家都畏缩不前了，终于没有人去救援。

"这是一场灾难，人是没有办法的呀！"他们这样说着，打消了去救援的念头。

之后，几年过去了。

有一天，渔民们乘着几艘小船到海上去。北方寒冷的海水就像流着蓝靛似的，海面呈现出一片湛蓝色，十分美丽。

海岸上，波浪拍打着岩石，卷起了水银珠般的美丽的浪花。

渔民们唱着歌，摇着橹，向海里撒网，突然，就像有乌云遮住了太阳似的，天空变暗了。

大家感到奇怪，正要抬头望的时候，忽然看到三个黑色的人影隐隐约约地浮现在海面上，而这些人影都没有脚。

人影就像黑色的僧人似的，隐隐约约地浮现在空间上，他们脚下的地方是波浪起伏的蓝色的海。

看到这种景象，大家都吓得浑身发抖，毛骨悚然。

"这大概是失踪的那三个人的亡灵吧！"渔民们心中分别这样嘀咕着。

"今天看到这不祥的东西，还是趁着没有出事的时候，快回去吧。"大家说着，急忙把船划回陆地。

但是奇怪的是：在返回陆地的途中，有不少船没有发生任何故障，却像自然地被大海吞下去似地，无声无息地沉入海底。

接着的事件，发生在一个寒冷的冬日里。海上，依旧冻成银灰色，而且一望无际，看不到一个影踪。

这是个晴朗的、寒冷的日子。红红的太阳就要沉到地平线下面去了。

就在这时。忽然在遥远的地平线上，有五个红雪橇，相隔一定的距离，次序整齐地、迅速地、笔直地朝远方跑去。

看到这种情景的人无不惊叫起来。

"那不是出去搜索三个人的五个同伴的红雪橇吗？"见到的人都这样说。

"啊，在我们这个国家可最好不要发庄什么事啊。"

"那个时候，不是谁都没有去救那五个人吗？"

"而且之后也没有做什么祭事吧！"

大家开始后悔不该不去救这些失踪的同伴们了。

来到这个国家的人，谁都会听到这个被当作奇怪的故事中的黑影和红雪橇的传说。

有力的大手

爷爷是从遥远的老家来的,因为有吉很少见到爷爷,所以一刻也离不开爷爷的身旁。爷爷那朴素的北方服装,散发着田野枯草的香味,闻着这种味道,有吉好像在阳光下走到老家通往都市的羊肠小道一样,感到十分亲切。

"这儿的天气总是这样好吗?"爷爷问。

"是的,最近,每天都这样。"妈妈回答。

"这么暖和,生活在这里的人是多么让人羡慕呀!"

爷爷走到院子里,望着无边的、宽阔的天空。这时一点风也没有,天气很晴朗,天空略带紫色。

"孩子他妈,刚才来了个卖金鱼的人。"

"是吗?战争的时候,连卖金鱼的人也不来呀。"

"可是老家还不至于这样呢。"爷爷好像想着什么似地说。

"要是老家离这儿近一点,您老人家也能经常来的呀。"

"可是一到这里,我就想回家了。"爷爷笑着说。

"爷爷,您说这里好,还是老家好呢?"有吉望着爷爷问。

"那还是这里好啊。没想到坐半天火车,气候就发生这么大变化,真令人惊讶不已呀。"

"那您就在我们这里住下吧。"

"我要再年轻一点儿的话……"

"年纪老了,更应该和我们住在一起才好呢。"妈妈也说。

"爷爷,就住在我们这里吧。"有吉靠在爷爷身边说。

"好,那我再考虑考虑吧。"爷爷用满布皱纹的大手不断地抚摸着有吉的光头。

"爷爷,您去澡堂吗?有吉。你带爷爷去。"妈妈从厨房里出来,对他们说。

被妈妈这样一问,爷爷也想起要洗澡了。

"是的,要洗澡了。把我的短外褂拿出来。"爷爷站起来换衣服。

"还是别穿外褂好。"

"到了傍晚,不冷吗?"

"是吗?"

一切准备好了以后,爷爷和有吉走出了家门。爷爷穿上短外褂和白布袜,一路上,旁边的人都用好奇的眼光望着他们。因为是家乡来的客人,他们才这样好奇吧,有吉想着,不知为什么也觉得难为情起来了。

道路两旁有许多房子,其中也有商店。而且这里那里的空地被开发成田园,种上了绿油油的小麦和葱。爷爷停住脚步,望着田野,好像有什么事似地自言自语了一番,接着走了几步又停下来,摆弄着袖袋,这使有吉觉得奇怪了。

"怎么,是丢东西了吗?"有吉走到爷爷身边问道。

"澡钱丢了,不好办吧。"爷爷说。

"什么,是这事呀。"有吉把到嘴边的话又吞了下去。心想,爷爷毕竟是乡下佬呢。

"爷爷,即使钱丢了,也会让您进去的。"

115

"什么？没有钱，也让进澡堂？"爷爷很认真地问。

"您对看门人解释清楚，人家会借给您的。"

"混账。"爷爷一下子发怒了。他虽然没有理由骂人，但有吉再也不说话了。

两人沿着夕阳映照的干燥的灰白色的道路走着，不大一会儿，他们看到了那边有一个烟囱，向浅蓝色的天空吐着黑烟。

"爷爷，澡堂还没开呢。"有吉停住了，对爷爷说。

"为什么？"爷爷也停住了，望着那边。

"那是什么？"突然，爷爷显得十分惊讶地喊道。原来澡堂前面围着一大群人，他们都显得很不耐烦，有的头上包着头巾，有的人手里拿着脸盆，还有的孩子穿着不成双的木屐，就象一群流浪者在等待着过路人似的。当然爷爷感到惊奇是有道理的。

"并没有什么呀，他们是在等待澡堂开门呢。"有吉向爷爷说明道。但是爷爷怎么也不能理解。

"有吉，咱们回去！你要洗，过会儿再和妈妈来吧。"爷爷说着，又从原路往回走。有吉没办法，只好跟在爷爷后面。

夜里，家里人都围在火炉旁，说着有趣的话。

"爷爷要是总住在这儿，该有多热闹呀。"爸爸恳切地说。

"是呀。"妈妈也说。

大家这样说着，爷爷什么也没有说，只是笑眯眯的。

当大家说完这些以后，爷爷就像想起什么似的，说起了刚才澡堂前围着那么多人的事。他一说，大家都笑了。

"是呀，因为您是第一次见到这个场面的呀。"爸爸点了点头。

"爷爷，最近，风习变坏了。因为上澡堂要带衣服、木屐、肥皂什么的，再没有人整整齐齐地上澡堂了。"妈妈向爷爷解释道。

"这些，有吉已告诉我了，不管怎么样，我都觉得很惊讶。"爷爷大声地笑了。

"夏天，还有人光着膀子，只穿一条裤衩上澡堂去呢。"

"要是这样认真，就不能高高兴兴地洗澡了。"

"是啊，而且，洗澡的人那么多，去澡堂的确不是一件愉快的事啊。可是他爷爷，乡下怎么样呢？"爸爸问。

"乡下还不至于这样啊。虽然我们生活和过去大不一样，变得不舒适了，但是还没听说过谁的衣服在澡堂里被偷了呀，因为在村里人们还保留一些情义的，他们会把自己的东西分给那些贫困的人的。"爷爷这样回答道。

有吉虽然是孩子，但对这些话是非常感兴趣的。

"妈妈，去澡堂要是忘记了带钱。会让进去吗？"有吉问。

"嗯，现在不知道了。"

"怎么？能让进去吧？"爷爷问。

"刚才爷爷担心丢了钱，老摆弄着袖袋。"

有吉想起刚才的事，感到怪有意思的。连爸爸听了，好像也想象出爷爷刚才孩子般的举止，哈哈大笑起来。

"如果看门的人是自己很熟悉的人，大概是让进去的，可是没有人不带钱进澡堂的呀。"妈妈同意爷爷的意见。

这时，爷爷好像在想别的什么事。

"真是在家千日好，出门一日难啊。没有钱寸步难行啊。在这个金钱的世界，大家都看到钱的好处，可是钱也怪可怕的呀。我想，难道没有钱，我们就不能安心地生活了吗？"爷爷叹息着。

"您说的有道理。因为出现了钱，就产生了穷苦人，而穷困又使人变得卑屈了。"爸爸说。"我们这个世界要是没有钱就好了。"有吉说。

"你懂什么,老实地听着。"妈妈斥责有吉。

"是呀,家里的马呀、牛呀、鸡呀正等着我呢,我要早一点回去。"爷爷自言自语地说着,话又转到钱上了。

"我第一次到东京的那天夜晚,因为下着雨,我坐的那个电车没有几个人。途中,售票员来检票,我看她粗暴地对一个人发着脾气,并且把他赶下车去了。这个人衣衫褴褛,连雨伞也没有。后来我问旁的人,据说,他因为差一分钱不能买票而被赶下车去的。这正是那时候的事啊。"爷爷说。

夜深了,天气变得很冷。爷爷打了一个喷嚏,就不再说话了。于是大家都去睡觉。

已经很晚了,有吉还睡不着。

"爷爷,还是乡下好呀。"有吉对爷爷说。

"孩子,到乡下去和爷爷一起生活吧。"爷爷说着,用那满是皱纹的坚硬的大手抚摸着有吉的头。

有吉感受到过去从未有过的温暖的坚强的力量,这种感觉一直深深地留在他的脑海里。

黄金的稻穗

在一个小村子里，住着一个农夫。他有一匹马。这匹马长年地为他干活，现在已经衰老，连驮运重物的力气也没有了。可是，善良的农夫并不斥责这匹马，而且，当要马爬上一段低矮的小山坡时，他就在旁边说：

"马呀，稍微再坚持一下吧！马上就到家了。今天驮得太重了，明天少驮点儿。"

于是，马儿抬起了头，咴儿咴儿地嘶叫一声，用尽全身力气，又迈开它的四蹄。

就这样，不知不觉间秋天来到，忙碌的收获季节开始了。村子里男人和女人们都到地里忙着。这个农夫也早出晚归，把稻子全都割下来，捆成一捆一捆的，让马儿驮回家。但是，他每次都不让马儿多驮。比如昨天他让马驮三十捆，今天就让驮二十九捆，从不让马儿过分地疲劳。

可是，运气不好，马还是越来越瘦、越来越衰弱，终于不得不中途停止了驮运。本来田里剩下的稻子，马上可以借人家的马驮回来的，但是农夫想：放在田里五六天，大概也不会受到损失的吧。马的宝贵生命只有一次呀，我怎能离开它去运稻子呢?于是,只要有时间,他就钻进马棚,一心一意地照料他的马。

田野里的风渐渐寒冷了,远山覆盖上一层白白的雪。四处田野都空空荡荡的了,只有这个农夫的田里,还留有几个稻垛。

"看哪,那儿不是稻垛吗?"

有的人指着稻垛叽笑农夫,说他扔掉农活不干,在已经衰老、毫无用处的一匹马身上浪费时间,真是可笑。

然而,这位农夫毫不介意。

"马儿呀,你的健康怎么样了呢?能很快好起来就好了。"他只惦记着这件事。

一天晚上,农夫又象往常一样,来到马棚。啊?这马怎么了?它眼里淌下了大滴大滴的泪水。

"呀,马呀,你怎么哭了?"

农夫温和地抚摸着马的额头。马用鼻尖擦着农夫的手,说:"主人呀,真对不起。我没有运完您的稻子。这样下去,稻子会烂掉的呀!可不能让珍贵的粮食烂掉呀。你别管我,去把稻子运回来吧。"

"怎么?你还惦记着这件事吗?我现在什么也不想了。你别惦念这多余的事,快快地好起来吧!"农夫说。

马说:"谢谢你。可是,我的主人呀,我的病已经好不了了。我出生以后被你买了来,一直过得很愉快。由于我一点儿也没吃过苦头,才能活到如今。这全是托您的福呀!"

它安静地、轻轻地用前蹄刨着地面,又说:"快,快去地里驮回那些稻子吧。"

"那么,我明天去运回来。"

农夫说着,又给马儿喂了一些好吃的料,回到屋里,才安心地钻进冰冷的被窝,睡着了。

第二天,天快亮的时候,天空飘下了鹅毛大雪。田野、山峦、森林和河流好像都盖上了一层白白的被子。农夫起床一看,很吃惊,立刻来到马棚。

"马呀,外面都铺上了厚厚的一层雪,我们就别管那些稻子了吧。"

可是马说:"主人,你说什么呀,还是把稻子驮回来吧。下雪又有什么关系呢?"

农夫穿起蓑衣,戴上斗笠,来到田里。稻垛上积了雪,把稻捆都掩埋起来了。农夫走近稻垛,扒开积雪,想拿出一把稻穗看看。

突然,眼前的景象使他目瞪口呆:稻子全都变成了黄金。

"啊!"他吃惊得叫了起来。

他吓得慌慌张张跑回家,一头扎进马棚,对马儿说:

"啊,马呀,稻子全变成金子啦!"

马竖起耳朵听着,高兴万分地说:

"这多好呀!那么,立刻把它运回来吧。"

马这样说着,瞪着眼盯着主人。忽然,马莫名其妙地说:"主人呀,请你打我一鞭子。"

"什么?打你一鞭子?"

农夫瞪囵眼睛,边说边往后退。

"打吧,打我身上哪儿都行。"

"你这样的病身子,一打更坏了……"

但是马连连摇头说:

"没关系,打吧!"

马连连恳求主人。

"那么……"

农夫没有办法,只好拣起一根细细的苇子棍,在马肩上轻轻敲了一下。立刻,马的肩膀上冒出了一匹小马。转眼间,小马变成了一匹健壮的大马。

农夫眼睛发愣地呆看着。

老马又说:"再打一下吧!"

农夫又轻轻地敲了一下。

于是,在被敲的地方又出现了一匹小马。小马转眼间变成了一匹高头大马。

"来,再打一下!"

"不,不,已经够了!"

"再打一下吧,这是最后一次。"

农夫又像刚才那样,轻轻敲了一下,又跳出来一匹小马。转眼间,小马也变成一匹高头大马。

老马看了看面前的三匹大马,抬起头对它们说:"去吧,你们去把田里的稻子全运回来!"

三匹大马一齐奔出门外,马蹄踢起雪花,欢快地朝地里跑去。

老马满意地望着它们那雄健的背影,对主人说:"主人啊,这三匹马往后就做你的帮手吧。它们是我死后留给你的力量呀。如果从前您只是鞭打我,逼我干过重过累的活,那么,我的力气就早用尽了,到现在别说三匹,连一匹马我也生不出来了。"

"是吗?是吗……"

农夫默默地听着,不断地点着头。他的眼里闪烁着快乐的泪花,用手轻抚着马的额头和鼻子。

不一会儿,三匹大马回来了。它们背上都驮着沉甸甸的耀眼夺目的黄金稻穗。

木偶姑娘

有一座小山。

登上山坡,可以看到村里的田地。田地旁边,有一座草房。现在从草房的院子里,走出来一个男孩子,他朝门里看了一下,说:

"妈妈,我去了。"

"去吧,可要小心呀!"

草房里,妈妈和蔼地叮嘱道。

男孩肩上挎着竹篮,他是去拾干树枝和枯叶的。

就在前几天,妈妈说过:

"松树的干树枝和杉树枯叶容易引火,早上用来生炉子,非常方便。"

男孩听了,对妈妈说:

"是吗?妈妈,那我星期天给您去拾些来吧。"

星期天,男孩果然蹦蹦跳跳地走出家门,到山里去拾柴火。

男孩叫什么名字呢?为了说得顺口,我们就叫他太郎吧!

太阳暖洋洋地照耀着大地。可是,现在已是深秋时节,树叶几乎落光,地面上树影稀疏,路边的石头光溜溜的。可不要

被绊倒啦,太郎边想着,边小心地在山脚下的小路上走着。他脚下的落叶发出沙沙响声,太郎觉得落叶中的栗树叶好像这样对自己说:

"太郎,找一找吧!说不定落叶里还藏有毛栗呢。那种栗子烧了吃可香呢。"

可是,太郎依然沿着山间羊肠小道急急忙忙地走着。不一会儿,他来到了后山的树林里。这里地面上到处散落着杉树枯叶和松树干枝。他放下了背上的竹筐,正要捡的时候,听见头顶上的树枝上,一只小鸟在吱吱鸣叫着。他抬头望去,是一只燕雀。燕雀拍打着翅膀,朝下呼叫着。

"燕雀呀,燕雀呀,你这么叫有什么事呀?"

太郎嘴里没有说出来,望着小鸟,心里这样想道。

忽然,燕雀机灵地转过身,一跃跳到另一树枝上,叫得更响了。

"吱吱、吱吱、吱吱。"

太郎觉得燕雀似乎对他这样说:

"太郎,太郎,请跟我到那边去吧。"

就这样它从一棵树跳到另一棵树,不一会儿,落在一棵粗大的栗树上。它扇动着翅膀,婉转地叫着,好像说:

"好了,就是这儿,就是这儿。"

日光照在被风吹起的燕雀羽毛上,薄薄的,显得格外好看。这时太郎突然看到,枝头上有一只小松鼠,正在用力挣扎着。它不停地扭动着脖子,十分焦躁不安。

"哎呀,松鼠怎么这样惊慌失措呀?"

到底发生了什么事?松鼠不是很灵活地能从一棵树跳到另一棵树,从一个树枝跳到另一个树枝吗?啊,原来它被两个树枝死死夹住了尾巴,挣脱不开,所以才那么难受呢!

"松鼠也会遇到不幸呀!但是没关系,我来帮你取出尾巴。"

太郎爬上树干,毫不费力地按住夹着松鼠尾巴的树枝。

松鼠立刻抽出了自己的尾巴。

"这个地方怎么会把你那么重要的尾巴夹住了呢?"

松鼠什么也没回答,可它是多么高兴呀!它在树枝上哧溜哧溜地一会儿爬上去,一会儿又滑下来。

太郎看着小松鼠,说:

"小松鼠,再见吧。我要去捡树叶了。"

说着他转过身去,同时抬头想看看燕雀在什么地方。可是把自己带到这里来的燕雀,这会儿,早已飞得无影无踪了。太郎透过落了叶的树林,看见一色蔚蓝的天空。栗树上的栗子,早已从壳里掉光了,丛生的野葡萄大概被人揪走了,蔓上一颗葡萄也没有。

"秋天的果实怎么一个也找不到了呢?难道连蘑菇也没有吗?"

小松鼠这样想着,在地面上转来转去。

可是一个蘑菇也找不到。

"找不到礼物答谢太郎,多么难为情呀!"

松鼠默默想着,发了愁。忽然,一朵鲜花映入它那黑黑的眼帘,是山里龙胆草的美丽小花。现在已是深秋,鲜花盛开的季节早已过去,可是这朵紫色小花在阳光照耀下,分外美丽。松鼠赶快咬下这朵花,衔在嘴里,很快地追赶太郎。它真是一只精明、灵巧的小松鼠呀!

松鼠望着太郎的背影。

"吱、吱吱、吱吱。"

听到叫声,太郎转过身来。噢,原来是刚才自己帮助过的小松鼠衔着一朵小花跑了过来。松鼠轻巧地爬到太郎身上,抓住他胸前的衣服,不停地摆动着小脑袋。

"啊,我明白了。它要我把花插在胸前哪。"

太郎高兴地笑了。

"谢谢,我插上。"

太郎拿过花来,插在衣服的扣眼里。

龙胆草的花,山里的花,紫色的花,是纯洁的花,美丽的花。

松鼠感到很满意,爬上旁边的大树,从树上向下望着这朵花。太郎也抬头望着松鼠。他挺起胸来,微笑着说:

"这是花的勋章。谢谢你。"

松鼠吱吱地叫了几声。从一个树枝到一个树枝地跳走了。

高高挂在蓝天上的太阳,把金色的光芒投向这朵小花。多奇怪呀,远远看去,这朵象征着勋章的鲜花,金光闪闪,艳丽夺目。山里的兔子很快地看到了这朵花。

"就是他,不错,一定是他了。"

兔子立刻向太郎跑来。它气喘吁吁的,跑到太郎跟前,伸直了长耳朵说,

"我终于找到了好人,是这个人,这个人。"

太郎问兔子:

"你说什么?"

"我是来迎接你的呀,是来给您带路的。"

"带路?"

"是的。带你到一个宫殿去。"

"到一个宫殿去?"

"是呀,到山里那个奇异的宫殿去。"

"真奇怪,什么宫殿?"

"没有什么可奇怪的。那个宫殿只有胸前佩戴着闪闪发亮的

花的勋章的孩子才能去的。"

"这儿不就是山里吗？难道有宫殿？"

"有的。是一个奇异的宫殿。您跟我走好了。"

性急的兔子说着，迅速地跳着跑起来。

"要是那样，就去看看吧。"

太郎把装枯叶的竹筐就地放下。在这深山里，竹筐是不会丢掉的。他很放心地跟在兔子后面，离开了这里。

悬崖下是一条羊肠小路，路面一段一段地被竹丛阴影遮盖，看来像突然中断了似的。夏天的时候，竹叶郁郁葱葱，生长得十分繁茂，现在叶片边缘已呈黄色，甚至有些叶子已经发白、干枯了。小兔子沙沙沙地钻进竹丛，圆圆的小脑袋有时被竹叶遮住，只有长长的耳朵尖露在外面。

过了竹丛，是一段下坡路，从这里可以俯瞰深邃的山谷。

"我们走这样的下坡路可难了，总像要往前倒下似的。"

小兔子在前面站住，对太郎说。它的前腿短，后腿长，走起下坡路当然就困难了，更何况是这种山后背阴处的小路，地面上长满潮湿滑人的青苔呢。

"您也要留神脚下。滑一跤可不得了呀。"兔子说。

不一会儿，他们走到了山腰上。山有山顶，那是山的最高处；山有山脚，那是山的最低处。在山顶与山脚的中间，就是山腰。从山腰向上攀登，可到山顶；向下走去，就是山脚。

站在这里望去，山腰沐浴在阳光下。果然，一间奇特的小房子孤零零地立在那里。

小兔子指着那房子说：

"请看，那就是山里的宫殿。"

"噢，那就是？"太郎有些奇怪，"真像个玩具，比我家的房子还小呢！"

"小吗？可是它确实是个宫殿。"小兔子说。

"比鸡窝还小。"

"是小。不过宫殿就是宫殿嘛。从外面看，像一个火柴盒，可是你进去看，里面房间鳞次栉比，多得很呢。"

"这么说，是魔宫了。"

"啊，啊，也可能是魔宫，可是您不要担心。"

太郎和小兔子沿着窄窄的山路边走边说，来到宫殿的门前。

在他们面前是一扇不知经历了几百年的古老大门，门顶上的青铜带着绿锈，多么美丽呀！太郎望着这扇大门，心里暗自赞美。这时，小兔子蹦蹦跳跳地跑过去，打开大门侧旁的便门，跳上石阶，站在大门前。

一口形状典雅的吊钟挂在那里，旁边放着一根敲钟的短木棒。

"太郎，你敲一下钟吧！"

"那多不好意思啊。我可从来也没敲过钟呀。"

"不要害羞。要不，我来敲吧。看，就这样。"

小兔子拿起木棒，当、当、当地敲响了钟。

"来了。"

随着一声答应，走廊上响起脚步声。门开了。

出来的是谁呢？原来是一位下颌垂着长长胡须的老大爷。

老大爷的外貌和我们见过的普通老大爷很不一样，他的个子很小，长得和太郎差不多高。

"您好，打扰您了。"

太郎说着，向老大爷恭恭敬敬地鞠了一躬。

"欢迎您，请进。"

老大爷伸手拉着太郎说：

"我已经等您很长时间了。快，先坐下来。是我托兔子把你带到这里来的。为什么我要请你来，我这就讲给你听。"

你们知道老大爷要讲什么故事吗？

"我一直一个人住在这里，可并非没有另外一个人。那是一个可爱的女孩子，不过她不是个能讲话的孩子，她是个木偶姑娘。可是我把她看作是个真正的孩子。她虽然不能说话，但每次见到我时，都高兴地用眼睛向我致意。而我呢，每天早晨起床后，第一件事就是去看她。我觉得没有比这更快乐的事情了。

"可是一天早晨，我把木偶姑娘放在屋内窗台上，刚刚走出房门，突然从高高的松树上飞下一只大老鹰，把木偶给叼走了。大概老鹰弄错了，把不能吃的木偶抓去了。这样的事，我可从来没听说过呀。后来，可能老鹰知道自己错了，就把木偶扔掉，飞走了。你看，院子里那棵最粗的大松树，木偶就掉在那接近树顶的高高树枝上。"

老大爷抬头望着那高高的树枝，用手指着说。木偶姑娘被扔在树枝上，已经有十三年了。每当狂风大作，树枝猛烈摇动时，老大爷担心木偶也许会掉下来，就从早到晚地站在树下守着。有时，下起雨来，老大爷挂念，小木偶被雨淋湿，该有多冷啊！他想念着，整夜睡不好觉。就这样，老大爷无时无刻地为木偶担惊受怕，他的头发都渐渐变白了。

"老大爷，从下面可以看到木偶吗？"太郎问。

"即使在白天，我也看不见。我的眼睛已不如过去，可是，我知道木偶确实还在树枝上。"

"您怎么知道的呢？"

"我虽然白天看不见，但一到晚上，我就可以断定木偶还在那儿。"

"那是怎么回事啊？夜里那么黑，不是更看不见了吗？"

"当天色完全黑下来时，木偶的眼睛会闪闪发亮，那亮光透过树叶照了下来。"

"眼睛会发光吗?"

"是的。我告诉你吧,我给木偶装上了眼睛,是钻石眼睛,所以她才能像天上星星那样发光。不知底细的人,还以为那是树枝上空的两颗星星呢,实际上,那是钻石发出的光。每当我看到这钻石的光辉,就知道小木偶还平安地待在树上。可是,我多么想让她再回到我身边,让我用这双眼睛仔细端详她啊。十三年了,我每时每刻都在想念她,可是见不到。那个孩子啊,虽说是个木偶,啊,如果我能再见到她的话……"

老大爷微微颤动着嘴唇,讲述着。他那干瘦干瘦的手,紧紧握成拳头,放在桌上,仿佛正在作最衷心的祈祷。两行热泪沿着面颊流下来,滴落到手上,老大爷擦去泪水,继续说:

"我要是能见上这孩子一面,就是在什么时候死去也心甘情愿,哪怕明天死了也无妨。"

"我明白了,老大爷。我这就爬到树上去给你把木偶姑娘取下来。"

太郎坚定地说。

"啊,是真的吗?你真的去给我取下来吗?"

老大爷凝视着太郎。

"是的,一定给您取下来。"

"啊,那太好了。几年前,我做了一个梦,一个奇怪的梦。梦中有人对我说,有一个胸前挂着一朵野花的孩子将要来到这深山之中。如果那朵花闪闪发光,夺人眼目,那一定是个善良而勇敢的孩子。您要请他帮助您呀!梦中我迷迷糊糊想,这不是木偶姑娘来到我床前对我说的吗?我这样想着,醒过来了。于是拜托山里的兔子,如果发现这样的孩子,一定把他带到我这儿来。你终于来了,欢迎你啊。我的那个愿望,那埋藏心底十三年之久的愿望，你要使我得以实现了。啊，马上我就能见到木偶姑娘了……"

老大爷高兴得一次又一次地鞠着躬。他那黑黑的眼睛，闪烁着光芒。

"那么，现在就去吧。"

太郎说着，来到院子里。

院里到处铺砌着石块，踩着石块下去，那是一个美丽的水池。池中央有一小岛。岛上修建了一个小巧玲珑的水榭。夏日夜晚，坐在水榭里，眺望荡漾在凉爽水面上的蓝色月光，美极了！老大爷曾多次来此欣赏月光，可是，这已是将近十三年前的事了。

池边，屏风般地耸立着一块险峻的岩石。岩石旁是一棵高大的榉树。榉树的树叶已经染成红色，像是燃烧着的火。缠绕树干上的常春藤，叶子也已染上火红的颜色。这榉树红叶和常春藤红叶交织一起，倒映水中，仿佛水池也在燃烧。于是使人觉得，这冰凉的秋水，也变得温暖起来。老大爷也曾以这种心情欣赏映在清澈池水中的红叶，饱赏这美妙的景色。然而，这也是十三年以前的事了。

向这边看，一块块圆圆的光滑的石块，整齐地铺砌在地面上。旁侧生长着一丛茂密的苦竹。苦竹青翠欲滴，使人觉得好像从来没人动过它。

但是，这时太郎没有心情和时间来观赏这周围的美丽景色或去摸一摸那些青翠的苦竹了。他光着脚，轻轻踩在苔藓上，走到松树前。松树很高很高，要看树顶就非仰起头不可。老大爷已经好几年没有整理庭院了，任凭松树生长，松树枝干交叉盘错，长得乱蓬蓬的。老大爷说的那接近树顶、上边躺着木偶姑娘的树枝，从下面看不到，能见到的只是下边粗粗的树干和几根带着枯叶的树枝,此外就是晴朗的天空和漂浮在天空的几朵白云。

"木偶姑娘在哪里,先不必想了,爬上去就会知道。"

太郎把一条麻绳牢牢系在腰间。要是绳子扣结不好,爬到中途绳扣松了,可危险了。好在太郎知道结实地打绳扣的方法。现在太郎明白:结绳扣虽然是件很简单的小事,但又是多么重要的事呀!

太郎扑到树干上,双手紧紧抱住,双脚紧紧地贴在树干上,然后手脚用力,一下一下地向上攀登。转眼的工夫,他那轻巧的身子沿着树干攀上很高了。

"小心,可别掉下来啊!"

老大爷踮起脚尖,伸长脖子这样喊着,两手握成拳头,目不转睛地望着太郎。

爬着爬着,已爬到树的半腰了。太郎抱住一个粗大的枝杈,感到手腕酸麻,两腿疲乏。但他只稍息片刻,就又继续攀登。

高高的松树,小小的身影。

宫殿的屋顶只剩下一片蓝色,宛如嵌在低低的地面上。从树上可以鸟瞰群山和深谷。洒在群山和林间的阳光和斜落在又大又深山谷中的山影相交织,明暗相间,掩映成趣。

太郎往上爬着,接近大树顶端了。

"啊,就是那个树枝,再上去一点儿。"

从下面传来老大爷的声音。

太郎靠到那树枝上,搜寻着望过去。

看见了——那个小小的木偶。

孤零零的木偶被密密麻麻的松枝包围着,身上盖满了松叶,一动不动地躺在那里。经受了十三年的风吹雨打,昼夜暴露在外的可怜小木偶,那坚硬结实的木质皮肤可能有些已经腐朽、损坏了吧。

"真可怜呀,快把她扶起来吧。"

太郎左手紧紧握住一个松枝,伸出右手,可是够不着,只稍差一点点。

"够不着吗?只差一点点。"

还差四、五厘米的距离。太郎伸长脖子,肩头和手腕一齐用力,仍然够不着。手再也不能向前伸一点儿了。再勉强伸过去,左手就离开松枝,转眼之间,就会倒栽葱似地掉下去了。

太郎的手和脚都在发抖。

"怎么办呢?"

太郎想啊想啊,可是,在这松树上,谁也不能来帮忙。

折下一根干树枝,把木偶勾过来吗?不行,不行,这太危险。这样可能会把木偶给捅下去摔断脖子的。而且,钻石也可能从眼睛里掉出来,飞到不知什么地方去的。

"不能因过于焦急而把事情办坏啊。难道没有好办法了吗?"

正在这时,脚下传来一阵吱吱的鸣叫声,是刚才的那只燕雀吧?

"到这里来,燕雀!到这里来呀!"

太郎用力地吱吱吹起口哨。下面,燕雀好像回答似地又鸣叫起来。大概燕雀会马上飞来吧,可是它却没有来。而那鸣叫声持续着,却越来越远了。

"很遗憾,它飞走了。如果燕雀能够像刚才带我到松鼠身边那样,把松鼠带到这棵树这儿来,会多令人高兴啊。如果松鼠这时出现在面前,可有多好啊!"

太郎想。

如果松鼠衔住一根麻绳,去把木偶拴住,那该有多好。这样就可以把木偶拉过来了,然后从高高的树枝上,把绳子垂下去，小木偶就可以轻轻地落到地上。

"这样一来，老大爷该有多么高兴啊，小松鼠，快一点来吧！"

正这样想着，松树下传来咯吱、咯吱的亲切叫声。

"啊，是松鼠来了吧？是燕雀通知它的吗？"

松鼠很快爬到太郎脚下，正是刚才的那只松鼠。它摇晃着那粗粗的尾巴。听到了燕雀的通知，小松鼠立刻急急忙忙跑到这儿来，想帮助太郎。

小松鼠，谢谢你。

燕雀，谢谢你。

松鼠马上开始帮忙。它咬住麻绳的一端，一圈一圈地缠绕在木偶脖子上。太郎小心地拉过小木偶来，然后紧紧地抱住她。

秋天阳光照耀下，木偶身上暖烘烘的，一股松叶的香味，从她身体中渗透出来。

太郎把木偶从高高松树上放下去。老大爷兴高采烈地跑过来，伸出双手，把木偶姑娘紧紧地抱在怀里。泪水使他的眼睛模糊了。他透过朦胧的泪花凝神望着，边用手指着高高的树梢，边说：

"木偶姑娘呀，你看见松树上的那个人了吗？那是个把你从树上解救下来的善良、勇敢的好孩子。古时候，神仙曾从云上降落人间；而今，善良、勇敢的太郎啊，也像神仙那样从树上下来吧。木偶姑娘呀，用你那明亮的眼睛，好好看一看这勇敢的少年吧！把这一善良、勇敢的好孩子形象，深深地映在你那钻石的眼睛里吧！"

龙 的 眼 泪

在南方,有一个国家。

据传说,在很久以前,这个国家的山中住着一条大龙。平时,龙不知隐居在什么地方,从不露面。然而,人们都说,确实有人见到过这条龙。

这条龙目光炯炯,嘴巴一直延伸到耳边,一张开总是吐着火一般的红红的东西,这也许是它的舌头,或者是它喷着的气息吧。它不时发出的怒吼声,活像是远方传来的雷声。要是有人不留心从它身边经过,就会被它闻到气味,被它发现的;而且一旦被它发现,就会被它一口吞下去的。

人们这样传说着,感到非常恐惧。甚至没有人敢半开玩笑地说:去找找这条龙吧。有时,孩子们淘气,不听爸爸妈妈的话,只要对他们说"龙来了!"或吓唬他们"把你送到龙那里去",他们就会变得乖乖的。有的孩子夜里不睡觉,只要对他说"龙来了,龙来了!"那他马上就战战兢兢地钻进被窝。有的孩子甚至夜里做梦也梦见这条可怕的龙,吓得哭起来。

不仅仅是孩子们。

那些爸爸、妈妈、爷爷、奶奶们夜晚聚集在炉边,也谈论着龙的事情。

"谁能够为我们征服这条龙啊?什么地方能有这样了不起的人呢?"

人们忧愁地、无可奈何地交谈着,直到谈腻了,才各自回家睡觉。虽然大家都没见过这条龙,可是夜里却有许多人做噩梦,梦见了可怕的龙。

怎么办好呢?为什么没有出现能够征服这条龙的人呢?

就在这个时候,在一个小镇上,出现了一个和普通的小孩子不同的奇怪的男孩子。他的个头并不比其他的孩子大,但身体十分结实。在天气晴朗的时候,他总喜欢外出游玩。和小伙伴们一同玩耍的时候,他决不欺侮别的孩子,也决不任性胡闹。在这一方面,他和其他孩子是不太一样的。此外,他还有一点和其他的孩子完全不一样的奇特的地方。

是什么呢?原来,他听了关于龙的传说,毫不表示畏惧,相反的,他还喜欢主动地问到关于龙的种种事情呢。

"真是个奇怪的孩子。"

"为什么呢?"

人们摇着头这样说。

有一个人解释道:

"大概是这样的,从这孩子小时候开始,他的爸爸妈妈就从不对他谈关于龙的事情。'龙来了,龙来了!总是对孩子说这样的口头语可不好啊。'一定是他的妈妈这样对他爸爸说了,所以他们从不用龙的事情吓唬孩子。"

"有道理。"

"他的妈妈可真是个聪明人呀。"一个人颇为感慨地说。

"可能是这样的。他现在总是打听关于龙的事,觉得很新鲜,而且越听越显得认真起来。我觉得,他可能会成为一个出色的人物呢。"另一个人说。

可是旁边有一个人摇着头说：

"这可不一定。那个孩子身体虽然很结实，在外面玩耍时也很活泼，可是却有点软弱呀。就连见到蚂蚱掉下一只脚来，他也会哭的，没什么出息。"

"是呀，是这样的。"

确实如此，这个孩子非常善良。他就像女孩子一样，对待小伙伴们非常温和，一遇到什么悲伤的事情，马上就掉下眼泪。

好，故事继续讲下去吧。

一天晚上。

这个温顺的、奇特的孩子像平时一样钻进了自己的被窝。可是忽然他又爬起来，抽抽搭搭地哭起来了。

妈妈很惊讶。

"怎么了？是肚子疼吗？"

孩子摇了摇头。

"那么，怎么了？"

于是，那孩子说：

"龙，龙啊。"一边说，一边抽泣着。

意想不到孩子会说这样的话，妈妈吃了一惊。她深深地叹了一口气，担心地说：

"没关系的，不要哭。龙是不抓听话的孩子的。"

可是孩子立刻又用力地摇着头说：

"不是，不是，我不是害怕呀。"

"是吗？哦，那为什么哭呢？不怕就不应该哭啊。"

孩子回答说：

"多可怜呀！"

妈妈不理解孩子的回答，她又问：

"你说可怜是什么意思?"

孩子大声地说:

"龙,我是说龙可怜。"

"啊,你说什么?"

妈妈吃惊得身子向后一仰:

"呀,真怪!"

"不怪,为什么谁也不喜欢那条龙呢?"

孩子用遗憾的口气说着,从眼睛里流出大滴大滴的泪珠,显得十分委屈。

孩子为什么说出这样的话呀,妈妈一点也不明白。她觉得自己的孩子说的话和别的孩子太不一样了,感到很焦急,所以,她不想让别人知道这件事。然而,这件事还是泄露出去,使周围的人们都知道了。

"哎呀,那可是个糊涂孩子,怎么说出这样的话呢?"

"怪不得平时不太爱说话呢,原来是个傻瓜呀。"

有些人在背地里这么议论着。妈妈也听到了一些这样的风言风语,于是,她对人们解释道:

"不,那孩子绝对不傻,那是他睡得迷迷糊糊时说的梦话。他马上就满七周岁了,会变得更聪明的。"

妈妈是个很和蔼的人。她说完后,就走近孩子身边,安慰他说:

"宝宝,你的生日快到了,都打算请谁来祝贺呀?"

孩子紧紧地盯着妈妈的脸,说:

"妈妈,我要请龙来!"

妈妈目瞪口呆,她沉默了一会儿,生气地说:

"记住,不许这样没完没了地和妈妈开玩笑了!"

可是,当妈妈看到孩子认真的神情,知道孩子说的是真心话时，她更慌张了。她说了许多话来哄孩子，还一再告诉他，说这样奇怪的话会被人笑话的。

"好孩子，再不要说这些胡话了！"

妈妈断然地对孩子这样说道。而当孩子离开身旁，剩下妈妈自己一个人时，她悲愁地自言自语道：

"这个孩子真的有什么问题了。不管如何，总得想个办法呀。"

孩子的生日临近了。在生日的前四五天，孩子一个人离开了家，来到了小镇旁边的山丘上。

登上山坡，广阔的原野展现在面前。对面的群山上树木繁茂。在炎热的阳光下，密密层层的白云从山后涌出来。孩子想，龙一定是隐藏在群山背后的。

"去看看。"

孩子心里这样想着，走下了山坡。无论是去什么地方，孩子总是要走到底的。他虽然小，但只要不停地走去，是能走到很远很远的地方的。天黑的时候，孩子已经十分累了，他躺在森林边一棵树下睡着了。拂晓，小鸟的叫声唤醒了他。他饿了，就摘下树上的野果，边吃边走。终于，他走到了山脚下。孩子又继续向深山走去。山谷中，白雾弥漫，河水潺潺。草丛中，黄莺在跳跃着，歌唱着。树上的露水一滴一滴地落在孩子的身上。此外，四周静悄悄的，使人觉得，如果放声高喊，一定能传得很远。而且，听到喊声，一定有什么东西，不，就是那条龙．会出现的。可是，孩子毫不畏惧，他望着深深的山谷，用最大的声音喊道：

"山里的龙——山里的龙——"

山谷里传来了回声，然后声音消失了。

这时候，龙正独自在山洞里打瞌睡。听到有人喊它，忽地睁开双眼。它觉得十分意外。

"是谁在叫我?"

龙怎么也想不出来。这是一条无所畏惧的龙,此刻,它那威严的面孔变得更加严厉,用雷鸣般的声音回答道:

"噢,什么事啊?"

"出来呀!"

传来一个亲切和蔼的小孩子的声音。龙实在感到惊奇。

"不管如何,出去看看吧。"

龙摆动着长长的躯体,立刻从洞里慢吞吞地爬出来。它的眼睛闪闪发光,嘴一直延伸到耳边,红红的舌头像火一样在嘴里舞动着。覆盖着它长长的身体上的坚硬鳞片碰在树叶上,发出唰啦唰啦的声音。大龙过后,草木摇摆,掀起一阵风。孩子注视着这一切。不一会儿,龙昂着头出现在他面前。

龙看到一个陌生的孩子一动不动地站在那里。

"是你叫我吗?"

龙说道。它的眼睛闪着光,望着周围,好像是看看还有没有别的人。

"是我,是我叫你。"

"你一个人?"

"嗯,就我一个人。"

孩子好奇地望着龙说:

"过去有人来找过你吗?"

"这个,当然没有。"

"所以,我才来找你。和我一起走吧,明天是我的生日,我们家里有许多好吃的。"

听了孩子的话,大龙发愣了。而且这会儿,它显得张皇失措似地,问道:

"我可以去吗？我跟你去可以吗？"

"当然可以，我不会欺侮你的。"

"不会欺侮我？"

"是的，而且，谁要欺侮你，我会保护你的。"

"保护我？"

——这是怎么回事？孩子说的话真是不可思议呀。龙久久地目不转睛地望着孩子，它那敏锐的眼睛里开始闪烁出一种安详而温顺的光芒。这仿佛是一种深藏在它的眼睛里几百年之久的强烈的光芒。

"呀，谢谢，谢谢！"龙俯下头对孩子说，"我过去从未从人那里听到过一句善意的话。不，岂止如此，我总是被人憎恨，被人讨厌的呀。"

龙的眼睛里，涌出了大颗的眼泪。

"我并不是什么坏人。可是人们从来不把我当成好人。我抱怨他们，因而我自己也变得乖僻了。一见到人，我就生气，龇牙咧嘴地瞪着他们。嗯，可是，从今天起，我再不这样了。"

龙的眼泪越来越汹涌地奔流出来，变成了一条河。孩子非常害怕，急忙抱住身旁的一棵树。

"你为什么哭呀？瞧，你的眼泪快要把我冲走了，我回不了家了。"

突然，龙对他说：

"你不要害怕，来，骑到我的背上。"

"让我骑上吗？"

"当然。骑上来，紧紧地抓住我。"

孩子听了，高高兴兴地松开手，离开了大树，一下子轻巧地跳到了龙的背上。龙的眼泪，变成了河流，水中倒映着蔚蓝色的天空和青翠的山脉。龙的身体仿佛是一条大船漂浮在水面上，它掀起一阵阵的大风，破浪前进。

"多么令人高兴啊。我从来也没有这么高兴过。我要就这样变成一条船，让更多更多的好孩子乘上去，使这只船成为所有孩子的乐园。"

龙对自己背上的孩子这样说。现在，已经可以看到前面的市镇——那住着许多孩子的市镇了。突然，龙的身体从头部开始变化，渐渐地变成了一艘大黑船。龙鼻子呼出的气息，不知什么时候变成了烟，龙的叫声现在听起来好像是响彻四方的汽笛声了。市镇附近的人见了都吃了一惊。

大家睁大眼睛，望着这艘从未见过的美丽的大船逐渐驶近。当他们看到船上的那个孩子时，更惊奇了，不约而同地喊起来：

"哟，快看哪！"

"是那个孩子！"

"快看那个孩子呀！"

小椋鸟的梦

在广阔的原野上,有一株相当古老的栗子树,树干上有个洞,洞里住着小椋鸟和它的爸爸老椋鸟。

已经是深秋季节,原野上的芒草穗变成了白茫茫的一片。老椋鸟把很多软绵绵的芒草穗衔到巢里。不大一会儿,它们的身体就感到暖乎乎的,好像蹲在棉絮的被褥上一样。这么一来,它们再也不怕冰霜风雪的严寒冬天了。

之后,天气日益变坏,它们就很少外出了。

有一天,小椋鸟想起了妈妈。其实妈妈已经不在世上了,但是小椋鸟不知道,还以为妈妈在遥远的某个地方哩,因为过去爸爸就是这样告诉它的。

一次小椋鸟问老椋鸟:"爸爸,怎么妈妈还没回来呢?"

爸爸把身体裹在温暖的芒草穗里,闭着眼睛,动也不动。这会儿,被小椋鸟一问,它才稍微睁开眼睛,轻轻地说:

"你再等一段时间吧。"

"现在妈妈正在海面上飞着吗?"

"噢,是的。"爸爸仅仅回答了一声。

"现在又飞过大山了吗?"

"噢，是的。"小椋鸟问完好一会儿，爸爸才又这样回答了一声。

爸爸好像不爱搭理自己似的，小椋鸟就不再问下去了。

但是十天过去了，妈妈还没有回来。小椋鸟焦急了，它觉得这十天比一个月，不，比一年还要长呢！

在一个深夜，小椋鸟突然被一阵轻轻的沙沙声吵醒了。

它仔细一听，声音是从树洞口传来的，像是羽毛摩擦的声音。

小椋鸟摇醒爸爸。

"爸爸，爸爸，妈妈回来了！"

爸爸慌忙睁开眼睛，但它马上知道是小椋鸟弄错了，说：

"不，不，这是风刮的声音。"

说着它又闭上了眼睛。但是小椋鸟怎么也睡不着，于是它悄悄地走到洞口。果然爸爸说得没错，是寒风吹打着枯黄的树叶。

"爸爸没有说错。"

小椋鸟索然没趣地说着，重新回到洞里原来睡觉的地方。那地方已经变凉了。小椋鸟把自己的小身体靠近爸爸身旁，缩起脚来，终于睡着了。

天亮了。清晨的阳光照了进来，洞里出现一个模糊的阴影。小椋鸟醒来，走出洞口去看。原来这棵树的所有树枝上的叶子，都掉光了，只有靠近树洞的一根树枝上，孤零零地挂着一片枯叶。

冬天，很快天又黑了。小椋鸟和往常一样又蹲在爸爸身旁睡着了。

半夜，它又醒了，那沙沙的声音又传到它的耳朵里。

是那片枯叶被风吹抖动的声音，可是小椋鸟却觉得像是妈妈翅膀振动的声音。小椋鸟越听就越觉得这声音是多么的亲切，听着听着就越发想念起妈妈来了。

"怎么会发出这样动听的声音呢?"

小椋鸟对这声音惊奇不已。

天又亮了。这一天,寒风猛烈地从原野上吹过。小椋鸟走出洞口一看,那仅有的一片枯叶眼看就要被风刮跑。

小掠鸟急忙跑回洞里,从巢里抽出一根毛,衔着走出洞口。这是一根细长的马尾毛。它那可爱的小嘴极其认真地用这根毛把那片枯叶紧紧捆在树枝上,使它再也掉不下来。

"这样就放心了。"小椋鸟想道。

"风刮得再大也不怕了。"

因为方才它非常担心这一小片枯叶会被大风吹到什么遥远的地方去呀!

回到洞里,爸爸问它:"你干什么来着?"

小椋鸟把刚才的事告诉给爸爸。爸爸闭着眼睛,默默地听着。当它全部听完时,睁开了眼睛,上上下下打量着小椋鸟。它是弯着脖颈,仔仔细细地打量的。

这天夜里,小椋鸟作了一个梦。不知从什么地方,飞来一只白色的鸟,轻轻地走进洞来。小椋鸟吓了一跳,惊叫了一声:"啊,是妈妈!"但是白色的鸟什么也没说,只是用充满慈爱的眼睛,注视着小椋鸟,就像爸爸白天注视着它一样。

小椋鸟正抖动翅膀,要靠近那白色的身体时,白鸟突然不见了。于是小椋鸟从梦里醒了过来。它用小圆眼看了看自己的周围,但是洞里依然是漆黑漆黑的。

第二天,天一亮,小椋鸟就很快起来,跑出洞口。它看到那片枯叶上覆盖着一层薄薄的白雪。看到这个情景,小掠鸟心想:昨夜自己梦里见到的白鸟,大概就是这白色的枯叶吧?

于是小掠鸟扇动小翅膀,把枯叶上的白雪全部掸掉了。

耀眼的星星

天空银河附近,有三颗星星并排地住在一起。

它们是同月、同日、同一时辰出生的。但却各不一样:一颗是红色的,一颗是蓝色的,第三颗最小,几乎没有什么颜色,只能放出极其微弱的光。

每到黄昏,这三颗星星都要坐到各自位置上,放出自己的光芒。但是在这之前,它们必须干一件事。是什么事呢?那就是赶快去银河取回第二天做早饭用的水。因为有时银河半夜突然下起雨来,会把洁净的银河水弄浑浊的。

一天傍晚,三颗星星又各自提着水桶,来到银河岸边。这时,夕阳西坠,火红的晚霞映在清澈的河面上,把河水也染红了。星星们站在岸边欣赏了一会儿这水天一色的绚丽景色,然后从容地把水桶放进河里取了水,于是天空中的火红晚霞也映到桶里的水中了。

"呀,多好看呀!"

"真的,呀,云又燃烧起来了。"

"瞧,我的桶里云彩也……"

它们说着离开了银河边。它们不时地瞧着自己的桶。快到家时,晚霞开始从顶端褪了色,与此同时,它们桶里美丽的彩霞也逐渐变得暗淡无光。

可是随着彩霞的消失,瞧,桶里已经变暗的水,却又渐渐放出光来。噢,原来是星星各自的影子。它们往自己抱着的桶里瞧,水桶就分别映出它们自己的脸来。红星的桶里映出红色的脸,蓝星的桶里映出蓝色的脸。可是第三颗星星,往自己的水桶里瞧,水里映出的是几乎没有光的十分乏味的脸。

"看,我的脸象颗蓝宝石。"

"我的脸像红宝石。"

红星星和蓝星星兴高采烈地肩并肩说着往前走,第三颗星星却默默地跟在后面。

不一会儿,它们走到交叉路口,那里耸立着一棵古老的大树。这棵树离它们各自的家很近很近。当它们走近大树时,听到了沙沙的声音,好像有什么东西在蠕动着。它们透过草丛望过去,看到昏暗中有一个黑色的东西。两颗星星停住了,第三颗星星走近也停住了脚步。

"是只喜鹊。它怎么跑到这里来了呢?"

"为什么呀?"

红星星和蓝星星抱着桶,伸长脖子望过去。喜鹊紧闭着眼睛,缩着脚,躺在地上。它浑身上下沾满了肮脏的泥土。

"瞧,都是泥土。"

"从什么地方来的?"

喜鹊还活着;沉重的翅膀贴在地面上,两条腿不断抽搐着。

"真可怜!"

"可是我们没办法呀!"

两颗星星这样说。而第三颗星星在旁边默默地注视着鸟儿,然后对两颗星星说:

"让我给它洗一洗吧。"

"可是,这是明早要用的水呀!"

红星星说。

"是呀,算了吧!过一会儿,泥土自己会干的。"

蓝星星也说道。

可是第三颗星星却走到喜鹊旁边,放下水桶。

"这么脏呀!这个样子,你想飞又怎么能够呢?"

它捧着一把水撒到喜鹊的脸上。红星星和蓝星星默默站在一旁,面面相觑。这时,天已完全黑了下来。红、蓝两颗星星的光更加明亮。它们急于要回到自己座位上,放出谁也比不上的光芒来。

"那么,我先回去了。"

蓝星星说。

"我也要先走了。"

红星星说着,和蓝星星并排走了。

只有第三颗星星还留在那里。

"连这里也沾上这么多泥土。"

它自言自语地说着,用指尖轻轻地抠掉喜鹊眼眶上的泥土,然后仔细地用水洗净。喜鹊大概恢复了元气,一下睁开了眼睛,站了起来。突然,从它的眼睛里忽闪忽闪地放出了金色的光芒。第三颗星星非常吃惊,一动不动地站在那里看着。光越来越强烈,到了耀眼夺目的程度。接着,喜鹊啄了啄翅膀,准备起飞,尔后若有所示地长叫一声。

"再见,喜鹊。你要小心地飞呀!"

星星亲切地对喜鹊说。喜鹊眼闪光芒,腾空飞去。

现在已是暮色深沉的时候了,但第三颗星星还必须返回银河再打水。它提起水桶,匆匆忙忙赶到银河边。

寥廓的银河边，现已无人打水，四周静悄悄的。星星站稳脚跟，伸长胳膊，打了满满一桶水。然后它加快步子往回走。因它每天走惯了这条路，虽然天很黑了，但它是不会绊倒的。在夜色茫茫中，星星突然看到水桶里有一颗金光闪闪的星在浮动着。

"啊！"

它惊讶不已，情不自禁地叫了一声。是哪个美丽的星星的影子呢？它停住脚步，抬头向天空望去。可是它找不到这样的星星，也不可能找到这样的星星。因为这颗星星就是它自己呀！那金色的光芒就是这第三颗星星自己的光芒。这金色的光芒，不是从它的脸上发出来的，也不是从它那外表放出来的，而是从它那颗善良的心里放出来的。

小朋友们！黄昏时，仔细眺望天空吧！在那千千万万的星星中，那颗星星一定在闪烁着它那金色的光芒哩！

一对兔兄弟

山里,住着一对兔兄弟。

它们的毛色相同:夏天黑白掺杂,冬天则像雪一样洁白。它们长得十分相像,但有一点不同。是哪儿不同呢?

兔哥哥长着一双可爱的大眼睛,而兔弟弟却总是闭着眼睛。因为它出生不久眼睛就坏了,变成了一只瞎眼睛的小兔子。

它什么也看不见,哪里有什么东西,也不知道。它是多么不自由,多么痛苦啊!

兔哥哥总是把这件事放在心上。它照料、关心着兔弟弟。当食物不够两人吃时,兔哥哥就不声不响地让兔弟弟尽可能吃饱,而自己默默地忍着饥饿,悄悄地去睡了。

山里,到处开遍美丽的野花。兔哥哥看到这些花,就想,让兔弟弟也看看有多好啊!可是兔弟弟看不见。兔哥哥想,哪怕让它闻一闻花香也是好的呀!于是采了一些野花,抱回洞里。洞里,并不太暗,外面的阳光朦胧地照射进来,淡淡的光束洒在野花上,花儿显得更美丽了。当然,兔弟弟看不到这些,可是它是多么快乐呀!它把花紧紧地靠在自己的鼻子上,一朵又一朵地连连嗅着。

"哥哥，真好闻啊！真高兴！"

兔弟弟闻了又闻。

野花花蕊上细细的花粉，沾到兔弟弟的鼻尖上，兔哥哥伸出手，悄悄地把花粉擦掉。

"哥哥，什么东西沾在我鼻子上了？"

"哦，花里面有一种细细的花粉，就是蜜蜂采蜜时浑身沾满的那种粉。"

兔哥哥不仅让弟弟嗅那好闻的花香，还一边抚摸着兔弟弟的头，一边把自己在外面所见所闻告诉给兔弟弟。象上山坡的时候，石头骨碌骨碌地滚下来了呀，草丛里的黄鼠狼想捉鹌鸟呀，松鼠在树上荡秋千呀，等等，许许多多的事情都讲给兔弟弟听。

一天晚上，兔哥哥像往常一样，在洞口给兔弟弟讲述着白天的事情。晴朗的夜空中，许多星星在闪闪发光。是因为快到秋天了吧，清澈的天空上闪亮的繁星就像是许多颗钻石一样。

"啊，这些星星要是能让弟弟看看就好了！"

兔哥哥悄悄地这样想。

恰巧在这时，一颗流星拖着一道亮光，飞快地落到远方去。

"呀，星星掉下来了。"

兔哥哥奇怪地睁大了眼睛说。它是第一次看见流星的。

"星星掉在哪儿了？哥哥。"

兔弟弟说着，向着天空，抬起了什么也看不见的眼睛，细心地听着。

"落在很远的地方了。也许，这星星可以代替眼睛吧？我去找来。"兔哥哥说。

"很远的地方，是山的后面吗？"

"是的，是山后面。也许是在更远的山后面呢。"

"如果是这样,那太远了,不能去,不能去。"

兔弟弟摇着耳朵说。

兔弟弟虽然眼睛看不见,可是很聪明。它想,去这么远的地方找寻星星,也许会迷路的。

聪明的兔弟弟又说:

"哥哥,有好办法了。"

"什么办法?"

"哥哥,是不是有的夜晚会刮大风呀?"

"嗯,是的。风呼呼地刮,山里的树被刮得左摇右摆的。"

"在这样的夜晚,天上的星星也许会被大风吹掉下来,落在洞口附近的吧?那时哥哥再去给我捡来好吗?"

"有道理,有道理,那太好了。"

兔哥哥很佩服兔弟弟的想法,于是就这样决定了。

小朋友们!在刮大风的夜晚,如果有星星从天空中掉落下来,你们捡到了一定会给山里的兔兄弟送去吧?

第三天采到的榧子

在北国的一座山脚下,住着燕雀爸爸和它的三个儿子。老燕雀已经上了年纪,可是它总是在想,只要自己还能飞,就自己去找食物,于是它早出晚归,寻找吃食。

一天,老燕雀又飞出去了。

天气阴沉沉的,已是黄昏时刻,老燕雀想在天黑之前赶回树洞的家里,他在森林的上空疾飞赶路。突然,大颗大颗的雨点滴落下来。这是初冬寒冷的雨,雨打湿了它的羽毛,它觉得翅膀分外沉重。当它好不容易飞回洞口时,全身已是湿漉漉的了,它用嘴啄着自己的羽毛,走进树洞。树洞里是不能点火的呀,身上羽毛湿了,只能用自己的体温把它烘干。它一动不动,只觉身体发抖,打起寒战来了。

"噢,好像感冒了。"

从这一天起,燕雀爸爸病了。它静静地蹲着,但仍觉得头晕。

"休息几天看看吧。"

老燕雀自言自语地说。它决定暂时不外飞了。

过了三、四天,下雪了。森林和田野白茫茫一片,变成了一个银色的世界。午后,又刮起了风。细细的雪花被风吹起,刮进了树洞。

"真冷啊,要冻僵了!"

在树洞里,老燕雀缩做一团,闭着眼,听着外面呼呼的风声。它心神不安,觉得自己的生命正在飞出自己的身体,随同暴风雪翻卷而去,飞向遥远的地方,越来越小,越来越小……

"我可能快要死了。心脏一阵一阵的疼,头晕得厉害……"

老燕雀睁开眼睛,在空荡荡的阴暗而寒冷的树洞里,它仿佛看到树干上有一粒榧子果,再细看,一粒、两粒、三粒、四粒……

哪有什么果啊!

"我真的要死了!这果子本来没有,可我却这么清楚地看见了它。我是想在临死之前再吃一次榧子果吧……"

过去,老燕雀每年都要飞到山林里吃榧子果。它非常喜欢吃榧子。是因为发烧,眼睛花了,现在,它眼前总是一闪一闪地出现榧子果。

于是。它对最大的儿子说:

"我想再吃一次榧子果,哪怕就吃一粒!能给我找来吗?等风雪停了就去吧。"

它的声音是沙哑的。

"那么,我明天去吧。"

黑夜过去了。宁静的黎明到来了。燕雀大哥飞出了树洞。可是,在这个季节,在这雪原上,榧子树上是不可能留下榧子的,落在地上的榧子也被雪埋住了。到哪儿去找呢?它料定找不到,也就不认真去找了。它随便地啄了啄树干,想看看有没有榧子落下来。它这样啄了两三次,一看毫无所获,便去拜访竹丛中的麻雀,和麻雀聊天,消磨时间。

傍晚时分，它飞回了树洞。

"爸爸，我找遍了森林，一颗也没有找到。"

"噢，是吗？你辛苦了，孩子。"

可是，老燕雀还是想吃榧子果。第二天早晨，它叫来二儿子，对它说：

"我死之前真想再吃一次榧子果！吃一粒也行！你能给我找到吗？"

老燕雀的声音比昨天更微弱了。

"那么，我去看看吧。"

这天，天气很好，燕雀二哥飞出了树洞。可是，它一开始就想，这时候，哪里还有榧子果呢？所以连飞进树林的兴趣也没有。它像它大哥一样，在几棵榧子树上啄两下，看看没有榧子果落下来，就飞到杉树上找乌鸦，和乌鸦一起东拉西扯，消磨时间。直到傍晚，它飞了回来。

"爸爸，我到处都找了，一粒也没找到。"

"是吗？也没有哇？辛苦了，孩子。"

老燕雀有气无力地说。虽然两个儿子都已空手而归，但它仍断不了想吃榧子的念头。

第二天，它又叫来了三儿子。

"在我死之前，真想吃一次榧子果，哪怕一粒也行！你能给我找到吗？"

声音比昨天更细弱了。

"好吧，爸爸。我现在就去，你等着！"

这天早晨，雪又纷纷扬扬地下起来。小燕雀拍拍翅膀，飞出了树洞。小燕雀也知道，榧子果在秋天成熟，是不能在枝头上留到这时候的。可它，有着一颗非常善良的心，它想：

"不管怎样，也要找找看，即使找到一粒也行。"

小燕雀飞进了树林。它从林边开始，用嘴啄着一棵一棵的榧子树，但一连啄了十棵，一粒榧子也没有往下掉。是不是树枝上果真一粒榧子也没有呢？小燕雀没有停止，依然继续用嘴敲打着树枝。嘴唇发热了，疼起来了，真难受呀。可它忍着疼，啄呀啄呀，啄到了第一百棵榧子树。

这是一棵特别高大的榧子树。真想不到，树干开口了：

"明天再来吧，小燕雀弟弟！"

小燕雀迅速地沿树飞了一周，一个人也没有。它想："是不是我自己想得发昏了？"

小燕雀又对树干啄了一下。

"明天来吧，燕雀弟弟。"

声音多么清楚呀！

小燕雀站在树枝上想，这是谁说话呢？找不到人！天渐渐暗了，空气更冷了，淡淡的雾也升起来了，山林里夜色苍茫。

"今天只好先回去吧。"

小燕雀拍动翅膀飞了回去。它收拢冰冷的翅膀，进了洞，停在老燕雀面前，说道：

"爸爸，真对不起，今天没找到。明天我再去。

可是我见到了一棵奇怪的大榧子树呢。"

老燕雀鼓励小儿子道：

"啊，是吗？辛苦了，孩子！明天再找一找吧。"

老燕雀似乎很遗憾地闭起眼睛，声音比昨天更喑哑，更微弱了。

天亮了，寒冷的雨又渐渐地下了起来。小燕雀说："爸爸，我去了。你打起精神来吧！"它飞进了雨丝中，被雨淋得浑身湿透，终于飞到了第一百棵榧子树上。树干和树枝都在嘀嘀嗒嗒地落着雨滴。啊，真奇怪呀！昨天连叶子都蒙着雪，今天怎么竟星星点点地开了许多小花?

"呀,呀,这是怎么回事呢?"

小燕雀抓住树枝,瞪圆了眼睛望着这些花。它用嘴巴靠近树枝,又啄了两三下,问道:

"花儿开了,是怎么回事呀?"

树干像昨天一样地回答说:

"明天来吧!燕雀弟弟。"

"那好,我明天一定来!"

纯洁的小燕雀,又飞回树洞里去了。

"啊,孩子,回来了?找到了吗?"

老燕雀伸长了脖子问。

"没有,爸爸。我明天还要再去!有一棵奇怪的榧子树,树上开了许多小花儿。"

"你说什么?榧子树现在会开花?"

"是的,真的开花了。"

"那大概是雪珠儿吧?你远远看去像是花。"

老燕雀说着,脸上浮起凄哀寂寞的笑,叹了口气,声音很低很低。小燕雀想,这声音可能在明早起来时就会消失的。

"爸爸,您不要失掉力量呀!"

小燕雀说着,悄悄地望了望爸爸的脸。老燕雀面孔消瘦,形容枯槁,羽毛皱巴巴的,眼皮松弛,嘴巴变得又细又尖,谁都能一眼看出它是多么衰弱。

"明天快点儿到来吧!"

小燕雀蜷缩着身子,闭上眼睛。爸爸那可怜的样子又浮现在它眼前,久久不能消失。

天亮了。北风卷起了漫天雪片。小燕雀马上冒着风雪飞了出去。它拍动翅膀,飞进了树林,飞到了第一百棵榧子树前。

噢!看啊!榧子树枝头竟结满了圆圆的榧子果哩!小燕雀急忙采下一粒,牢牢衔住,赶快展开双翅,飞进茫茫的雪原。

它一飞到树洞口,就喊叫起来了:

"啊,爸爸,我采来了榧子果啦!树上还有许多许多呢!"

老燕雀听到了,本来闭着的眼睛睁开了:

"是吗?找到了吗?"

老燕雀十分高兴。它恢复了精神,脚爪一下子有了劲。它眼睛里闪动着泪花,用口紧紧地叼住榧子果!

樵夫和茱萸树

路边上,生长着一棵山茱萸树。树已经很古老了,根部有一个树洞。

蜜蜂们发现了这个树洞,高兴地说:

"真是个好洞子,不是正好用来贮藏我们的蜂蜜吗?"

"是啊,就这么办吧。"

蜜蜂们这样决定之后,就一个劲儿地把蜂蜜贮存在树洞里。

蜂蜜的芳香气味,向四处飘溢。

"多么好闻的气味啊!就好像是我肚子里装满了蜜似的!"

山茱萸这样想着,十分得意。

"快些有谁过来吧。让他尝一口蜜,他尝后大概会吃惊的。一定会夸奖说:'多么好吃的蜜哟!这棵树的蜜真是日本第一呢。'"

山茱萸树正自言自语时,旁边草丛忽然刷刷刷地地晃动起来,走出来一只狐狸。

"啊,狐狸,欢迎你。"

狐狸使劲地抽动着鼻子:

"这味道太香了,这蜜是不是在树洞里呀?"

"是呀。尝一口试试吧。"

狐狸马上伸长脖子,在树洞口嗅着,又向树洞里望去。洞里聚集着许多蜜蜂,正在那里酿蜜呢。狐狸犹豫不决,说道:

"不能尝呀,有那么多的蜜蜂,一口蜜还没吃到,蜜蜂就会蜇我的鼻子和眼睛呢。"

"那就闭着眼睛去吃嘛!即使被蜇一下,也要忍住。蜜是很好吃的,你尝一口就赶快跑开。"

山茱萸树这样说。由于树洞中有蜜,它感到十分骄傲。于是这只颇欠思考的狐狸,为了尝一口蜜,闭上了眼睛,把鼻尖伸到了蜂蜜的近旁。蜜蜂们生气了,扑到狐狸的鼻尖上,有四、五只还扑到它的耳朵上。狐狸惊慌地后退,用劲地晃动脑袋,夹着尾巴逃跑了。

"真不麻利,这只笨狐狸。没有吃着蜜,倒被蜇跑了。"

山茱萸看着狐狸的背影这样说。它一点也没理会到,正是因为它说了多余的话,才招致狐狸的这场失败的。

"还有别的人来吗?"

山茱萸心里这样想。不一会儿,一个樵夫沿着悬崖边的小路走上来了。

"啊,真香!"

山茱萸马上接口道:

"是树洞里好吃的蜜的香味啊,尝尝吧。"

樵夫停住脚步,看了看茱萸树,然后,悄悄地向树洞中看去。洞里聚集着许多蜜蜂正在那里酿蜜呢。看到蜜蜂,樵夫对茱萸树说:

"虽然蜜是在树洞里,但蜂蜜却是蜜蜂的东西,不是你的啊。你是茱萸树,虽没有蜜,可是,瞧,树枝上结了很多果子呢。"

山茱萸听了樵夫一番话，才第一次环顾自己的枝干，原来小小的果实挂满了枝头。

　　"那些果实不是会慢慢变黄，然后又变红的吗？快些让果实成熟起来吧。你的果实也是很甜很香的呢。与其冒着被蜜蜂蜇的危险去尝蜜，倒不如摘些你的果子吃呢。"

　　樵夫望着山茱萸那还在泛着青色的果实，亲切地说。

　　听到这些，山茱萸才恍然大悟：

　　"是的，是的。确实是这样。是我想错了。"

粉红色的诱饵

有一条小鱼住在河里。

和谁住在一起呢?就一个人吗?

不,不,小鱼也是和妈妈一起住在河中的家里的。小鱼摇动着他的鳍和尾巴游来游去,鱼妈妈也跟着小鱼一起游来游去。小鱼游到这边,鱼妈妈也游到这边;小鱼游到那边,鱼妈妈也游到那边,小鱼浮上水面,鱼妈妈也浮上去;小鱼潜到水底,鱼妈妈也潜下来。这次,小鱼向右游去,鱼妈妈又跟着向右游去了。

"讨厌的妈妈,总是跟我学。"

"不呀,我可不是跟你学。"

鱼妈妈认真地说。

小鱼这次向左游了,于是,鱼妈妈的头也转向左边。

小鱼骄傲地摇摇头,说:

"真讨厌呀,总是跟着我。多麻烦呀。"

正在这时,有一个奇怪的东西从河岸上很快地落下来。这是一只蚯蚓作的鱼饵,挂在一条细细的但很结实的线上,弯成一个钩子模样。这只蚯蚓是粉红色的,看上去很好吃,也很吸引人。小鱼游近鱼饵,把嘴张得大大的。

"不行,不行!这是钓鱼钩呀,如果你吞下去,就会被人钓去,那可全完了。"鱼妈妈说。

"是吗?真是个可怕的钩子,钓鱼钩呀!"

这时,小鱼知道了这是个可怕的东西。而且,小鱼也终于明白了为什么妈妈总是跟在自己的后面。

远方的彩虹

雨后,天空出现了一道彩虹。

田野里的青蛙看到,想抓住它。可是,它跳呀,跳呀,跳了几次,怎么也够不着。

"真高呀。"

青蛙不再扑向彩虹了,泄气地蹲下来,望着彩虹的最高处。当它慢慢地把视线移到彩虹的下方时,发现彩虹好像是从田野的池塘中长出来似的。

"啊,好极了!是从池塘里长出来的。要说池塘,那里就象是我的家。我的家长出美丽的彩虹来了啊!"

青蛙高兴了。它又一蹦一跳地向池塘跑去。如果彩虹是从池塘里长出来的,他想,只要跳进池塘,游着水就能抓住彩虹的根子了。

"抓住了以后,就爬上去。"

青蛙这样决定了,它沿着田间小路一蹦一跳地跑起来。

路边,站着一位头戴草帽、手拿锄头的老爷爷,是一个农夫。

"喂,小青蛙,你为什么跑得这么快呀?"

老爷爷问。

青蛙没有回答,但却停下来喊道:

"从池塘里长出来了呀,看呀!从池塘里。"

老爷爷不明白是怎么一回事。

"什么从池塘里长出来了呀?"

"看呀,就是那个。"

青蛙指着彩虹说。

老爷爷终于明白了。

"哈、哈哈,错了,错了。那个吗——从这儿看去,像是从池塘里长出来,可是,那彩虹是在远方呀,在非常非常远的地方。"

不,不,青蛙用力地摇着头,就又急急忙忙地跳走了。它来到池塘边,一下子跳进了池塘,水面上泛起了一圈圈的波纹。青蛙在波纹中间游着。它游呀游呀,觉得就要接近彩虹了,可是一看,彩虹的根子又在前面远远的地方了。

"奇怪,池塘里竟没有彩虹了。"

彩虹又好像是从远方的大森林中长出来。它的根部是模模糊糊、朦朦胧胧地挂在空中。

猫头鹰和月亮

已经是黄昏的时候。

月亮升到森林上空,是圆圆的大月亮,可能是个十五的夜晚。

原野一片明亮。突然从地面的一个黑洞里,蹦出一个浑身乌黑的东西。

是什么呀?这小东西。

噢,原来是田野里的小鼹鼠。

小鼹鼠往周围看了一下,高声喊叫起来:

"喂,大家出来呀!"

叫声传到山谷,山谷也响起了回声:

"喂,大家出来呀!"

小鼹鼠的同伴们听到叫声,一个个从自己的洞里爬出来,走到一个地方集合起来。

"大家都来了吗?"

最早从洞里出来的小鼹鼠说着,开始数起面前的一个个黑脑袋来。

"一个、两个、三个、四个、五个、六个、七个、八个、九个、十个……好，好，今晚来得多。"

小鼹鼠数到第十个，就不往下数了。

"你还没数到我呢！"

"也没数到我呀！"

两只小鼹鼠叫起来。

"不数，我也知道了。大家坐好，今晚我是老师。"

最早从洞里出来的小鼹鼠说着，站到一个比地面稍高的地方。它们就这样模仿学校上课，每天晚上，由一只小鼹鼠轮流担任老师。

开始上课了。

平地上到处有树墩，树墩上面虽然有点儿斜，但可以用来当课桌，真是太方便了。随便把铅笔放上面，就会滚下来；小心一点，慢慢地放在顶端的地方，它才不会滚下来呢！每一个课桌满可以坐两只小鼹鼠，并且都能面对着老师。

"同学们，都看我这里。"

老师说着，往黑板上写字。

它写上"も"字。

"这个字，你们能念吧？再看我写。"

它又写上"ぐ"字，接着又写上"う"字，然后它又写一个"も"字。它是不是写两个"もぐう"呢？不是的。它写的第五个字是"ち"。

"鼹鼠叫もぐう也可以叫もぐうもち。有力气叫作ちかうもち，从洞里出来心情好叫……きもち。除此之外，还有哪些词带もち两个字母呢？"

老师问学生道。

"我说。"一只小鼹鼠举起手来。

"那你说说看。"

"有钱的人口おかおもち。"

"对，对！回答得好。"

"还有呢。"又有学生举起手来。

"那你回答。"

"老鼠爱吃的镜饼①叫かかみもち。"

"噢，有意思。你举出了一个有趣的词。还有没有？"

老师说着，正要用手指向别的鼹鼠。

突然，有一个东西从背后向老师扑过来。老师被撞了一下，大吃一惊。这扑过来的东西，是野蛮的黄鼠狼。黄鼠狼翘着胡子，傲慢地说道：

"喂，鼹鼠，你不要卖弄了。你怎么能识字呢？你不识字，又学着人家教书，这太狂妄自大了。对于这样的鼹鼠先生，瞧，就要这样。"

粗暴的黄鼠狼两手紧紧地勒住鼹鼠老师短短的脖子。

"你放开手，放开手。"

"你装老师，可是又这么软弱无力。来，我有问题要向你请教。跟着我，到我那草丛里的洞穴去。不然我背着你走。"

鼹鼠学生们个个惊慌失措。它们想逃，但又非常担心老师会怎么样。于是它们都大声哭喊着：

"您行行好吧，请放开老师吧！"

在附近森林里住着猫头鹰。自从小鼹鼠们集中起来，开始模仿学校上课那天晚上开始，它就静静地看着小鼹鼠们上课，并严加保护。它看到小鼹鼠最近天天上课，很受感动。

"无论是老师，还是学生，每天晚上都很热心上课，真是一群认真的小鼹鼠呀！这是一所真正的学校。"

----

① 供神用的圆形大年糕。

可是竟然有蛮不讲理的暴徒来破坏，猫头鹰实在难以容忍。

"真是岂有此理！"

说着，猫头鹰从森林里飞了出来。它睁开眼睛，飞下来，刹那间抓住了黄鼠狼的脖子。这一回，轮到黄鼠狼吓了一跳，它夹起尾巴，咯吱咯吱地哭叫着：

"疼呀！疼呀！"

猫头鹰的锐利尖爪，紧紧扼住黄鼠狼的脖子。

在高高的明亮天空上，月亮俯视着大地，她说话了：

"没有这种勇气不行呀！不能害怕无礼的家伙。来，把黄鼠狼的脸扭过来，向着我。"

猫头鹰听到月亮的喊声，一下按住黄鼠狼，仰望月亮。月亮洒下皎洁的蓝光，把大地照得如同白昼，也照亮了猫头鹰的脸。

森林里的猫头鹰

一个漆黑的夜晚。

风在猛烈地吹着。猫头鹰从树洞里飞出来值班。

在这么黑的夜晚的森林里,猫头鹰到处飞着值班,它不用携带灯笼或是手电筒,眼睛却能看清周围的一切。瞧,谁蹲在树后,它一眼就看出来了。

草丛里有麻雀,枞树枝上落着野鸽子,杉树老枝上还有浑身乌黑的乌鸦呢!

"大家都睡得很香甜呀!"

猫头鹰轻轻地飞着,不让自己的翅膀发出声音来。它悄悄地飞行,巡视着,飞到了森林的尽头。

这里是一栋农民的房子。

"人的房子,也要顺便给看看。"

好心的猫头鹰轻轻地落到农民房顶上。它看到鸡窝的门,这时敞开了,吧嗒吧嗒地响着。

猫头鹰赶快走到鸡窝旁。它看到窝里的公鸡和母鸡都醒了,在哭叫着:

"咯,咯,冷啊!今夜风特大呀!"

公鸡的白翅膀被风吹着,像芦花一样轻轻飘动着。

"你们好!这样当然冷了,因为你们的房门敞开着呢!"

"咯,咯,您是谁呀?"

晚上,鸡的眼睛看不见东西,它们不知道是谁来了。

"我是森林的猫头鹰,正值夜班。风很大,把你们的门刮开了。现在我给你们关上,你们放心地睡吧!"

猫头鹰对它们说。

那些鸡听了十分高兴。

"谢谢您来到这里。"

"为了表示谢意,现在请您就收下这些鸡蛋吧!"

"谢谢!现在是值班的时候,第一位的是工作,礼物容后再拿吧。"

听了猫头鹰的话,母鸡感动了。大家异口同声地说:

"多好的猫头鹰呀!"

"怎么样,猫头鹰,您明天一早就来吧。"

"一定给您刚下的鸡蛋。"

"给您很多很多。"

"您一定要带着提篮来呀!"

欢乐的村庄

"喔喔喔,起床了!喔喔喔,起床了!"

大公鸡昂首挺胸,高声啼叫。它拍了一下翅膀,伸长了脖子又叫了起来。啼叫声穿过森林,越过小溪,响彻远方的原野,在山谷中回荡。

村子里静悄悄的,太阳还没有升起。

山羊睁开了惺忪的睡眼,打开了晦暗小屋的窗子。黎明的微风吹了进来,它顿觉心清气爽,那神气的胡子在微风中轻轻地飘来飘去。

"打扫一下卫生吧。应该保持干净、整洁哩。"山羊说。

邻居的小猪也醒了,那双细细的眼睛仍有睡意。它揉了揉耳朵,打开了门。忽然,它看着门说:

"呀,门上沾了许多泥,是什么时候沾上去的呢?要洗一洗了,我也是爱清洁的呀!"

小猪自己用水桶汲了满满一桶水。走回家时,水从桶里溅了出来,打湿了它的腰,可它一点也不介意。它用稻秆扎成的刷子用力地擦掉了门框上沾的泥;然后,又擦洗自己的脚,清洗了污垢。

"早晨好,小猪!天气真好啊。"

小兔子从它家窗口探出头来,鼻子轻轻地耸动着,在打招呼。

"今天,我要晒我的稻草被子;拿到日光下晒一晒,又蓬松又柔软,往上一躺,可舒服了,就会像做梦似的睡着了。"

"哒哒哒",蹄声由远而近。背上驮着许多青草的马儿过来了:

"呀,小白兔,你到屋顶上去了?去晒被子吗?没有梯子,你是跳上去的吗?是一下跳上去的吗?"

"是呀。"

"真了不起,能跳那么高!"

马儿停住步,向房顶上看去。其实,小兔子的小屋并不高,差不多只到马儿的胸部。马儿喷着鼻子,摇着头,热气吹到小兔子的眼睛和鼻子上。微有暖意的气息中,弥漫着青草的香味。

"青草真多呀,很重吗?"

小白兔摇着耳朵,亲切地问。

"重是重,但我习惯了,不累。今天的青草特别好吃,分给你一点儿吧。"

马儿用嘴把背上的青草衔下一些来,放在小白兔的家门口。

小白兔门前的青草中,夹杂着桔梗花和天香百合花,花上有露水的闪光。母牛从自己家窗口瞧见了,立刻慢吞吞地向这边走来。

"小白兔,这花儿给我两朵好吗?"

"好的,好的。请拿吧。"

"谢谢!待会儿我还要向马儿表示谢意呢。"

这一天正好是母牛的生日。母牛在房间里打扫卫生,用掸子拂去家具上的尘土,甩动尾巴,把苍蝇赶到门外去。又用笤

173

帚把地上的灰尘轻轻扫拢,倒入垃圾箱,然后用抹布擦拭房间的围墙木板。

"嗯,还要把我的角擦一擦。"

母牛把自己头顶上的角擦干净后,又把桔梗花和天香百合花插到圆桌上的花瓶里。

"今天是我的生日,我已经准备了好多喷香的牛奶。十点钟,我请大家喝茶,请大家一定来啊!"

母牛为了让邻居们都知道,把请柬写在传阅牌儿上。传阅牌儿从这一家传到那一家。

快十点了。

"母牛,祝贺你呀!"

马儿先到了。

"欢迎您,马,请观赏这花吧。"

马的大眼儿向花望去。

"这花是您从山野里采来的。我特意从小兔子那里要来的。谢谢您!"

"哪里,哪里,不客气,不客气。"

马儿打着响鼻寒暄。

公鸡和母鸡一起来了。山羊、小猪、小兔子也一起来了。它们将圆桌团团围住,说呀,唱呀,又笑又跳,快乐极了。

亲切的紫罗兰

路旁，小小的紫罗兰开花了。
孩子们从路上跑过去时，脚踩了紫罗兰。
"你疼吗?"黄色的蒲公英问它。
"虽然很疼，也要忍耐一下。孩子们不是故意来踩我的呀!"
紫罗兰这样说着，静静地挺直了身躯，然后把身子一晃，好闻的香气，浓郁地弥漫开来。
芬芳扑鼻，香极了!

坚强的蒲公英

蒲公英的茎顶端,长着一个青青的花蕾。一天,一匹马把它踩了一下,茎立即折断了。

"为了让花蕾开放,我必须挺起身来,茎虽然折断,但要顽强地生长啊!"

蒲公英并不气馁,这样想道。

它的茎弯曲了,可是那青青的花蕾却渐渐长大,绽开,放出一朵黄黄的小花。

"喂,给你一些温暖的光,让花瓣尽情地张开吧!"

太阳在高高的天空上,大声对它说。

于是,这棵蒲公英在茎顶端开放出和其他蒲公英一样美丽的花朵。

小猴子过桥

你知道吗？第一天上学的时候，有一个仪式，叫作入学式。

山里的小猴子也由猴妈妈领着去参加入学式。

这天早晨，小猴子很早就起床，一个人来到河边，洗了洗脸，那红红的脸膛显得越发红了。

洁净的水面，倒映出小猴子的身影，真是一个健康、活泼的小猴子。

妈妈和它一起上了路。

山谷中有一条小河，河上架着一座独木桥。独木桥是用山里砍下的一棵树，去掉树杈，将树干横在小河两岸上做成的。

"来，小心一点儿。以后你每天都要过这座小桥，今天妈妈背你过去吧。要是掉下去可不得了呀！"

猴妈妈说着蹲下去，转过身来，对小猴子说。

"没关系妈妈。我已经是一年级小学生了，放心吧。"

机灵的小猴子说着，一个人急急忙忙地上了桥。水流湍急，一刻不停地翻卷着，撞击着岩石，溅起洁白的水花。小猴子向下望去，心想：

"这座桥真高真高。"

于是它弯曲着身子，抬起尾巴，把手放下来，在桥上爬。从旁看去，这种姿势有点儿奇怪吧？

　　可是，并不奇怪。这是山里的小猴子在过桥呢。猴子有猴子的过桥方法。

　　小猴子小心谨慎地过了桥。

梛子山的春天

春天来到了梛子山上。

美丽的樱花盛开,小兔子们络绎成群地去观赏。

小狸见了,对妈妈说:

"妈妈,我也想去看花呀。"

"好,那就去吧。"

狸妈妈答应了,随后动手给小狸做了三个饭团当午餐。

小狸非常高兴。它用包袱皮把饭团一层一层地包好,又用绳儿扎牢,挂在腰上。

吊着的饭团,晃来晃去。

"呀,可真滑稽,这样挂上三个,可就不好走路了。"

狸妈妈看到了,从搁板上拿下一个帆布背包,说:

"来,装在这里,背在肩上吧。"

小狸把饭团装进背包,背起来,又背上一个小水筒,从家里出发了。

太阳暖暖和和地照着。小狸走啊走,离梛子山越来越近,不一会儿,就来到了山脚下。

呀,前面路边上,怎么有一顶帽子?

"嚄！还是顶红帽子呢。"

它快步走过去，捡起来，仔细一看，帽子顶端还有两个洞。虽有洞可并不破旧，看上去还是一顶漂亮的新帽子呢！

新帽子为什么要有洞呢？而且不是磨破的洞。

"噢，明白了。这是小兔子的帽子。这个洞就是给耳朵留的，耳朵从这个洞伸出来。"

小狸这样想着，把帽子悄悄地戴在头上，非常合适。

"我戴上正合适呢！"

可是，这不是自己的东西。

它把帽子摘下来，向四周望望。

路边，有一棵大树。

小狸把红帽子挂在了大树的枝杈上。

"放在这儿，失主如果是小兔子，它会回来找的，它一定能看到。"

小狸这样想。

离梛子山不远的一个村子里，住着这么个好孩子。

树枝上的球

小狗、小狸和小兔子一起踢足球。

小狗奔跑着去踢那个大大的球,足球滚呀滚呀,滚到小狸的脚下。小狸很高兴,用非常漂亮的动作又把球踢起来。足球在地上弹跳了一下,越过小兔子的脑袋。小兔子蹦蹦跳跳地去追球。小狗、小狸也跑了过来。小兔子一跳一蹦地,立刻就跑到了足球的旁边。

前面有一道土堤,是一座中学校的土堤。

突然,一只小熊从土堤后面走出来,这是一名中学生。它伸出了两只手说:

"喂,喂!让我踢一下吧。"

"行呀,小熊。等我踢完再给你踢。"

小兔子急急忙忙地说着,把抱着的球向地上一扔,正抬脚要踢,顽皮的小熊冷不防对准球踢了一脚。嘣地一下,球高高地飞起来了。旁边有棵树,高高飞起的球"啪"地一声,刚好落在一个树杈上了。

"呀,掉在树上啦,掉在树上啦。"

小狗跳起来,够不着树枝;小狸跳起来,也够不着树枝;

小兔子跳起来,还是够不着树枝。

"糟糕!"

"怎么办呢?"

"树这么高,够不着呀。"

小狗和小兔子都不会爬树,而小狸也不想爬到树上去,它们为难地站在那里。可是小熊却很平静地在旁边看着大家。

"别担心,我来取球吧。"

小熊爬树的本领很高,可是它没有爬树。非常有力气的小熊用双手抱住大树,毛茸茸的、胖乎乎的手腕用力地摇晃着树干。

"悠哧悠哧",大树晃动着,足球从树杈上落下来,嘣地一声,落在了小熊黑黑的脑袋上。

一点儿也不痛。

小狗和小兔子一齐笑起来:

"哈、哈、哈,有意思!"

"哈、哈、哈,真滑稽!".

小狸也用手拍着大大的肚子笑了。

小鲫鱼和小猫

有一只小猫。

它向屋后的水田信步走去,走上了窄窄的田埂。水田中有一条小鲫鱼,看到了白色的小猫,问道:"你是谁呀?"

"我是小猫。"

小猫回答说。它那圆圆的眼睛滴溜溜地看着小鲫鱼。

这时,水田里鲫鱼妈妈说话了。

"可不要和小猫讲话呀,一声别响地快躲开吧,别吵嚷!"

"为什么呢?"

"被那家伙抓住,可就完了。"

小鲫鱼觉得有点奇怪,它在水中悄悄地望着田埂上的小白猫。

"听说你会抓我,是真的吗?"

"不,不,我不抓。可爱的小鲫鱼,我不抓你。"

这样说着,小猫走开了。

小猫在附近散步一会儿就回家了。走廊上,猫爸爸在睡觉。

"水田里有一条小鲫鱼,爸爸。"

"在水田的什么地方?"猫爸爸问。

"在那边一个浅浅的水坑里。"

"那么,你为什么不抓呢?伸出前爪去就抓住了嘛!"

"没有抓。"

"抓住了,吃起来可香呢。"

小猫摇摇头:

"还是不吃吧!那么一个小小的、怪可爱的孩子。"

小猫的脖子上,挂着一个小铃铛。

"是呀,是呀!真是个聪明孩子。"

小铃铛这样说着,叮铃、叮铃,发出温柔悦耳的声音。

萤火虫和孩子

有一条美丽的小河。河边草丛中,一只小虫飞出来了。

这是一只红脖子的小虫。

它的名字叫萤火虫,它总是提着一盏灯笼。这盏灯,风吹刮不灭,雨打也浇不灭。

萤火虫让它的小灯笼倒映在河水里。这只刚出生的萤火虫,觉得自己的小灯笼是一件非常珍奇、非常美丽的小东西。蓝蓝的荧光从草丛叶隙间流泻下来,一闪一闪地,仿佛溶化在昏暗河水之中了。

路上跑来一个小孩子,像是要逮它。萤火虫立刻从草叶上轻轻飞起。

如果有小孩子想抓萤火虫的话,萤火虫一定要逃跑的。

萤火虫飞走了,那里就变得昏暗了。这时,它在路边看到另一个孩子蹲在那里。

"他在干什么呢?"

萤火虫悄悄地想着,轻轻地落在孩子的帽子上。孩子没有注意到它,仍然低着头,在脚下找寻着什么。于是,萤火虫把孩子脚下照亮了,连孩子细细的小手也看到了,五个小手指头也看到了。在稍远一些的地面上，有一个白白的东西，这是一个圆圆的铜币，是孩子掉了正在寻找的铜币。

孩子立刻捡起了这枚铜币，高兴地对萤火虫说：

"谢谢你，小萤火虫。"

如果有小朋友遇到困难的话，萤火虫是不会不帮助的。

萤火虫在黑夜中忽闪忽闪地飞走了。一会儿，路上又走来了一个小孩子。

"啊，萤火虫。"

小孩儿在路上站住了。萤火虫轻轻地飞着，想飞过孩子的头顶。

"这只萤火虫，让妹妹也看看多好啊。"

小孩子这样想着。

小小的萤火虫明白了孩子的意思，于是就跟在孩子后面飞。不一会儿，来到了小孩子的家门前。萤火虫飞进了昏暗的庭院，照亮了院子里繁茂的棣棠花。它停在一片青青的叶子上。棣棠花黄色的花朵早已凋谢了，只剩下了郁郁葱葱的枝叶。

萤火虫发出的蓝蓝的光，使茂密的枝叶越发青翠了。

"妹妹，看呀，萤火虫飞来了。"

小孩子向屋里喊道。屋子里立刻传出妹妹的兴高采烈的声音：

"是吗？在哪儿啊？"

"看，就在那儿呢。"

"啊，真是一只可爱的萤火虫啊。"

如果有善良的孩子要托萤火虫办些什么，那萤火虫一定是什么时候都愿意去做的。

初夏的风

一件小小的汗衫挂在窗前。窗子敞开着。

风哥哥和风弟弟携着手,吹进了窗子。

"啊,看啊,是一个吊床吧?里面睡着一个小宝宝呢!"

"什么?是个小宝宝吗?"

风弟弟问。它生来第一次看到了出生不久的小娃娃的小脸蛋。小娃娃深深地躺在吊床里。

小娃娃正在甜甜地睡觉吗?

不,他刚刚睁开眼睛,望着天花板呢。

明亮的房间里,天花板雪白雪白。

"他没有哭,在睁着眼睛张望呢。"

"是啊。他刚睡醒,一定心情很好。"

风哥哥说。

"我们摇吊床吧,吊床一摇动,小宝宝更高兴了。"

"能够摇得动吗?"

风哥哥说。风哥哥曾经在别的房间,遇到一个小娃娃,当时他也睡在吊床里。那时,风哥哥想摇动吊床,它鼓起脸蛋用力地吹呀吹的,可是吊床一点儿也没动。

可是现在,风哥哥微微地笑了。它说:

"好啊,摇一下吧。试一试也很好啊。"

风弟弟摆好姿势,要用力吹了。它鼓起脸蛋,用尽力气开始吹。

吊床是网状的。

风弟弟吹出的气流,都从网眼中漏过去了,吊床一点儿也没动。

可是,小娃娃的头发被风吹得微微飘动起来了。

空气中飘荡着一股淡淡的奶香。

是由于头发被吹动了吧,小娃娃甜蜜地笑了。

这是初夏的凉爽的和风。

"我们走吧,还有许多小宝宝呢。"

风哥哥这样说着,拉起风弟弟的手,从窗口出去了。

窗边挂着一个风铃。兄弟俩一经过,风铃就摇动起来了。

真是一对好兄弟呀!叮铃,叮铃。

小乌龟的脖子

夏日炎热的一天,一位老爷爷从河边走过,看到一只小乌龟在晒它的甲壳。

"喂,小乌龟,听说你和山里的兔子赛跑了,是真的吗?"老爷爷问小乌龟道。

"当然是真的了。"

"那是什么时候的事啊?"

"是这棵树刚长出来的时候。"

脑袋很小的小乌龟,指着河边的一棵大树说。

一棵又粗又高的橡树矗立在河边土堤上,它枝干粗实,树叶茂密。在树叶背面较凉爽的地方,几只蝉在起劲地叫着。

"这么说,那是很久以前的事了。从那时起,你的脚就是这么短吗?"

"是呀。"

"这么短的脚,如果你想翻个身什么的可就麻烦了,谁来扶起你呢?"

小乌龟听了,转动脖子,望着老爷爷说:

"不用叫谁来扶。现在试试看吧,把我翻过去好吗?"

老爷爷点点头,把小乌龟的身体一下翻过去。小乌龟变成仰面朝天的样子了。

小乌龟的四只脚会如何动作呢?怎样才能使它那沉重的身体翻过来呢?

老爷爷这样想着。

小乌龟伸长了脖子,把脑袋触到了地面。它的头用力支撑着,很容易地就翻过身来了。

四只脚一点儿也用不着。

小乌龟自己起来了,说:

"即使翻倒了也要自己爬起来,这是顶要紧的。"

"是啊,是啊。"

老爷爷感动地说。

亲切的乌龟

一只小兔子从山里跳了出来。

河边，一只乌龟在晒着它的甲壳。

"乌龟叔叔，你好。"

"你好，你到哪儿去呀？"

"我出来散散步。叔叔，我们赛跑好吗？"

"嗬，有意思。我们赛吧。"

乌龟叔叔这样说着。

远处生长着一棵粗大的树。它们决定比赛看谁先跑到那里。

"一、二、三！"

小兔子蹦蹦跳跳地跑起来。可是，乌龟只能是慢吞吞地移动着脚步。

"我可跑不起来呀，只能是这样爬。"

乌龟叔叔不慌不忙地、慢吞吞地但却又是加快地爬着。

小兔子很快跑到了树下，休息了。

"叔叔，你可真慢呀，我已经先到了。"

"是吗，这么说我是大败了。我想，你会像你兔爷爷那样，在途中睡上一觉呢，结果没有。你没有麻痹大意呀。了不起，了不起。"

　　乌龟夸奖了小兔子一番。

黄昏时分的冒失鬼

夏日里的一天,将近黄昏的时分。

一位叔叔在烧澡堂的火炉。他从库房里找出一个空木箱,想当柴烧。当他用柴刀劈开木箱时,"啪"的一声,一只蝉掉在了他脚旁。

这是一只红翅膀的油蝉。

"喂,蝉呀,你这是怎么啦?"

叔叔问道。可是蝉没有回答,只是仰面朝天地躺在地上,拍打着翅膀。

"这是怎么回事啊?问它也不回答,是一只耳聋的蝉吧?"

"不是,不是。"

蝉急急忙忙地回答道。

"啊,这是怎么的了?是被蜜蜂蜇了才掉下来的吗?"

"不是,不是。"

"那么,是被麻雀追赶的?"

"不是,不是。"

"还不对。那么,是头晕了掉下来的吧?"

"不是,不是。"

这样说着，蝉仍然后背紧贴着地面，爬不起来。

叔叔轻轻地把蝉放在手掌上，有些迷惑不解地问：

"那么，是怎么掉下来的呢？我真不明白了。"

"请您看看我的手吧。"

"手？"

叔叔的目光移向蝉的手，在它胸前有六根细细的手，完全看不出有什么问题，一根手也没有掉。

"没有什么呀。"

"请再好好看看，是烫伤了呀。"

"哦，烫伤了。"

还是看不出什么问题来。叔叔望着蝉头顶上的大眼睛，说道：

"你是不是做梦了？"

"不，不，不是作梦。刚才，我迷迷糊糊地落在烟囱上了。看，就是澡堂的烟囱。从房顶上稍稍伸出一点儿的那个烟囱，看上去真像一棵树的树干。于是我不假思索地抓住了它。哎呀，怎么这么热呀？一下子，手的前端全烧焦了。先是摔在房顶上，然后又掉了下来。"

"哎呀，这真是意外的灾难呀。今天，澡堂的火点得稍早了些，因而烟囱自然也热得早。让你烫伤了，真是对不起。这样吧，我给你上一点儿药。"

叔叔很同情地说道。

蝉用手搔着头说：

"不用了，谢谢。我们蝉的手不用上什么药。烟囱本是不该碰的，可是，我迷迷糊糊地落在了上面。是由于已经黄昏，有些着急的缘故吧。我真是个冒失鬼。"

"无论是谁，也会有这样的时候。以后尽量多注意些吧。"

"谢谢,谢谢!"

蝉轻轻地扇动翅膀,高高地飞上了晚霞绚烂、静静的天空。

田野里的燕雀

田间的小路上,走来了一只小松鼠。它要到山脚下的小镇里去买东西。当小松鼠在路上蹦呀跳呀走着时,风卷着尘土朝它刮来了。

"是旋风呀!"

面对讨厌的尘土,小松鼠闭上了眼睛。它把身体转向路边,背朝着风,等待着旋风快些刮过去。可是,风刮到身边,突然在小松鼠脚下打起了旋涡。尘土扑到小松鼠的脸上,飞进了眼睛。小松鼠的眼泪都流出来了,这泪流得多么自然,一定是打算洗出眼里的灰尘。可是有一只眼睛洗不净。小松鼠几次用手去擦,想快点儿把尘土弄出来。

尘土依然没有出来。

"这可难办了!"

它的眼睛眨呀眨的,怎么也睁不开。小松鼠无可奈何地闭着眼睛,站在那里。

草丛里,一只燕雀看到了路边的小松鼠。它很快地飞过来,轻轻地落在小松鼠的手上。

"小松鼠,我来帮你弄弄看。"

燕雀轻轻张开翅膀，揉着小松鼠的眼睛。

灰尘还是出不来。

"叽叽，稍等一等！叽叽，请等一等！"

燕雀亲切地叫唤着。它很快飞到土堤那边去了。土堤下面，一条小河在流淌。水很少，岸边青草几乎枯萎了。但是，河水亮晶晶的，蓝色天空的倒影清晰地映在水底。燕雀把翅膀伸进干净的河水里，水浸湿了翅膀。它急速收起翅膀，飞回松鼠身旁，把翅膀上那清凉的水滴啊，一滴一滴珍珠似地滴入小松鼠的眼睛。火辣辣的眼睛顿时觉得凉丝丝的，清爽极了。然后，燕雀又用翅膀轻轻地抚摸小松鼠的眼皮，自上而下轻轻地揉呀、揉呀……

"叽叽，睁开眼睛试试吧。"

小松鼠睁开了眼睛。哈，眼睛不再感到刺疼了，灰尘出去啦！

"谢谢你，燕雀！"

小松鼠一边用手揉着有些痒丝丝的眼皮，一边高兴地向燕雀道谢。

"燕雀，你真是眼科医生呀，是吗？"

"我哪里是什么医生，这不过是田野里的伙伴们想出来的办法罢了。小松鼠，以后多留点儿神吧。"

燕雀亲切叫了几声，飞了起来。它在小松鼠的头上盘旋了几圈后，很快飞走了。

真是一只热情的田野上的小燕雀。

山里的小松鼠站在那里，目送着燕雀的身影，只见它渐渐变小、变小，最后成为一个小黑点儿消失了。

小鼹鼠的礼节

圣诞节来到了,大雪纷纷扬扬地下着。今年,圣诞老人又背着个大包袱出现了。他穿着长筒胶靴,来到了田野上。圣诞老人从田野上走过,看到一只小鼹鼠在洞口里,默默望着天空,可能是觉得下雪很好玩,很高兴吧。

"是个健壮的孩子呀,是个好孩子。"

和蔼的圣诞老人从包袱里拿出一件好东西,是一把玩具小铁锹。

"喂,小鼹鼠,这个给你。用它挖土,能把洞挖得很好哩。"

小鼹鼠接过小铁锹,非常高兴地说:

"我长大了要挖洞的。用这把小铁锹就能挖好多好多洞洞,对吗?我这样拿铁锹,对吗?圣诞爷爷。"

小鼹鼠用很好的姿势拿着铁锹让圣诞老人品评。

"拿得好,是这样的姿势。快去挖一条出色的洞洞吧。"

圣诞老人说罢,笑着走了。

小鼹鼠回到洞里,立刻试着用小铁锹去挖土。虽然是一把玩具小铁锹,但它是用新马口铁做的,刃口很锋利。小鼹鼠毫不费力地把它插入土中,一锹一锹地把土挖出来。

"真好用呀,挖得真快。"

洞洞越挖越深,可是碰到了硬东西。

"是树根吧?不会是石头吧!"

小鼹鼠触了触,觉得不像树根,却像是平滑的墙壁。它用一只爪子用劲扒了扒,出现一个大窟窿,望出去,看到一只小青蛙。

这是一个微暗的小小房间,窗户关着,挂着窗帘。青蛙独自一个人靠在椅子上,盖着毛毯,正在酣睡。

"呀,叔叔,青蛙叔叔!"

小鼹鼠叫了几声,青蛙没有醒过来。

怎么办呢?小鼹鼠用土块把窟窿堵上,然后说:"对不起,我无意中把您的墙挖了个大窟窿。春天到来的时候,叔叔就会醒来的,那时我一定再来道歉。请您安静地睡吧!"

小鼹鼠想在墙上写上这样几句话。可是在墙上乱涂乱画多不好呀!而且,即使写了,到春天才会醒来的青蛙叔叔,也是看不见的呀!所以小鼹鼠决定不写了。

没有别的办法。为了表示歉意,小鼹鼠对着墙壁深鞠一躬。

小猴子的新年

山里，冷起来了。

快到新年了。

"妈妈，新年还有几天才到呀？"

山里的小猴子问妈妈。

"还有七天。再过七天就是新年了。"

猴妈妈说着，飞快地跳到箱子前面，拿出一个棉布袋子。袋子里头装着许多栗子。

这种栗子叫毛栗。

猴妈妈把七颗栗子摆在小猴子面前，说：

"这是七颗小毛栗，代表现在离过年还有七天。去，把它放在你的手够得着的架子上。每过一天，到了晚上睡觉之前剥一颗吃。这样，吃一颗就少一颗啦。等到七颗都吃完，那么，第二天就是新年了。"

"好哇，好哇。"

小猴子高兴得笑了。他每晚吃一颗小栗子。栗子真好吃，它吃了一颗又想吃第二颗、第三颗。可它忍住了。

栗子剩下三颗了。

又过一天，栗子剩下两颗了。

"妈妈，就剩两颗了。可是两颗栗子我一下都吃掉是不行的。"

"为什么是不行的呢？"

"就是吃了，新年也不会早一天到来的呀！"

"对，对，你很明白这道理，真是个聪明的孩子。"

猴妈妈高兴地笑着，夸奖了小猴子。

太阳的面包

天空中刮着冷风。呼……呼……呼……

围巾不能摘,大衣不能脱。

可是春天悄悄地到来了。

"春天来到哪儿了呢?去看看吧。"

小狸这样说着,走出了洞门。小狸的家就是一个小洞。从黑暗的小洞出来一看,啊,天空多么晴朗呀!原野一直延伸到远方,多么广阔、明亮呀!

然而,还是看不到春天的影子。

"我去问问看吧。"

小狸想着。可是,原野上一个人影也没有。

"小兔子怎么也没出来呢?"

它会不会在很远很远的哪个地方一蹦一跳地跑着呢?小狸东张西望,可是望不到小兔子那白色的或黑色的身影。小狸快步跑进森林,森林里树木还没发芽。小狸又走上小山坡,小山坡的地面仍然很干燥。在坡上一处平坦些的地方,小狸出乎意外地看见一个人,呆呆地站在那里。

那是谁呢?那个人孤零零地面向远方站着,小狸不认识他。

"是谁呢?"小狸站在路边思索着。

不知道,它猜不出来。

那人面向前方,一点儿也不回头向这边看。小狸慢慢地走到他身边。

"叔叔,你是谁呀?小狸和你讲话呢。"

"啊啊,是吗?"

陌生人回答着,把脸转过一半来,但还是没有回过头来。

"你猜猜看我是谁。猜出来了可算个了不起的聪明孩子。"

陌生人这样说着。他还是一动不动地面朝前方站着。是脖子太硬,转不过来吗?不对,不对,没有这样的事。他能转过来,可为什么不转呢?一定要向着南方看呢?

"叔叔,我再向您身边靠近一些可以吗?"

小狸问。

"好哇,好哇,过来看吧。"

小狸走过来,绕到前面,目不转睛地上下打量着这个陌生人:圆圆的脸,细细的眼睛,嘴边挂着和蔼的微笑。样子很亲切。

小狸看呀看呀,发现这个人的脑袋四周有一圈一圈的光环,金闪闪的。脑袋会发光?是谁呢?

"啊,我知道了。是太阳公公啊!"

"哈哈哈!猜对了。了不起,了不起。"

太阳公公哈哈大笑了,红红的嘴唇,白白的牙齿都在发光。太阳公公和蔼地打量着小狸。

"太阳公公,我想问你个事。"

"噢,什么事啊?"

"春天到了,可到了什么地方了呢?"

"噢,春天吗?春天已经来到这里啦,已经到了我身边。

看，我的头顶上，膝盖下边，不都在放射着光芒吗？这就是春天呀，知道了吗？"

太阳公公这样况着。

小狸明白了。它又一次用圆圆的眼睛看了看太阳公公的头。

呀，他头顶上放着一个什么东西呀？

"您头顶上那是什么呢？"小狸问。

"哈哈哈，这个吗？这是我的面包，中午吃的面包。我正在烤它呢？"太阳公公回答。

说着，他伸手取下头上的面包，看了看。

面包还没有烤好。

"还差一点儿。要烤成焦黄色才行。"太阳公公边说边把面包像原来那样重新放回头顶。小狸的目光一直没有离开这个面包。

"好了，烤好啦。给你吧。拿回家去，或者在这儿散散步再回家去，不要跑太远啦。"

太阳公公说。

小狸点点头，听懂了太阳公公的话。它接过面包，快乐极了。

"谢谢，谢谢。"

小狸谢过太阳公公，转身回家去了。

面包香喷喷的。小狸悄悄地用鼻子嗅了嗅，它舍不得吃。

"忍耐点，不能吃，回到家里，让大家都看看太阳公公的面包，再大家分着吃吧。"

聪明可爱的小狸这样想。

小油灯讲的故事

这不是一个古老的故事。

在村庄上一家厨房里,有一盏小小的油灯。

一天晚上,大家都睡着了,从隔壁屋子里传来了鼾声。外面马棚里的马大概也入睡了。只有油灯孤孤单单地还在点着呢。没有人起来,它是怎么点着的呢?是它自己变的吗?不是的。这家有一个女工。她虽说是女工,却是一个年仅十三岁左右照看孩子的姑娘。她淘完了米——这是准备做第二天早饭用的——忘记吹灭油灯,就上床去睡了。

因为亮着灯,能看清楚那里的一切。油灯孤零零地放在靠墙的一个四方形的灶上,它的面孔已经失去了光泽,显得十分苍老。要是人,它可算是一位七十多岁的老大爷了。

油灯玻璃罩模糊不清,从灯火火焰尖上袅袅升起一缕黑烟。灯光微弱,照不到厨房的角落里,可是架子上的锅、盆、碟、碗却在它的照耀下,闪着光。噢,水缸的肚子那里也闪着光。这个水缸的盖子上,还放着一把菜刀,刀口上残留着黄瓜的清香。忽然不知从哪里飞来了一只墨绿色的羽虫,轻轻地落在刀上面。虫很小很小,好像是用火柴棍刻成的。它落在刀口上,连一点儿声音也没有。

那里还有蓝色的、身体小小的,是什么虫呀?噢,是浮尘子。

浮尘子轻轻地爬着,但是油灯不理睬它,眼睛只是往上望着。因为油灯马上就要给大家讲故事了。该讲什么故事,怎么讲好呀?油灯一边在想着,一边在默默地燃烧着。这时,各种各样的小虫子也都知道,油灯要讲有趣的故事了,于是都飞拢过来。瞧,有蝗虫、瓢虫、蜉蝣、苍蝇,还有芥子粒那么小的黑虫。蜉蝣振动着小小翅膀,在炉灶膝盖上爬来爬去。而苍蝇落在炉灶旁一个沾有食物的地方,那里还散发着什么气味呢。可是苍蝇并不想尝尝,它只是一动不动地舒舒服服落在上面,好像那地方是它最合适不过的座位。

"今晚,太安静了。"

油灯轻轻说着,望了望四周。看得出大家都在等着它讲故事呢!

好的,我现在开始给大家讲。今晚讲的不是什么悲伤的呀、有趣的呀之类的故事。

我是在三十年前的一天被人买到这里来的,是从山对面的镇上商店买来的。那天晚上,我生平第一次在灯芯上点上了火。我张眼一看,房子里躺着一个年轻女人,身旁棉褥子上,还放着一个用红衣服裹着的孩子。一下就可看出来,这个房间里充满着欢喜的气氛。

这家生了一个小男孩。

是一个什么样子的孩子呢?大家都想看看吧。当时,我也想看,就悄悄往那里一瞧。孩子圆圆的眼圈,真像银杏的果子。

孩子刚生下来时,最先看看这孩子的眼睛长得怎么样,鼻子长得怎么样的,是他的爸爸和妈妈。因为他们很关心孩子会是个什么样的。

孩子滚圆的脸上,除了眼睛以外,有一个挺可爱的鼻子——大家都说,一个鼻子是很自然的。可是一想,我也觉得不可思议。人只有一个鼻子,一个嘴巴,你们不觉得奇怪吗?然而他要有两个鼻子又怎么样?即使两个鼻子长得都很好,别人瞧见了,也都会吓一跳的。

好了,不说这些多余的话了。孩子长到两岁了,那么第二年他几岁呀?不用问了,也不用回答,他三岁了。这里的孩子,一到三岁,要看一看他将来干什么。虽然是农民的儿子,但也不一定继承得了父亲的家业。那么,他将来会干什么呢?当木匠吗?不,当商人吗?不。当铁匠吗?不。那么,当什么农机师吧?不,不。大家认为,他会成为一个诗人的。

我没有忘记,这个孩子整三岁的那天夜晚,就是八月十五中秋之夜。他家走廊上放着一张桌子。桌上的木盆里盛着糯米团子。在高高的、海洋一般宽广的蓝黑色天空上,挂着一轮镜子般的明亮圆月。风轻轻吹过,院里树枝摇摆着,树叶发出沙沙的声音。

这时,我被人拿来放在桌上。我看到插在烛台(这是用来供佛和神明的)上的蜡烛还带着一丝火光,无精打采地闪烁着。突然蜡的气味,一下传播开来,一缕青烟,轻轻飘起。我想,蜡烛刚才还点着,是被风吹倒在一边,熄灭了。我是拿出来代替蜡烛的。

妈妈坐在桌前,膝上放着小孩儿。月光下,两个人脸的影子,投射在各自的胸膛上。当然,银灰色的月光也照在我——油灯的身上。

请你们想象一下,当时我的光是什么样子。我的光是一种微弱的,似乎不存在的可怜的光。当时,月亮是从遥远天空上洒下来，静静的水一般柔和的，不可思议的光。它好像既不嘲弄我的寒酸，当然，也不同情我似的。它是一种和我们毫不相干的蓝色的、平静的光，使人觉得它大概是几亿年以前的光，也让人相信这种美丽的光还要延续几亿年。当时我这样想着，目不转睛地望着月亮。

突然，啊嚏一声，打个小喷嚏。

不用说，小喷嚏是旁边孩子打的。妈妈可能注意到夜晚的凉意，站起来关上了门。

忽然，孩子问妈妈道：

"妈妈，你把月亮关起来了？"

"是呀，我们要睡觉，月亮也要睡觉呀。"

"月亮和谁一起睡觉呀？"

妈妈微笑地看着孩子。因为孩子的问题不好回答，她没有作声。

忽然苍蝇飞起来了。原来它像睡着似的，一动不动地落在有污迹的地方，实际上没有睡呢。一开始它就静静地在那里听故事。现在，它被什么感动了似地，忽然飞起来，绕着油灯转来转去。后来，它又落到原来的地方。

油灯又接着讲它的故事。

方才我已经讲了，这个孩子将来有可能成为一个诗人。但是要使他成为一个诗人，对他必须有适应的培养和教育。那么，妈妈是怎样教育他的呢？

我举个例子吧！

他家附近住着一个性情急躁的人，他经常大声训斥自己的孩子。那人在房后养了猪，猪圈后面是一片园地。他在地上种了黄瓜。黄瓜开了花朵。一天，有人进了黄瓜地，把黄瓜花摘下了一朵、两朵、三朵、四朵……是哪个人摘的呢？谁也不知道。

一个钟头以后，妈妈发现她的孩子手里拿着什么黄花的花朵。一看，是黄瓜花，妈妈立刻再往孩子的口袋里一瞧，吓得哎呀地叫了一声。原来他口袋里装着七、八朵已经蔫巴了的黄瓜花。

"这是在什么地方摘下来的？摘了这么多？"

孩子没有撒谎。于是妈妈知道了这是在猪圈后面的黄瓜地里摘的。

这可不得了。妈妈知道黄瓜的主人是个性情暴躁的人。而且妈妈当然也知道，那片黄瓜是他辛辛苦苦地种的。

妈妈的心，扑通扑通地跳着。

"他要知道了，将会怎么样？"

但是妈妈觉得不应该隐瞒这件事。她拿出一张白纸，把孩子摘来的花全都包起来，又拿出一张纸，用笔在上面画着大朵的黄瓜花，画完后，折叠起来，叠的小小的，四四方方的，塞进衣带里。然后她一手拿着包起来的花，一手领着孩子，到那人的家里去。

孩子的妈妈是如何俯首垂手向那人表示道歉的呢？我只能请你们去想象了。即便有过失，但谁也觉得当面受人责备是不愉快的、难为情的事。而且，作为父母，可以说谁都想尽可能掩盖自己孩子的过失的。但是孩子的妈妈，却马上带着孩子登门认错，要没有勇气，这是做不到的呀！孩子的妈妈的确很有勇气。但是我想告诉你们的还有呢。

你们再听下去吧！

向那人再三道歉之后，妈妈带着孩子来到猪圈后面的菜园里。经过猪圈时。猪用鼻子朝着他们哼着，但妈妈不理睬它。到了菜园，妈妈让孩子站着，自己蹲下去，从衣带里取出那张画，铺到地上。

"孩子看着，这是什么花？是茄子花还是黄瓜花？"

"是茄子花。"

"不，错了。"

"是黄瓜花。"

"你不懂得这是什么花，却揪下这么多。好好听着呀，那些花能够结成这样一条一条的大黄瓜。你把那么重要的花摘下来，黄瓜想结果也结不成了。"

孩子静静地听着妈妈讲。妈妈讲完以后，默默地看着孩子。孩子显出要哭的样子，后来终于哇哇地哭了起来。

这是一个不到五岁的孩子。

虫子听众中，苍蝇又飞起来，比刚才更快地绕着油灯转。浮尘子在闷火罐的盖子上慢慢横爬着。蚂蚁轻轻磨蹭着它那黑色的小手。看起来，所有的虫都在一心听着油灯讲故事，而且都听懂了。

油灯继续讲着。现在它觉得自己的舌头快干了，它知道自己的肚子——油罐里仅剩下一点儿油了。

"只剩下几滴油了。我必须结束这个故事呀。当然，黄瓜花的故事不是我亲眼见到的，也不是我直接陨到的，我是你们看到的这个样子的小油灯，无论什么时候，总是坐在房子里，而且白天谁也不会把我这个只有夜里才用得着的东西拿到房子外面去。所以很遗憾，我不能看到外面发生的事情。

可是黄瓜花的故事不是我随便臆造出来的。那么，是谁告诉我的呢？是亲自耳闻目睹这件事的蛾子。有一天晚上，蛾子飞到我身旁，悄悄告诉了我这个故事。那天，那只蛾子刚好落在黄瓜叶子后面，听到了孩子妈妈的话和孩子难过的哭声。这你们就会知道，我的这个故事是怎么来的了。

现在，这家孩子可能会把这些事写下来的。不，清清楚楚地记下这些事来是他的工作。所以诗人必须有一颗怜恤生物的善良之心，必须具有坚持正确东西的勇气——我们大家一定希望他能够作为这样的诗人来履行他的职责的。

　　这样说完以后，小油灯发出轻微的吱吱声，油罐的油全部被灯芯吸上来了。现在油灯仅仅靠灯芯的一点点油来燃烧了。

　　玻璃罩的光越来越微弱。可以看到虫儿开始从灯旁散开。在昏暗的地方，可以听到蚊子嗡嗡的叫声。度过了短暂的夜，从厨房的窗户，已经可以看到外面透进来的一丝曙光了。

花瓣的旅行

一片小花瓣漂流到大河河口附近的茂密芦苇丛中。小鱼们看见了它,都悄悄地摆动着鱼鳍,靠拢过来。花瓣在芦苇的荫凉下,给小鱼们讲起自己的故事来。

我是一片花瓣,曾在一片宽阔原野上开放着。当我还附在树枝上时,由于天气暖烘烘的,我整天迷迷糊糊,似睡非睡。一天早上,我正懒洋洋的时候,耳边突然传来了朋友们的低语声:

"是什么东西呀?向我们这边走过来了。那闪闪发光的……"

我睁开困倦的眼睛,看到有一个人肩上扛着闪闪发亮的东西,从原野那边走过来。我定睛望去,噢,是一个农夫呀,那闪闪发亮的是一把锄头呢。看清以后,我闭上眼睛,又进入似睡非睡的状态中。其后,我做了一个梦。梦见自己变成一只蝴蝶,大翅膀是粉红色的,小翅膀是金黄色的。我张开四片翅膀,在空中飞舞。

啊,我多么高兴呀!

那情景我现在还记得。可实际上我已经离开了树枝,飘落下来。

就在我变成蝴蝶在那里飞舞的时候,不知从什么地方飞来三只麻雀,它们争相嬉闹地追逐着我,把我搞得头晕眼花。

我怕自己被它们吃掉,情不自禁地喊道:

"救命哪!"

听到我的喊声,麻雀说话了:

"怎么,这不是花瓣吗?"

"是呀,奇怪,竟像一只蝴蝶。"

"我也以为这是只蝴蝶呢。"

听了这些,我才松了一口气。是呀,我这才记起自己原本是片花瓣。

"还好是花瓣,要是只蝴蝶一定没命了!"我这样想着,完全放下了心。这时,一只麻雀又说道:

"即便是花瓣也没关系,把它叼到那边去吧!"

"那很好!"

"真有趣!"

另外两只麻雀高兴地赞成了。这三只麻雀都有着圆圆的眼睛、黄色的小嘴。我一下子就喜欢上了这三只亲密的小鸟。

一只小鸟叼起了我。它们飞过田园,穿过一片片草地,越过了原野。到处可以看到白色的牛、黑色的牛和挤牛奶的人。装牛奶的铁桶和瓶子还在闪闪发亮呢。

当我们在原野上空时,一个孩子看到我们,摇着两只小手喊:

"妈妈,您瞧呀,小鸟叼着花在飞呢。"

不知是否因为受到喊叫声的惊动,本来飞得低低的三只小鸟,一下子往高处飞去。

它们后来飞到一条大河的岸边,分别落在三个木桩上。

河水像镜子一样清澈明净,倒映着蔚蓝色的天空。对面是个广场,周围房子鳞次栉比,屋顶上直立着一根根细长的烟囱。

"瞧,那边就是街道,把花瓣从这里放下去,让她流走吧。"

"这很好。不能把它带到街上去。"

我一想到在这里就要和小鸟们分别了,就感到难过。但是我又想,如果它们还这样叼着我,一定会被街上的孩子们看到的。街上孩子们很多,他们定会哇哇地大喊大叫,小鸟听到孩子们的吵闹,就会感到讨厌,而把我放在哪处屋顶上飞走的。与其被放在屋顶上枯萎掉,倒不如被放在河水上好呢。我在水上漂呀漂,也许能遇到更有趣的新鲜事呢。

当时,我是这么想的。

小鸟们还是落在三个木桩顶上,拍打着小翅膀,叽叽喳喳地叫个不停。

"好,放下去。"

它们这样喊了一声。于是我离开了小鸟的嘴,轻飘飘地落到水面上。这时我从水里看到我的影子:一片非常漂亮的粉红色花瓣。

小鸟们腾空飞起,马上消失在天空里。我浮在河面上随着流水往前漂去。不久,在我四周围过来许多黑黑的小东西。现在想起来了,那是青鳉呢。

"可是,我们这儿连一条小青鳉也没有。"

一条小鲫鱼说。

"是没有。因为我们这儿靠海呀。"

身子细长的小鲈鱼这样回答道。

"噢,是吗?"

花瓣这样附和了一句,又继续把自己的故事讲去下。

我在流到这儿的途中,还好几次被漩涡卷进去呢。我第一次遇到漩涡时，真的吓了一跳。我的身体突然被卷了进去，连喊叫也来不及，一下子陷入茫然不知所措的状态。后来我习惯了，再也不觉得可怕，反而感到这是件很愉快的事——因为一下子被深深地卷了下去，然后又被卷了上来，睁眼一看，眼前突然是一色蔚蓝的天空。

"我们也觉得漩涡很有意思。"

小鲈鱼说。

"是这样的。"

花瓣这样附和了一句，又接着把自己的故事讲下

但是，你们瞧，那些漩涡把我的身体摧残成了这个样子。

原来我的皮肤连一点伤痕也没有，像薄薄的一片丝绸，是粉红色的，非常非常漂亮。

"那么，小鸟叼你时，你身上一点儿也没受伤吗？"

肚子白白的小鲈鱼问道。

"是的。一点儿也没受伤。因为那只小鸟轻轻地叼着我。"

"那只小鸟真机灵呀。"

小鲈鱼说。

"是这样的。再说，我的身体很薄，非常轻，所以小鸟才能够轻轻地叼着我，它这样做并不难呀。"

"是这样的。"

小鲫鱼点点头。然后，它把小嘴靠近花瓣，好像自己也想轻轻地把花瓣叼住似的。但是，花瓣的笑脸浮现出寂寞的神情。它知道自己这是为什么，于是安静地说：

"你们看，我那过去漂亮的身体，现在不都是伤疤了吗？颜色也褪了，这可怜的身体，现在好像看不到还有什么颜色了。"

花瓣轻轻叹息了一会儿，然后用那浑浊无力的目光，呆望着天空。过了一会儿，它收回目光，用以下的话结束了自己的

故事。

但是,我感到满足。那些飘零在原野上的许许多多的花瓣,大都变成泥土,而我却有幸作了这么一次有趣的旅行,能够和那三只伶俐的小鸟,以及可爱的、善良的你们在一起,度过这虽然短暂但却难忘的一段时光。

花瓣说着,默默地离开了墨绿色的芦苇丛。

"再见了,小鱼们。"

"再见,花瓣姐。"

小鱼们一齐向花瓣道别。它们摆动着鱼鳍,送走了花瓣。

火红的太阳在海角燃烧。海面闪烁着耀眼的光芒,海水共长天一色。花瓣分不出哪里是海,哪里是天,它只是隐隐约约感到它来到一个广阔无涯的地方。于是,它闭上了眼睛。

一条金色的鲫鱼

一、太郎变成了鱼

一个村庄,住着一个男孩子。一天,孩子的妈妈在马棚前向他喊道:

"太郎,来帮我点忙!"

"干什么呀?"

"到河里去打一桶水来!"

"用水干什么呢?"

"和往常一样,喂马呗。"

"那水桶在哪儿呢?"

"刚才还在小屋门口呢。"

妈妈回答。可是太郎却不像往常那样,赶快跑到小屋那边去取桶,而是在离小屋没几步的正房里做水枪哩。水枪是用锯锯下一截圆竹,在竹节上打一个洞做成的。太郎把竹秆儿放在一块短圆木上,一脚踩着,弯着腰用锯在锯着。开始,锯在竹子上滑了三、四次,锯不进去,后来,终于划破竹子的坚硬表皮,锯了进去,已经锯一半了。

"怎么啦?饲料的水还没打来呀!"

妈妈在马棚前又喊叫道。马棚是在这间朝南正房的拐角地方。

"好的，我就去。"

竹子锯断了，那短的一截咕噜咕噜地滚落到地上。

"快走！不能光回答不动呀！"

太郎右脚的草鞋说话了。

"哟，草鞋，你也叫我走呀？"

"可是，我们不得不说了，因为帮助妈妈要快嘛。"

现在太郎左脚的草鞋也插嘴了。

"真奇怪，两只草鞋都说话。我知道了，就走"

"这就对了，这才是好孩子呀！"

左右脚的草鞋齐声说道。

"干什么了？还不快点呀！"

妈妈第三次喊道。妈妈把稻草切碎，拌进了米糠，正等着太郎打来的水呢！

"喂，快一点儿，快去呀！"

这次不是草鞋催促太郎了，而是那截用来做水枪的竹管说的。竹管是在太郎的手里。

"哟，连你也赶我走。怎么啦？今天很不寻常。"

"我虽然是竹管，也不得不说了。让妈妈等着，好吗？"

太郎把竹管扔在脚下，赶快跑出正房。旧木桶歪斜地在小屋门口稻草和草席中间放着。

"太郎，怎么啦？帮助妈妈这样不是晚了吗？"

木桶心里这样想着，但没有说出口。聪明的木桶想，在这种情况下说话，反而耽误时间。太郎二话没说，用手提起轻轻的水桶，向河边跑去。

河边有一个太郎家的洗衣场。太郎跑到洗衣场的石阶上，立刻用桶打水。可是不知为什么，平常见到人会立刻逃走的小鱼，这时却反而游了过来。原来，河里的小鱼在洗衣场石阶下，游来游去，对于人的脚步声，已经习以为常，所以它们并不慌忙地逃走。

太郎望着鱼，悄悄地把水桶浸入水里，说：

"鱼呀．鱼呀，你多舒服呀！你什么活都不干，多么快活哟！"

鱼突然把头露出水面说：

"你说什么？说我们快活？"

"是呀，譬如，你就不用打水，光喝水。"

鱼转动着眼珠：

"那么，请你变成一条鱼看看。"

"能吗？"

太郎开玩笑似的轻轻问道。

"当然能。你望着我，一动不动地望着我吧！"

鱼在河里说着，游到太郎面前。太郎望着鱼。望着望着，觉得自己的脸变得像鱼脸，嘴巴也变尖了。

"奇怪！怎么身子也渐渐变细了？"

"太郎，你在干什么呀？"

从马棚那边传来了熟悉的妈妈声音，但是现在太郎听来，觉得好像妈妈是在遥远的地方叫唤似的。他想回答，但嗓子好像被堵住了，发不出声来。现在他的嘴已变成鱼嘴，手和脚收缩起来，变成鱼鳍了。

"呀，我真的变成一条鱼了吗？我可不是鱼，还是人呀。人……"

太郎很清楚这一点，可是，不知为什么，对于自己变成了一条鱼，也感到有一点儿高兴。平滑的洗衣石，被日光晒着热乎乎的,太郎完全变成了一条鱼,躺在上面。

二、泥鳅姑娘

"这可不得了。这样躺着,不一会儿,身体要被晒干的。"

太郎慌忙用力撑起身体,跳了三、四遍,第五遍就轻易地跳进河里了。

"哟,在河里倒一点儿也不觉得痛苦,不感到憋闷。"

不仅如此,跳到水里以后,太郎反而觉得心里踏实了。突然他发现自己的眼睛分开在两侧,眼睛所能看到的自己身上,整齐地排列着许多鳞片。

"哟,这些鳞片像金子一样闪闪发光。嗯,对了,我是一条金鲫鱼,金鲫鱼。"

太郎想起了过去。一次,他和附近的小朋友们,到田边小河去捞过鲫鱼。他看到捞上来的是一条比较大的金色的鱼,就大声喊道:"捞上来了,捞上来了,是一条小鲤鱼。"

小朋友们也都跑过来叫道:

"什么?什么?让我们看看。"

"在这儿,看吧。"

"这怎么是小鲤鱼呢了"

"怎么了?"

"没有须子。小鲤鱼虽然小,也有须子呀!"

"是吗?但是你们瞧,鳞片是金色的。"

"尽管是金色的,没有须子,也不过是普通的鲫鱼了。"

"没关系。就算是鲫鱼,那也是金鲫鱼呀。"

现在,太郎虽然变成一条鲫鱼,但回想起当时快乐的情景,自言自语道:

"比起那条金鲫鱼,我的身体更亮、更好看,也许就是小鲤鱼吧。"

鱼太郎想用胸鳍代替手,去抚摸一下嘴巴,可是够不着。他又竭力转动着眼珠,去看自己的嘴。

这下,他看到了自己并没有胡须。

"还是鲫鱼。是鲫鱼也没关系,是金色的鲫鱼。"

午后的小河,水暖洋洋的,有点混浊。太阳从蓝色天空把耀眼的光芒投向水面。鲫鱼在明亮的水里,悠闲地游着,鳞片显得更加美丽。

"真想让妈妈看看我的身体。穿着金色的衣服,真像是哪儿的王子。"

太郎自我赞赏了一番,笑了起来。突然后面传来呼唤声:

"你一个人在说什么呀?那么高兴的样子。"

太郎吃了一惊,想扭头去看,可是他变成了鱼,头扭不过去。于是他摆动尾巴和鳍倒退着,转过头来。这样,他看到旁边是一个身体细长,黑色脊背,黄色肚子的泥鳅姑娘。

"喂,你看到了我这一身金光闪闪的衣服了吧?"

"不。我只是悄悄地看了你的尾巴和鳍的摆动呀。"

"我摆得怎么样?难看吗?"

"总让人有些担心,你不觉得摆动得太厉害了吗?"

听泥鳅这么一说,太郎终于意识到自己是今天才变成鲫鱼的。

"没有办法呀,泥鳅小姐。我还没有游惯呢!方才我还是人间的孩子,刚刚变成金色鲫鱼的。"

"是吗?你真的是人间的孩子吗?"

泥鳅姑娘伸长脖子,注视着鲫鱼的眼睛和嘴巴。它想,要是人间的孩子,那大概和别的小鲫鱼会有什么不同的地方吧。而鱼太郎也在悄悄地想,泥鳅姑娘的眼睛可真小呀,太小了。

"和别的鲫鱼没有什么特别不同的地方。下巴两边,果然有腮,而腮片也像风箱那样静静地扇动着。"

泥鳅姑娘这样想着,然后认真地对鱼太郎说:

"完全和鲫鱼一个样。可是你是怎么变成金鲫鱼的呀?"

"你是说为什么?可是……"

"有什么原因吧?"

"是的。"

"告诉我吧!譬如因为偷懒,被妈妈训斥了……"

"不,不是。不是因为被训斥了。"

"那么,为什么呢?是想光着身子一天到晚在河里游泳吗?"

"不是的。是在小河边看到一条鱼,就自然而然地变成了鱼。"

"可是,为什么不变成一条泥鳅呢?是不喜欢泥鳅吗?"

鱼太郎摇摇头:

"不是的。如果能变成泥鳅的话,现在就变,可以吗?"

"呀,多奇怪。现在可变不成泥鳅了。已经变成了鲫鱼,到什么时候都是鲫鱼了。"

"什么时候都是鲫鱼了?"

"是呀。无论是鲫鱼还是泥鳅,只要一决定下来,就终生不变了。所以最初的决定是很重要的。"

听了泥鳅的话,鱼太郎不作声了。他口一张一合,从嗓子里吐出水泡来,说:

"泥鳅小姐,虽然我是鲫鱼,能做你的朋友吗?"

"当然可以罗。因为我们生活在同一条河里。这条河的鲫鱼呀,泥鳅呀,都是伙伴。"

"那就好了。我连一个朋友也没有。"

"那么,我就做你的朋友,好了。我可以吗?"

泥鳅姑娘说得很爽快。鱼太郎想，它一定是一条亲切而又勇敢的泥鳅呀。

三、田鳖的剪子

这时，突然从河边传来不知是谁的脚步声。

"人来了，快躲起来。看，躲在那芦苇根里，然后我自有办法。"

金鲫鱼立刻闪开，躲到芦苇根边。泥土中长出来四、五根青青的芦苇，芦苇茎上，挂着绿色的叶子，叶影稀疏地倒映在水面上，所以从水上看不清芦苇的根部。泥鳅在鱼太郎躲起来时，自己也很机灵地钻到芦苇下面，并且搅起一团泥水，一瞬间，因为水变得很混浊，芦苇根完全看不见了。

不一会儿，脚步声越来越近。金鲫鱼抬起眼睛一动不动地透过混浊河水往上看。他想看看河边走过的是谁。

"呀，是三吉君。三吉君！"

鱼太郎想不到见到三吉君，这样地呼喊着，想从藏身的地方钻出来。

"不行，不行呀。他会追过来，抓住你的。"

泥鳅急忙阻止住他。

"可是，他是我的朋友呀！"

"即使过去是朋友，现在不行了。你是鲫鱼，被他看到要逮去的。你看，他肩上不是扛着渔网了吗？"

泥鳅悄悄地从泥土里探出头来，它的眼睛闪耀着强烈的金色的光。

"多好的眼睛，虽是小眼睛，但很敏锐呀。"

金鲫鱼悄悄地望着泥鳅。这时脚步声渐渐远去。果然如泥鳅所说的，三吉君的肩上扛着一张渔网。

"大概是来捞鱼的吧！我要被他捞去也没关系。我如果说

'是我',多好玩呀,因为我和他是好朋友。"

金鲫鱼这样说。

泥鳅摇摇头:

"可是不行呀,你这样说,他也听不懂。"

"一说我的名字,他就知道了。我清楚地告诉他:'我是太郎,我是太郎呀!'"

"你告诉他也没用。'你说太郎、太郎,也只能是鲫鱼太郎,因为你已经不是人而是一条鲫鱼了。"

太郎觉得泥鳅姑娘说得有道理。

"但是向他讲明变成鱼的经过,他就会相信的。"

"谁会真的相信你的话呀!说人变成鲫鱼,谁都会认为这是撒谎的。"

鱼太郎显出没趣的样子。不知为什么,他生气了,嘴一张一合地对着泥鳅说:

"是吗?真的会被认为是撒谎吗?"

这时,有个样子奇怪的东西,用手划着水,向这边游过来。鱼太郎马上看见了,问旁边的泥鳅道:

"喂,那家伙是谁呀?"

"你不知道吗?"

太郎见过这东西,可是一时想不起来它是什么。

"我过去见过好几次,可是……"

鱼太郎凝望着它,想着。

"是的,想起来了,它是河童虫。"

泥鳅姑娘微笑着说:

"是呀,它是田鳖。叫它河童虫,倒不如叫它田鳖更合适。你叫它田鳖,谁都能知道。而且这样叫,那田鳖自己也会高兴的。它挺爱生气的,你可要留神呢!"

"这么说,它是个讨厌的家伙了。"

"不,一点也不。它是个正直的人。它干什么总用那把夹子去剪。大家都觉得那是奇怪的习惯而取笑它。这样一来它就生气了,可它却是个热情大方的人。"

泥鳅在鱼太郎的耳边小声说。

鱼太郎还是人的孩子时,在河里和田头池塘边,从小土岗上曾多次看见过田鳖。但是,这次自己也身在水中,就能够从正面看到田鳖游过来的样子。

"从岸上往下看,和在水中看它的前面,完全不一样。在水中从前边看去,它勇气十足,像只潜水艇。"

鱼太郎赞美了田鳖一番。

"是呀,你瞧它的手——那大夹子。要是不小心被它夹住,那就逃不走了。"

灵巧的泥鳅摆出准备随时钻进泥里的姿势,这样说。两人正说着,田鳖摆动着大夹子,渐渐游到他们的旁边。

"可是,我不怕。"

鱼太郎眼睛盯住田鳖,没有逃走,当田鳖游到距太郎只有三十厘米的时候,太郎狠狠地瞪了它一眼,冷不防叫了一声。

四、是鲫鱼王的孙子吗?

"河童虫,你好!"

太郎无意中叫它河童虫了。

突然有人叫了一声,田鳖稍稍倒退了一步,停了下来。

"干什么这样大声叫唤,你是谁?你叫我河童虫也好,笨龟虫也好,都不是坏名字。可是请你尽量叫我田鳖。你是不知道,我在什么地方听说过,人的书上还是什么的,把我的名字写成是田鳖呢。"

"是的,是的。对不起你,田鳖。"

鱼太郎很爽快地改过口来,然后对身旁的泥鳅小声道:

"是我没留神叫它河童虫了,其实你刚刚还提醒我注意呢。"

"是呀,你太性急了。"

"糟了,糟了。我是人的孩子太郎时,每次见到田鳖,我都叫河童虫、河童虫,从没叫过田鳖,所以一下子就叫它河童虫了。虽然如此,还是我脑子不好。"

鱼太郎向后退了一步,想用手敲一下自己的头。可是那手已经不是手了,早就变成小小的短短的鱼鳍了。鱼鳍够不着脑袋。

看到鲫鱼的傻笑和泥鳅的微笑,看到他们无拘无束地说笑着,田鳖也变得愉快起来。现在,两条鱼看着面前的田鳖的大夹子,也全然不怕了。

田鳖对此可满意啦。

"那么,我也想在这里歇一会儿。"

田鳖心里快活,它说着,轻轻抓起面前绿色的水藻。它的背上背着一对褐色的翅膀,平坦的身体,舒服地蹲在水藻上。它的手摆动着,好像在抚摸绿色的水藻。水流轻轻摇着水藻,田鳖的身体也随着摇动起来。田鳖就这样休息着,可看起来,它的大夹子好像准备着剪什么似的。

"田鳖的夹子可灵活了。刚才它摆动着夹子,大概是到处寻找什么东西,来到这里的。"

金鲫鱼悄悄地这样想着,对田鳖说:

"抓住了什么好吃的吗?"

田鳖摇摇头。

"抓不到。因为大家都很小心呀!"

田鳖回答了一声,转过它那黑眼睛,望着金鲫鱼,嘟囔着说:

"这条鲫鱼有点奇怪,好像不是一般的鲫鱼。"

因为田鳖一眼看到鱼太郎,就感到奇怪。这时候无意中低声说出口来了。

"是呀,田鳖。他确实不是一般的鲫鱼。"

泥鳅在一旁说。

"果然如此。我刚才就这样想。因为他突然地叫起我来了。要是别的鲫鱼,会装出没有看见我的样子,从旁边很快地游过去的,而他……可能是住在另外哪条河里的鲫鱼王的孙子吧?在哪儿走错了路,混进这条河里来了。"

"不,不是。"

鱼太郎说着,笑了起来。但是鱼的笑,对方是几乎看不出来的。

"怎么,不是吗?那么……"

田鳖还没说完,金鲫鱼就打断它的话开口了:

"那么,我告诉你吧,田鳖。实际上我是个人,是个人的男孩子啊。"

"啊!"

田鳖叫了一声,不禁倒退一步,转动着黑黑的眼珠,惊慌地把它那大夹子举起了一半。

"吃惊了吧?哈哈哈哈……"

"没有什么吃惊不吃惊的。不要说什么是人的孩子来吓唬人了。这样一说,谁都得吓一跳呀。"

田鳖把大夹子放下来,抚摸着胸口,认真地说:

"不要开这样的玩笑了,好不好?"

"可是,这是真的呀,田鳖。"

泥鳅在一旁说着,然后又对太郎说:

"太郎,既然这样,拿出证据给它看看。只是口头上说是个人的男孩子，它们谁也不信，还要说你是在吓唬人呢。"

事到如今，泥鳅不说，太郎也明白确是如此了。

"嗯，好吧，证据么……"

什么证据呢？要说最可靠的证据就是身体了，可是自己已经完全变成鲫鱼身体了，手上连一个手指也没有，五个手指一起变成了扁平的鱼鳍了。

"真叫我为难呀！什么证据呢？"

鱼太郎觉得自己的胸腔紧缩起来似的，一个接一个地吐着水泡，想呀想，忽然他想起一个好办法。

"嗯，对了，一般鲫鱼不知道的事情，我却知道得很清楚。我说说这些事情，不是可以当作证据吗？"

"这样也可以，你说吧！"

"我也想听呢。"

田鳖和泥鳅目不转睛地望着鱼太郎说道。

五、田鳖的话

"我就开始说吧。喂，田鳖，人的孩子看到你，都拍着手，吵吵嚷嚷地叫着。他们叫喊些什么，我是很清楚的呀！"

"喊什么呢？"

"开波剪，留神啊，别让夹子夹住啊。"

"哈哈，是吗？哈哈，是吗？"

田鳖笑得前仰后合。

"知道了，知道了。这么说你一定是人的孩子了。那些孩子们都是这样叫我们的。可是我们很少做这样的恶作剧呀。"

"啊，等一下。开波剪是什么意思啊？"泥鳅在一旁问道。

"不知道吗？是指有时夹小孩儿的'小雀儿'。"

"当孩子们在河边玩儿的时候，夹住他们的'小雀儿'。"田鳖回答。

"是吗？是吗？真怪！"泥鳅一下笑了起来。

田鳖继续说：

"不过，我想说，鱼太郎，谈到孩子，不管哪儿的孩子都要到河里去捞鱼吧？可是并非每次都能捞到鱼的呀。有时，只有河里的小虫混在泥土里进入网里，小虫们该有多么慌张呀！我们也和树叶呀、草棍呀、水藻什么的一起被捞了起来。孩子们喊着：'呀，开波剪，难看的家伙，这家伙讨厌呀。'把我们从网里扔出来。光扔出来倒还好些，有的田鳖在慌慌张张逃跑的时候，突然被他们一脚踩得粉身碎骨了呢。"

田鳖说得不错。孩子们把小虫从渔网里扔出来，随便抛在太阳晒得滚烫的地面上。一离开水，那些草履虫、孑孓虫、水螳螂、小蝌蚪们个个惊慌失措，小虾米们也都胡蹦乱跳。

"像我们这样的小虫也是有生命的啊。我们以河为家好好地生活着，而他们却来搅乱，把我们用网捞出去，然后又随便抛弃在一旁，这太残酷了。他们那样，真让人生气。于是我们也不得不想去稍微夹一下这些孩子的'小雀儿'——不，央住他们的屁股。"

田鳖接连讲了以上长长的一段话，好像有点儿抱怨似的望着鱼太郎。

"是吗？我知道了。以后我一定多多注意。我要告诉朋友们再不要干这样残酷无情的事了。田鳖，这样可以了吧？"

鱼太郎说。

"再好不过，请你这样做啊。我的夹子是为了生存必不可少的重要的武器。喏，并不是那种搞恶作剧，平白无故地什么都夹的夹子呀。"

"噢噢，我知道了。以后再不管它叫什么夹'小雀儿'的了。"

"谢谢了。鱼太郎,现在我们一起到那边游一会儿好吗?"

"这可真好,太高兴了。"

金鲫鱼把身体向前探出,摆动着鱼鳍。田鳖和鲫鱼谈话的时候,泥鳅一直把肚子贴在泥土上,默不作声地听着。这时,它说:

"让我和你们在一起吧。"

"可以,可以。我们都是朋友。金鲫鱼的大胆量,泥鳅鱼的泥土烟幕,加上我这锐利的夹子。我们有这三件宝,不管到哪儿,遇到谁,都不用怕了。"

田鳖精神十足地说。

阳光强烈地照在小河一侧岸上,岸边青草显得更青,河水也变得更加清澈。从这里一过,就可看到鲫鱼的金色鳞片在闪闪发光,无论怎么看肯定他都是非常漂亮的。太郎像是意识到这一点,很想游到小河的明亮地方去。

泥鳅说道:

"不能到明亮的地方去呀!"

"为什么?"

鱼太郎鼓起了嘴巴。

"太郎,你真是没有警惕性呀。为什么危险?田鳖,你说给他听听吧。你说得比我好。"

田鳖点点头,划着水,向对面岸边游过去。

"鱼太郎,到这边来吧!这边有阴影,看不太清,但是这边好,为什么呢?因为阳光明亮的地方,什么东西都看得清清楚楚,容易被人抓住的。所以在明亮的地方游,是最危险的。敌人看见你那闪光的鳞片,说不定就会过来抓你。到我这边光线较暗的地方来吧!这样就可以放心了。在河里面,千万要这样做呀!——这是我们告诉你的知识。"

六、一个小瀑布

田鳖还想再说些什么，而太郎知道了明亮的地方危险，就老老实实地听从劝告，向有阴影的一侧岸边游去。与田鳖相比，太郎游得快多了，不一会儿，就把田鳖甩在后面，所以，他只能断断续续地听到一些田鳖说的话。

如果太郎听了田鳖全部的话，知道了更重要的事情，可能他的思想准备会更充分了。

游着游着，太郎觉得河面渐渐展宽了，很是高兴，就一个劲儿地向前游去。

河流转弯的地方，岸上粗大的柳树，低垂着青翠的枝叶，树影重叠，在河面上织成一片浓阴。太郎看到有许多鳑鱼聚集在树荫的地方。

"它们好像在商量什么事情吧，看看去！"鱼太郎说。

"没什么。鳑鱼总爱聚在一起，并不商量什么。"

泥鳅姑娘在一旁说道。它看到太郎迅速向前游去，不甘落后，也伸直了细细身体游了过来。这么一来，后面的田鳖也要努力向前了，除了四只手外，那两只长长的夹子也在用力地划着水。

"你们俩游得真快呀。"

田鳖大口大口地喘着气，吐着水泡，对太郎说：

"去看鳑鱼那多没意思呀。你一走到它们身边，它们就一哄而散了。瞧，倒不如钻到那边石桥去好呢。那下面水深些，水藻中有各种小虫，找到小虫，一定要夹住，我想吃东西了呢。"

河流转弯的地方，有条小支流。支流上架着一座石桥。桥是由两块天然的长方形石块摆在一起架成的。桥很结实，即便是重载车辆从上面通过，也丝毫不动。桥下的水渠是用来把河水引到农田去的。水渠很浅，长满了水草，散发着带有某些腐烂气味的泥土味。

"小渠比桥下好呀。可吃的东西在那里大概要比小河里多。进去看看吧。"

田鳖把头稍微露出水面。强烈的阳光照在它那湿漉漉的头顶上,好像一个玩具探照灯在那里闪闪发亮。

"我也很喜欢小渠,水浅泥土深,日光透过渠水,把泥土晒得暖和和的,成了柔软蓬松的泥土被子。田鳖,你也钻进泥土被子里,舒舒服服地午睡片刻,怎么样?"

泥鳅姑娘说道。

"午睡么,在哪儿睡都可以。不过白天睡大觉,多可惜啊!再说,我的肚子饿得瘪瘪的,空着肚子也睡不着呢。"

看到泥鳅和田鳖向小渠游去,鱼太郎也急忙赶来。可是,泥鳅说:

"不行呀。你赶快回到小桥下去吧。渠水太浅,鲫鱼,特别是你这样有光闪闪鳞片的金鲫鱼,更容易被人发现而被逮走的,是不是呀?"

"没关系的。我不到渠里边去,只是去看一下。你听,那不是哗啦哗啦的水声吗?那是水向低处落的声音呀。哗哗的水音可有趣了,我要到那儿去看看。"

鱼太郎闪耀着金色鳞片,跳进小渠的水流中。水很浅,但在水草中间流出一条细细的水道,温暖的渠水沿着这一水道弯弯曲曲地流着。因为水向这边流,鱼太郎不是顺流而下,而是逆流而上,心里高兴得不得了。他从泥鳅的身边滑过,把它甩在后面,向前游去,来到了哗啦哗啦水响的地方。这里,渠水被堵住,水从堵水坝顶上笔直地落了下来。

"真好玩!这地方有瀑布,上去看看。"

金鲫鱼想道。

"不行，不要上去呀！"

身后水草中，传来泥鳅的喊声。可是，鲫鱼兴奋地往瀑布闯去，一下子钻进了瀑布的后面。真是一条机灵异常的鲫鱼呀。

"是什么地方呀？噢，这是鲤鱼跳的瀑布吧？我鲫鱼虽非鲤鱼也能跳哩。这个瀑布跳不上去还行？前面说不定还有呢，还要跳两个、三个呢。"

跳上小瀑布之后，鲫鱼心想，是不是来到了水渠比较宽阔的地方了呢？他向四处一望，却大吃一惊。他竟跳进了一个昏暗的严密栅栏之中。这是一个用细树枝围成的一个圆筒状的奇怪栅栏。鱼太郎想出去，可是圆筒渐渐缩小，前面越来越窄。不过尽管窄，如果有能钻出去的洞，也不要紧。太郎游到最前端，用鼻尖碰了碰栅栏。

"这可奇怪了，没有能钻出去的洞。"

鱼太郎转过身，返回原处。

"一定有出口的。"

七、跳入篓内的大勇士

鱼太郎打算找个出口游出去。可是，鼻子总是被什么东西挡住，游不出去。正是因为有进口，自己才进到栅栏里来的，肯定有进口。

可是，却出不了栅栏。

"怎么啦？真奇怪。"

金鲫鱼摇摆着头，在狭小的地方游来游去。安静地想一想就好了，可是鱼太郎一开始就惊慌失措。如果他沉着地认真想一下，就会发现，这是一个捕捉鲫鱼、泥鳅的竹篓。

能有不知道捕捉鲫鱼、泥鳅用具的篓的人吗？

现代的人很聪明，同样，古代的人也是很聪明的。他们用结实的麻线把竹枝柳条编成圆圆的，前面逐渐变细的长长的篓子。如果把前面捆扎起来，那么，进到里面的东西就从前面出不去了。人们在篓子入口处，安上用长柳条竹枝编成梳子似的东西，这东西的前面也是尖尖的，进到篓子里的鱼，就难以通过这细窄的地方再出来了。

天要下雨的晚上，人们用绳子把这种篓子绑在小河支流的水渠或水田里。下雨后，渠和田的水涨起来，水流得很快。那些要吃水里小虫的鲫鱼呀、泥鳅呀，一定心烦意乱，到处乱撞，于是不注意在落水处埋伏着这种篓子，它们往上游着，也就一个一个地进到这种篓子里了。

要是人的孩子，不会不知道有这样的捕鱼篓子，也不会不知道一旦进到篓里，就难以出来的。太郎还是个人的孩子时，见过这种篓子，很清楚它的构造。可是，在人的孩子眼里，这不过是一个小小捕鱼工具，并不觉得有什么可怕。而现在，他已变成小小的鲫鱼了，有生以来第一次迷迷糊糊地闯进篓里。一进去看着就和在外面看完全不一样了，很难看出它的构造是什么样子，这一点，谁都能理解的吧。

太郎目前的处境，真可说是运气糟透了。

太郎一下跳进竹篓之后，年轻的泥鳅姑娘迟一步也赶到小瀑布下。它四面张望，找不到太郎。

泥鳅忽然明白了。

"呀，太郎从这儿跳上去了！一定是这样的。什么时候曾听谁说过这儿设置着捕鱼篓，一跃上瀑布，就会迷迷糊糊地进到里边去了。他竟然毫不在意地跳上去了。哎，是我疏忽了，忘记告诉他关于捕鱼篓的事了。要是早点想到，告诉太郎就好了。"

事到如今，已是悔之莫及了。

泥鳅想，这是因为一直跟着太郎的自己的一时疏忽，可是对太郎本人来说，则是他自己冒冒失失地陷进去的，不能责怪别人。他现在只有痛哭流涕了，因为这个篓子是一个能进不能出的魔术房子呀。

"太郎怪可怜的，一定要帮助他从篓里出来。

泥鳅立刻稍稍向下游去，喊道：

"田鳖，田鳖！你在干什么啦？太郎他……"

"什么事？我在这儿呢。你干吗那么慌张呢？"

田鳖在草丛中，把已抓住了什么东西的大夹子举起来让泥鳅看：

"看，抓了个水蚤。"

"咳，还说什么水蚤，金鲫鱼跳到捕鱼篓里去了。"

"什么？"

田鳖听了惊慌失措。大剪子夹着的猎获物差一点掉了下来，它急忙重新夹好，说道：

"哎，怎么这样冒失呢？进到捕鱼篓里，不就全完了吗？"

"清你去把篓尾部剪断吧。那儿是用绳子捆扎的。"

田鳖回答道：

"剪那个地方，我这样的夹子行吗？绳子又粗又结实，只能把手剪痛而已。"

"你说什么？即使把手剪痛，也要去硬剪。"

"我是想去硬剪，可是剪不断呀！"

连自夸力大的田鳖也知道它是剪不动那篓尾的绳子的。它摇动着夹子，表示自己无能为力：

"实在是没什么办法了。"

听到田鳖这样说，泥鳅有些发火，说道：

"那么，就不管鲫鱼了？"

"只好如此，没有别的办法了。"

235

"那不行,不行。"

泥鳅姑娘使劲地扭动着身子,下定了决心似的,坚定地说:
"好吧,这样的话,我进去!"

"说什么?进到篓里去?"

"是的。只能这样了。"

"你真糊涂!真愚蠢哪!"

这时,田鳖慌忙过来阻止泥鳅。可是,年轻的泥鳅已经灵活地跃上了小瀑布。

八、哭泣的鱼太郎

进到篓子的大口,然后通过了小口,泥鳅姑娘立即呼喊起来:

"太郎,我也来了。"

鱼太郎直望着泥鳅,要哭出来似的,嘴一张一合:

"麻烦了。肯定有入口,可却出不去。一点儿也不明白这是怎么回事。"

"那当然了,这不是可怕的捕鱼篓子吗?"

"怎么,怎么,这就是捕鱼篓吗?要是那东西,我是知道的。可是……"

金鲫鱼得知这是捕鱼篓之后,显得更加颓丧了。他好像深深叹了口气似的吐出了一口微黑的污泥。

"进到捕鱼篓里,就这样令人难受吗?毫无办法,只能游来游去,真是魔术的栅栏,烦死人了。别的鱼和泥鳅进到捕鱼篓里也都这么苦闷吧?"

变为捕鱼篓俘虏的太郎,这才深深感受到强烈的痛苦。

"要是有人这时来到这儿,把篓子和我一起从水里提起来,那我将会怎样呢?"

年轻的泥鳅在篓子里很快地转了一圈,可是没有找到能够钻出去的缝隙。聪明的泥鳅姑娘早就知道篓子是没有出口的，可它想会不会有个小小的但能勉强挤出去的缝隙呢？

泥鳅悄悄地游到鱼太郎的身边。鱼太郎现在很像个泄气的皮球，他独自一人在想着心事。

"我还是不要变成鲫鱼的好呀。听妈妈的话，立刻打一桶水去拌饲料就好了。以前说鱼无忧无虑，真是这样吗？于是我变成鲫鱼试试看，结果迷迷糊糊地钻进了捕鱼篓。啊，妈妈现在怎么样了啊？还有爷爷、姐姐、妹妹，他们找不到我，一定乱成一团了。"

鱼太郎的两只眼睛里，滚出来大颗大颗的泪珠。可是，因为这是鱼的眼泪，流出来就和水溶和在一起，所以，旁边的泥鳅也没有看出鲫鱼在哭泣。但这时从太郎的懊丧悲伤的神情上，泥鳅可以清清楚楚地看出来。

"呀，你完全丧失信心了。我想人的孩子应该更坚强些，可是，怎么你好像在哭啦？"

"我没有哭啊。"

"这样才好。"

泥鳅姑娘用小小的眼睛，凝视着太郎说：

"我来帮助你吧。"

"噢，帮助——帮助我。是真的？"

"所以我才进来嘛。不然我能傻乎乎地跳进这里边来？"

"啊，谢谢。请帮助，拜托了。"

鱼太郎说道。他停止了喝水，望着泥鳅。泥鳅的小嘴边上，还长着短短的胡须。

"长胡子的小姐啊。"

金鲫鱼暗暗地在想。

237

"看什么呢？你在偷偷地想什么了吧？"

"没有，没有。"

金鲫鱼摇着头说。

"你怎么帮助我呀？能顺利地出去吗？我真担心呀。"

"这我已经想好了。入口处的第二个口，也就是那个小口，刚好开在篓的正中央。如果从那儿通过，就很容易地到外边去了。只是一旦鱼进到篓里，就惊慌失措了，再也注意不到那小小的洞口。而且由于急于要出去，就游到最前边的口子去了。在那里去挤呀，撞呀，但还是出不去，这就是这篓子进来出不去的构造原理。所以，我可以把身体浮起，找到中间小口，钻出去。你也从那儿出去，向外去的时候，你身体位置既不能比我高，也不能比我低。喂，太郎，谨记，小心。虽然看来很困难，也不要畏惧。随着我，笔直地钻出去就行了。清楚不清楚？"

"嗯，完全明白了。紧跟在你的后面，笔直地。"

泥鳅轻轻地点了点头，身体浮了起来。果然，篓子正中央，有一小小圆口，能笔直地通过这个圆口，就可出去了。进到篓里的鱼类，都是滑溜溜地钻进大口，接着在不知不觉间通过第二个小口的。现在太郎终于搞清楚了。

"捕鱼篓的构造我明白了。"

鱼太郎说道。

"知道了吧？所以大家都很怕它。除你之外不是谁也没进来吗？都很小心呢。"

"那你就是说，只有我糊里糊涂的了。"

这时，即使被说成是糊涂的，太郎也很高兴。他像抓住泥鳅尾巴那样，也浮起身来，笔直地钻出了那小圆口，出了篓子的大口，一下子跳到瀑布下边，落在水渠里他得救了,捡了一条宝贵的生命。

九、田鳖也并不愚蠢

"喂,泥鳅,刚才要是只在这瀑布下自由自在地游一游就好了。瀑布落在头上,水在头上响着,满有趣的。"

于是,泥鳅回答道:

"可是,太郎,你想一想:你跳到瀑布上面去看看,不能说是没有兴趣的呀。"

"你怎么说这种话……"

"到上面去一看,不是就完全知道了将要遇到什么样可怕情景了吗?"

"喂,喂,你是在嘲笑我吧?"

"不,一点儿也不,真是这样的呀!"

"可是,糊里糊涂地跳上瀑布,进到篓里,假如无人来搭救,我不就全完了吗?"

鱼太郎和泥鳅这样交谈时,附近有一个小动物在默默地听着呢。

是谁呢?不是别人,正是他们的伙伴田鳖。

刚才,年轻的泥鳅眨眼之间就跳上了瀑布,田鳖着实吃了一惊,一下子摔倒在泥土上,它吓得浑身都瘫软了。

"呀,多么轻佻的姑娘呀。自己一个人跳到篓里去,到底打算干什么呀?别说要帮助金鲫鱼了,连自己也成为俘虏了,和篓一起被提到什么地方去,小命就完啦。"

田鳖目瞪口呆,只是这样想着。然而,过了一会儿,泥鳅竟和鲫鱼一起从篓里游了出来。

这不能不使田鳖惊奇万分了。

"这是怎么一回事呀?一定要去问问。"

田鳖舞动着大夹子,从草丛阴影里爬了出来。

"喂，田鳖，你刚才逮的水蚤怎么样了？是不是也由于焦急，连美味的东西你也吃不下了呢？"

泥鳅问道。

"是啊，我跌了一跤，不知让水蚤跑到哪儿去了。"

"呀，奇怪，怎么会跌跤呢？"

"是呀！因为你很突然地跳到瀑布上面去了。"

"噢。于是你就吓了一跳。"

"是呀，是呀，那是非常危险的。"田鳖很难得地一下子张开嘴巴，望着泥鳅，"所以我非常担心。"

然而，从田鳖的眼神里可以看出，它内心的惭愧胜过担心，这一点它是无法掩饰的。

"我原以为，你是个过于轻佻的姑娘。可是，看到你从篓里出来了，就觉得你是个很了不起的孩子了。跳进危险的地方，救援伙伴，把经验告诉给受难者，虽然经验是重要的，但更重要的是要有勇气。大家都说要有勇气，要有勇气。勇气就是来自要帮助别人的一种强烈的怜悯心。我到底是没有到里边去——深感惭愧呀。"

虽说是田鳖，可也并不糊涂。它能很透彻地说出坚强的勇气是从何而来的。同情自己的伙伴，珍惜伙伴的生命，才能产生坚强的勇气。这一点，田鳖现在清楚了。

"从今以后，我也要有这样的勇气。刚才没有去帮助金鲫鱼，是我的怯弱和过错，我一定要改正。"

田鳖小声地这样自言自语着，随即振作起精神，说道：

"对不起呀，二位！我方才的表现是没有勇气的。"

十、关于河童①的故事

---

① 河童：日本的一种想象中的动物，水陆两栖，类似幼儿形。

忽然，地面上传来脚步声，一个孩子向这边走来。脚步声越来越近，金鲫鱼和泥鳅躲到水草后面，而田鳖则悄悄把头伸出水面，闪动着眼珠。小孩光着脚，来到那小瀑布的旁边，两手提起了捕鱼篓。

"哎呀，一条鱼也没有。"

孩子往篓里望着叫道。这是一个非常熟悉的孩子的声音。鱼太郎从水草后，悄悄向上望去。

"呀，是大五君。"

这个手提着篓，就要离开的，不是自己邻居小朋友大五君吗？

"大五君！是我叫你呀，大五君……"

金鲫鱼急忙叫道。刚才，金鲫鱼见到三吉君也叫了一声，被泥鳅拦住了。当时，三吉君没有回头，这一回大五君也没有回头。小小的鲫鱼太郎尽管在水里是大声喊叫，但传出水面的声音，却是很细很低，只能传五厘米远。

"啊，太遗憾了，原来是大五君的捕鱼篓。倒不如刚才留在篓里好，这样就能被大五君带回家的。"

"你是这样说，可是这不能办到，因为你是一条鲫鱼。"

田鳖在一旁说道。

"真是这样的。因为你是鲫鱼，他会用鱼签把你串起来带回去的。那东西非常可怕，是细小的竹签，前面像针一样尖尖的。据说，用这样的竹签，一下子就插进鱼的肚子里。"

年轻的泥鳅姑娘仿佛看到面前有一根尖尖的针似的，扭动着细长的身子，这样说道。

"鱼签算得了什么？我见过，很清楚。前面尖尖的，刺到手指上，手指有一点疼。但如不去刺，没什么了不起。比起鱼签，我现在更担心的事是：一次变成了鲫鱼，就一直是鲫鱼了吗？

难道我能就这样定了下来吗？"

鲫鱼太郎面露忧伤表情道。

"是的。你以后差不多一直是鲫鱼了。"

泥鳅干脆地说道。这时，田鳖在旁边道：

"但是，或许你能另当别论。听说事物总是可以恢复原来样子的。譬如有这样的传说：据说在某条河里住着一个河童。一天，他变成一个人的孩子，和孩子们一起玩耍。河童很有力气，和孩子们摔跤，孩子们都不是他的对手。他每摔倒一个都要哈哈大笑。孩子们被他摔倒，虽然感到沮丧，但对他毫无办法。他玩得很痛快，但要走的，因为他毕竟是河童。对他来说，在陆地上总不如在河里好。天一黑下来，他自然就想起了家。于是，从桥上扑通一声跳进河里，立刻现出河童的原形，游进水里去，因为在河的深处有他的家呀。"

"但是，这是个很古老的故事吧？"

年轻的泥鳅问道。

"当然，是很古老的故事。"

田鳖回答道。

"那么，现在这条河里就不会有河童了吧？"

"哪能有呢？如今哪里也没有河童呀。"

田鳖很认真地回答。

"河童的事，怎么都好。现在我只想如同河童那样，变回原来的样子。"

鱼太郎十分寂寞地说。

"原来的样子？你是想还要变成人吗？"

泥鳅的眼睛盯着鱼太郎。

"是的。变回原来人的孩子——太郎。"

"不行。我讨厌人的孩子。他们到河里捞鱼，把水搅浑，使伙伴们惊慌失措,到处逃窜。人的孩子,还有鸭子,是我最讨厌的。"

年轻的泥鳅姑娘皱着眉头说。

"我知道了。我再也不到河里去捞鱼呀、泥鳅呀什么的。不,即便去捞,也不捞你。另外,也不随便乱扔挂在网里的河虫。我保证一定这样做。"

十一、对不起,妈妈

泥鳅又用小眼睛看着鲫鱼。它觉得与第一次见面时相比,鲫鱼现在的表情似乎要严肃,陷于沉思中。从他的眼睛,好像能看出他内心在想着什么。突然,这时鲫鱼很快把身体斜立起来,张大了嘴,绷直尾巴和鳍说:

"妈妈,对不起。请帮助我吧。我什么都明白了。河里的小动物,哪个也不糊涂,谁也不轻松。它们各自干着自己该做的事。它们都自己找食吃。它们总是注意身旁有无危险而格外小心地游着。河里的小动物,它们也绝不是无忧无虑的。它们绝不任性。'鱼呀、鱼呀,你们多好呀。'实际绝不是这么回事。我再也不会想:我要是鱼该多好呀。妈妈,我真盼望变回原来的样子。我恢复了孩子太郎之后,您一叫我,我就马上答应。您让我干什么,我都能干好。一定、一定的。"

妈妈慈祥的面容,悄悄地浮现在鲫鱼太郎的眼前。他觉得妈妈的脸,像傍晚院里寂寞的白花一样,满怀心事地、一动不动地从远处望着自己。

"我现在就去洗衣场那里喊妈妈。泥鳅妹妹,田鳖哥哥,你们和我一同去那里好吗?"

"当然可以。这是很容易的。"

"可以试一下。要是你妈妈听得见你的喊声,那就太好了。"

于是泥鳅、田鳖并排地随着鲫鱼太郎向前游去。他们往右,然后再往左游了一会儿,就到了太郎家门前的洗衣场了。就在这时,传来脚步声,不知是谁往这边走来。

呀,来的不是别人,正是太郎的妈妈。

"喂,妈妈,我在叫您呀。我在这儿了,是太郎呀……"

金鲫鱼浮到水面,嘴一张一合的。他想用尽平生力气喊叫。但是声音出不了水面,都变成圆圆的小气泡了。

"呀,不行!"

鱼太郎十分悲伤。这时,暮色已经降临小河两岸,水面上倒映着静静的天空和白色的云片。太郎知道,那红红的太阳,慢慢地从西方落下去了。

"已经是傍晚,天已变黑了。到了夜晚,水不是要变冷吗?"鱼太郎无精打采地说。

"是这样的。太阳落下去,河水要变冷一点。可是这没关系。"田鳖回答着又继续说道,"太郎,我到了这里,想起一件好事。天就要黑下来了,一到夜晚,家家户户都要点起灯来,因而我才突然想起,我有很好的翅膀,什么地方都能飞进去。我可以飞到你家,告诉妈妈他们:河里有一条小鲫鱼,可他并非生下来就是鲫鱼,而是你家的孩子太郎哪。请赶快把他从河里捞起来吧。"

"呀,这多好呀!"

泥鳅在旁边说。

但是鱼太郎却觉得难以理解。

"可是,田鳖,我已知道鲫鱼喊叫人听不见。你喊叫不是和我一样,仅仅喊叫而已?"

"是的。可是我有别的通知方法。"

"别的?是什么方法?"

"写字。写假名①的字。"

"是呀，嗯，太郎，你一定知道人写的字吧？都记住了那些假名吗？请你把这些假名借给我。"

"借给你假名？"

"是的。把全部假名。"

"你说什么呀，我一点也不明白。假名，我全会，可是……"

"这种借用假名的方法很简单呀！你把你的头和我的头靠在一起。然后你说：'假名呀，假名，怎么样，你们都跑到对面的头里面去吧。'只要你这么一说，那些假名全都会跑到我的头里来的。这样，我就能写字了。"

田鳖的机智，真是令人难以想象。不，这是一种奇异的想法！

"是吗？田鳖，要是真能这样，我太高兴了。"

"你说不行又怎么办？一定行的。太郎，泥鳅不是跳到篓里去救你吗？这使我非常感动。只顾自己，只要自己好就好，这种想法是非常错误的。我一想起方才的事，就感到十分惭愧。我极其认真地考虑过，为了弥补刚才的过失，我能为你们干些什么呢？现在我想到了这一点，这回该是我干好事的时候了。我真高兴。"

"谢谢！谢谢！大家都是好朋友，我上了岸，变回原来的孩子以后，绝不会忘记田鳖哥哥的。泥鳅妹妹，你的勇气，我也一定铭记心中。"

鱼太郎眼泪盈眶，感动地说。

"知道了。"

---

① 假名：日本语的字母。

泥鳅姑娘道。

由于鱼太郎说是好朋友,忘不了它,田鳖高兴得晃动着大剪子,闪动着眼睛,道:

"太郎,我现在就想马上飞去为你办事,可田鳖从河里飞出时,天要完全黑下来才好,所以要等一等。我们稍游一会儿吧。"

时间飞快地过去。夕阳余晖从岸边消失,绿草变成灰黑色,而天空上白云被染成火红,霎时间,明亮的晚霞映在水面上。这时,鱼儿不时向水面上窜起,捕捉蚊蚋吃。

"天越来越黑,我们出发吧!"

田鳖用大夹子往前游去。金鲫鱼和泥鳅并排着又一次游到自己家洗衣场的地方。现在这里静悄悄、黑洞洞的,看不到家里人的影子。

"那么,太郎,你等着。泥鳅小姐,你也等着呀!"

十二、田鳖用假名写的蓝字

田鳖抓住岸边一棵蓝色的草,用嘴紧贴住,静静地吸吮草茎汁。不一会儿,肚子已经装满草汁,田鳖停止吸吮,悄悄看看四周,一个人影也没有。于是它张开翅膀,飞了起来,往一户农民家飞去。这家点着电灯,房间的窗户开着。田鳖从窗户飞进去,一直飞到灶旁那盏电灯明亮的灯罩上。这时,灶边坐着两个人:一个老大爷,一个小女孩。小女孩大概是太郎的妹妹吧。

"哟,爷爷,您瞧,奇怪的虫子。"

女孩子抬头看到了田鳖,叫了起来。

"什么飞进来了?"

爷爷说着也马上抬起了头:

"噢,河童虫呀。这家伙常常飞来。因为电灯很亮,它觉得新奇,不知不觉飞了进来。"

田鳖那黑褐色的身体还是湿漉漉的,它落到灯罩上,叫道:

"老爷爷,我告诉您。"

但是,老爷爷听不见他的声音。

田鳖挥动着大剪子,嘴也在动着。它不是用手,而是用嘴写着小小的字。蓝色的草汁从它的嘴里慢慢吐出来,写成了字。

是用假名写的蓝色的字。

"哟,爷爷,虫子在写什么字呀?"

"什么"

两人目不转睛地看着,这时,田鳖很快地在灯罩上写满了蓝色的字:

在河边洗衣场下,有一条小鲫鱼,那是您家的太郎。

"奇怪,我不明白这是怎么回事。总之,赶快去告诉你妈妈。"

"爷爷,叫妈妈来吗?"

"是的。她在什么地方?"

这时候,妈妈不在家。

"我们家的太郎,在您这里吗?"

她正挨家挨户地询问附近的人家。

田鳖写完之后,往后退,差一点从灯罩边滑下去。它慌忙张开翅膀,飞了起来,从窗户飞了出去。

房子外边一片漆黑,原野广阔无际,不知道田鳖飞到哪里。它一定飞回原来的河里去了吧!

"总之,不去看看不行。手电筒在哪里呀?"

爷爷从小箱子里拿出电筒,向河边洗衣场走去。他用手电筒照亮了洗衣场旁的河水,果然他看到一条小鲫鱼和一条泥鳅。他们并排着一动不动地在那里摆动着尾巴和鱼鳍。

"啊,这条鲫鱼真奇怪,不会逃走吧。"

肯定是鲫鱼向泥鳅告别,他静静游近泥鳅身旁,然后又马上离开它,一下子轻轻浮上水面。爷爷急于想把鲫鱼捞起来,于是他把一只手伸进水里。小鲫鱼老老实实地坐到爷爷手掌上。爷爷连忙把鲫鱼拿回屋内灶旁,放进一个大碗里。

"说河里的小鲫鱼是我们家的太郎,这是多么奇怪的事呀!真是这样吗?这条鲫鱼是我们家太郎呢,还是普通一条小鲫鱼?试试看。"

爷爷用手指夹住鲫鱼尾巴,把鲫鱼拿起来,让鱼头浸在水里,晃动着说:

"是太郎还是鲫鱼呢?要是鲫鱼就溜下水里,要是太郎就蹦起来吧。"

话音刚落,鲫鱼一下蹦了起来,从大碗碗边巴哒一下轻轻落在碗外,头碰到地板上。突然,鱼的魔法一下子解除了,一个孩子模样的太郎,从地上站了起来。

"呀,呀,果然是我们家的太郎。"

"哥哥,你今天到哪里去了?"

"爷爷,妈妈呢?"

太郎望了望周围,问道。

现在只有爷爷和妹妹,没有见到姐姐。爸爸到远方去工作了,听妈妈说,他要在盂兰盆会时回来。

"她们出去了。因为你中午不知跑到什么地方去了,你妈妈和姐姐出去找你了。"

"对不起……爷爷,是我不好。"

现在可以听到恢复成人的孩子太郎哭颤的声音了。

"行了,行了。回来就好了。"

"等妈妈、姐姐回来时,我要把经过全都告诉你们。"

爷爷点点头,笑眯眯地走到门口。天空上闪烁着繁星。初夏的凉风,向爷爷迎面吹来。

爷爷用几乎到处都可听到的声音,大声喊道:

"喂!太郎妈妈,太郎姐姐,赶快回家吧!太郎,太郎已经回来了……"

赫 映 姬[①]

闪亮的竹根

古时候。在一个地方，有一个老头儿，靠用竹子编织篮子、筐子和笊篱等用品来过活。

一天，他和往常一样，又上山去砍竹子。

山里长着茂密的竹林，青翠的枝叶随风婆娑起舞。天空是湛蓝的。明亮的阳光，遍洒到竹林上，竹叶的影子在地上摇曳闪动着。

"噢，这里的竹子长得多好，先砍下这根吧。"

老头儿摸了摸粗大的竹子，右手举起了斧子。可是当他的眼光扫到这根竹子的根部时，不禁大为吃惊！他发现那根部竟然在默默地闪亮着光芒。

"奇怪！大白天的，怎么竹子会发光呢？"

---

① 赫映，是闪光的意思。姬，是女子的美称。赫映姬是闪光的小姐的意思。

老头儿不时地晃动着脑袋。他想弄清这究竟是怎么一回事,就小心翼翼地在靠近竹根处把竹子砍了下来。他往竹筒子里一瞧,哎呀!里面竟然孤零零地坐着一个女婴孩儿。

"哟,多么小的孩子!可她又多么漂亮可爱呀!"

小婴孩周身放射着金色光芒。老头儿目不转睛地瞧着她。

"一定是神或是菩萨可怜我无儿无女,才把这个小孩儿赐给我的。我一定要精心抚育她"。

老头儿高高兴兴地抱起孩子走出了竹林。回家途中,他情不自禁地不时看看孩子的脸。孩子依然闪耀着光芒,那光芒照到老头儿的衣袖上。

"老太婆!你来看这个小孩儿呀!"

"什么?嗳,怎么回事?"

老婆儿望了老头儿一眼,惊讶地看着小女孩,迫不及待地向老头儿问个究竟。

老头儿把经过详细地告诉了老婆儿。

"知道了。这是多么稀奇的事呀!老头子呀,让我来抱她吧。要说抱孩子,老婆子比老头子抱得好呀。"

"也许是这样。可是还是让我抱,过过瘾吧!"

两个人就这样半真半假地说笑着。

第二天,又是一个好天气。老头儿昨天那么快地就回了家,所以今天还要上山去砍竹子。他走进竹林,砍倒了一根竹子,突然从竹筒里涌出许多金币来。

"哟,又是稀奇的事!"

老头儿用斧子又砍倒了一根,刹那间,从那竹筒里又涌出许多金币,洒落到地上……

这么一来,老头儿就自然而然地变成一个大富翁了。老两口从此再也不缺什么,过上了富裕的生活。他们为了使自己珍爱的小女孩儿茁壮成长,总是喂给她美味的好东西吃。孩子长得很健康,连一次感冒也没有得过。她长得个子和别的孩子一样高。她很漂亮,很聪明伶俐。她的全身放射着光芒,因而她的周围总是明亮亮的。

"该给女儿起个名字了,她已长到这么大了,可是连名字还没有呀。老头子,给女儿起个好听的名字吧!"

"当然,当然。可是光叫一个'姬',会使人觉得可笑。"

"叫什么好呢?"

老头儿想呀想。

"她是从发亮光的竹子里出来的,现在又成长为一个闪闪发光的漂亮女孩子。那么,叫她赫映姬吧?好,就叫她赫映姬。"

老头儿终于给女孩子起了个美妙的名字。

假树枝和龙王的玉饰

有关美丽赫映姬的事儿,逐渐传开了。

"去看上一眼这位漂亮的姑娘吧!"

想看赫映姬的男男女女都跑来了。可是现在老头儿老婆儿舒舒服服地住在高宅大院里,大门总是紧闭着。人们围在门外,大声谈论着、喊叫着。可是大门依然紧闭,赫映姬总是不出来。她住在自己的闺房里,不肯露面。

后来,有一位高贵的人来了,他说道:

"老人家,我要娶您家小姐为妻,请您转告她吧!"

"我也要娶她!"

"我也要娶她!"

……

他的话音刚落,又有四个人向赫映姬求婚。这五位求婚的人,都是有钱有势的,他们都住着高大的府第,过着豪华的生活。

五人之中,包括车持亲王。

赫映姬对亲王说:

"蓬莱山上有一棵宝树,如果你能给我折一枝来,我就做你的妻子。"

亲王听了,吓了一跳。因为据说蓬莱山是在烟波浩淼的大海那边的一个遥远的孤岛上。

"要去那地方真是太艰难了,而且还不知道能不能找到那棵宝树呢。不如悄悄地制作一支假树枝给她看吧。"

于是亲王召集来了国都里的能工巧匠,告诉他们道:

"你们要用金子和银子给我制作一枝漂亮的树枝,枝上要嵌有珊瑚和宝石。花费多少钱都没有关系。"

工匠们辛辛苦苦地终于做成了一支珍贵的树枝。由于花费的钱太多了,亲王连一半也给不起。

"钱,以后再给你们。"

亲王向工匠们解释,要他们等待着。树枝好看极了,让人越看越爱看。亲王急忙把树枝揣在怀里,马上来到赫映姬的家里。

"请您过目吧!这是蓬莱山上宝树的树枝。"

赫映姬把树枝摆在面前,仔细地观察着。这时,突然有四五个工匠,来到大门前,大声喊道:

"金树枝是亲王让我们做的,他却不付给我们钱。"

"把亲王叫出来!我们要找他要钱。"

"不给我们钱,我们就把树枝拿走。"

喊叫声传到赫映姬耳朵里,她立即明白了:这支树枝是人工制作的,是一支假树枝。

求婚的人中,有个叫大伴御行的人。赫映姬对他说:

"据说海底水晶宫的龙王脖子上挂着一块宝玉,那是一件华丽无比的装饰品,龙王引以为自豪。我很想看看这块宝玉,如果您能使我看到,我就嫁给您。"

"哎哟!龙王的宝玉,这可不容易得到呀!"

听罢赫映姬的话,大伴御行踌躇不安起来了。但是他又迫切想娶赫映姬为妻,于是硬着头皮,准备了一只船,向海上划去。船迅速前进,来到辽阔的海面上。就在这天晚上,吓人的暴风雨来临了。大风在怒吼,海浪在翻腾。御行的船只在暴风雨中颠簸挣扎。突然,船上桅杆折断了,有几个船夫被海浪卷进海里,眼看船要沉下去。大伴御行非常害怕,后来,他也被一股巨浪抛到海里去。他竭力地挣扎着,幸亏被人救了上来,抬回他那在国都里的府第去。

就这样,他也娶不到赫映姬了。

十五的夜晚

五个求婚的人中,还有个名叫石上麻吕的,赫映姬对他说:

"据说燕子窝里有一种海贝,如果您能给我找到这种海贝,我就嫁给您。"

在高高的房檐下,有几个燕子窝。燕子在里面喂养着几只小雏燕。麻吕让人做了一个大筐,用绳子拴在高高的房梁上,然后他蹲进大筐里,命令家人道:"来!把我拉上去!"

咔嗒、咔嗒,筐子拉到了房檐下。麻吕悄不作声地从筐里伸出手朝燕窝里摸去。可是,燕子窝里哪里有海贝这样的东西呢?他摸来摸去,突然拴筐子的绳子断了,麻吕从上面掉了下来。他重重地摔到地上,一下子摔得不省人事。后来,他慢慢清醒过来,但腰部疼得要命。

就这样,石上麻吕也娶不到赫映姬了。

五个求婚的最后两个人,也不能找到赫映姬要他们找的稀奇古怪的东西,因而他们也娶不到赫映姬。

在繁华的国都,有一幢高大巍峨的宫殿,这就是皇宫。皇宫的主人——国王也想见见赫映姬,于是他驾临赫映姬的家。他走近赫映姬,伸手想摸一下她的手。突然赫映姬一下消失了,只剩下空洞洞的一身衣裳。

"奇怪,奇怪!"

国王说着,缩回了手。他刚一缩手,面前就又出现了漂亮的赫映姬。

"怪不得,这是一位奇异的小姐呀!她和普通人完全不一样。现在我完全知道了。"

国王嘴里嘟嘟囔囔地说着,几番表现出难以理解的困惑样子。

这年的夏天就这样过去了。现在赫映姬每天晚上望着天空上的月亮,默默沉思着,显得十分忧愁。

院子角落和草丛里的秋虫,越来越多。除了蟋蟀,还有金钟儿、金琵琶、纺织娘、螽斯。到处充斥着它们的鸣叫声,它们的声音也显得格外忧郁。八月十五月明之夜就要到来了,草丛上的露珠已经闪烁着天空洒下的明亮月光。

一天晚上,赫映姬抽抽搭搭地哭了起来。

"哟,女儿,这是怎么回事呀?"

"为什么哭呢?"

老头儿和老婆儿急忙走过来问道。

"我虽然是从竹子里出来的,可我是那遥远的天上月宫里的人。这个十五的夜晚,我必须回到月宫里去。那时,天上一定有车下来接我走。你们养育我长大,我想到就要离开你们,所以很是伤心。"

赫映姬不时地用衣袖擦着眼泪。

两位老人听了赫映姬的话,吓了一跳。

"你说什么呀,赫映姬?"

"是谁要叫你走的呀?"

两个人用手紧紧抱住赫映姬,眼睛望着院子。

皎洁的月光从天上洒下来,可以看到草叶上晶莹的露珠在闪亮着。

仙人的药

"这可不行。去启奏国王,请他保护赫映姬吧。"

老头儿这么一说,老婆儿就急着催促他道:

"那你赶快去吧!"

第二天,老头儿来到皇宫,把事情的经过详详细细地告诉给国王。

"是吗?那我一定要保住她。"

国王说着,命令武士们把赫映姬的住宅团团围住。武士们为了不让月宫里来接赫映姬的人靠近住宅,整夜整夜地警惕守护着。

十五的夜晚来到了。老婆儿走进仓库,关好门,把赫映姬紧紧搂在怀里。老头儿用一把坚固的锁头,把门锁起来,自己守在门边。

夜深了,月光突然变得非常明亮,把大地照耀得如同白昼。忽然有一块云彩从高高的天空上降下来。这块白色的、闪闪发亮的云彩,越降越低,里面有一辆正正方方像房子似的车,车是用光彩夺目的黄金装饰的，周围侍立着高贵的仙人。

"大家加倍小心，莫让车靠近！"

"保卫好！"

武士们一个个拔出了佩刀，端起了长矛，弯弓搭箭，严密地把守着。可是突然，他们眼前一阵闪光，晃得人睁不开眼，头昏脑胀，四肢麻痹，动弹不得。

这时，从云彩上传来了呼喊声：

"赫映姬，您上来吧！"

突然，仓库的门自动地拉开了，赫映姬静悄悄地从里面走了出来。

"再见了老爹和老妈妈。你们抚育我长大，是那么疼爱我，这恩情我永远忘不了。请保重吧！在月夜的晚上，想念我吧！再见了！"

赫映姬在向两位老人道别时，仙人用绳子系下一件羽衣和一包药。赫映姬喝了一半药，又脱下自己的衣服，换上那件羽衣。突然她的身体轻轻地飘起来，自动地坐进车里。车、仙人随着云彩动起来，升上天空去。

现在再也没办法了，老头儿和老婆儿伤心得倒在地上。

"不要难过了，赫映姬本来就是奇异的人。你们要振作精神，好好地过活呀！"

周围的人都这样劝慰两位老人家。

赫映姬把一半药留下来了，这是长生不老的药，被叫作"不死之药"。老头儿把药奉献给国王。

"是吗？您把这药给我？但是这奇特的药，不是我们人间的人所用的东西呀，把它扔掉吧！不，还是还给上天为好。在离天最近的高山上，在那山的最高峰上，把这药焚烧成烟吧！"

国王这样说道。

离天最近的高山，屹立在骏河国①上，山峰直插云霄。人们把这"不死之药"在那里焚烧了，一股青烟，袅袅升向天空。

从此骏河国的这座山就被叫作富士山②了。

---

① 骏河国：日本的一个旧国名。
② 富士山；"富士"和"不死"，日本语发音相同，都是"っシ"。

浦岛太郎

龟的呼唤

很久很久以前，在丹后国的海滨，住着一个年轻人。

他的名字叫浦岛太郎。

太郎天天都要划着小船，出海去捕鱼。

有一天，他在海边看见五六个孩子围在一起嬉闹着，原来他们逮住一只乌龟，正耍着玩呢！

"你们可不能这样戏弄乌龟呀。把它让给我吧，我给你们钱。"

说着，太郎就轻轻地把乌龟拿过来，孩子们拿到钱，高高兴兴地走散了。

"多可怜呀，赶快回到海里去吧。"

太郎把乌龟托在手掌上，走向海滩。海水哗啦哗啦地冲洗着海滩，太郎走进海水里，把乌龟轻轻地放到海水里。

乌龟在海浪中一上一下地漂浮着。太郎久久地站在海水里，望着乌龟游入大海。

第二天清早,太郎又划着船出海了。

"太郎!太郎!"

是谁在呼唤呢?太郎抬头看到离自己不远的船舷边,有一只大乌龟正望着自己。

"是你叫我吗?"

"是的。对不起,突然向您打招呼了。感谢您昨天救了我的命。当时我非常害怕,身体缩得很小,可是今天很放心,我的身体又恢复成这么大。现在我特来接您,请您骑到我的背上来吧!"

"骑上去干什么?"

"我带您到龙宫去,那是一个非常美丽、令人愉快的地方。"

"是吗?那么,不妨去看一回吧。"

太郎骑到乌龟的背上。乌龟钻进蓝色海水里,抖擞精神,扒开水前进,往海底游去。游着游着,突然,太郎周围变得明亮起来,面前出现一座设有漂亮的朱红大门的巍峨宫殿。这就是龙宫。龙宫高高的屋顶是用青铜铺砌的,闪烁着耀眼的蓝光。走进龙宫大门,是幽美的庭院,在宽阔的房门旁,有一位美丽的仙女正领着一群侍女站在那里迎接浦岛太郎呢。

宫殿里,有珊瑚的柱子,有海贝精制的窗棂,有用闪光的石子铺砌的走廊。太郎通过这奇异的走廊,来到一个美丽的大厅。大厅里摆设得富丽堂皇,桌子和椅子都镶着金银宝石。

太郎被领进这大厅里。

"欢迎,欢迎。您搭救了我们的乌龟,真是个好心人呀!清您安下心,住在我们这里吧。"

龙宫仙女说着,恭恭敬敬地给太郎鞠了一个躬。仙女身旁有各种各样的鱼虾之类:鲷、比目鱼、胖头鱼、鲣、鲭、鲽鱼、沙丁鱼、虾,以及螃蟹和海蜇。它们穿梭般地游来游去,端来了许多食品。接着,龙宫又演奏起优美的乐曲,鱼儿们开始跳舞。章鱼头上缠着鲜艳的头巾,抖动它那八支脚,翩翩起舞。

"海底竟有这样的宫殿呀!"

浦岛太郎好像在做梦似的。

"怎么样,太郎,请您再欣赏一下变幻的四时景致好吗?"

仙女说着,领着太郎走进一个房间。

玉匣子的烟

仙女打开房间东边的窗户,太郎看到窗外遍野樱花盛开,远方的山峦笼罩着一层薄雾,雾中传来婉转动听的百鸟歌声。

"再看下一个窗口吧!"

仙女说着推开南边的窗户。窗外的池塘上依偎着一对鸳鸯。池水平静如镜,清澈透底。池上,荷花张开美丽的花朵,红花绿叶倒映水中,十分好看。

"再看这一边吧!"

仙女一下子又打开西边的窗户。庭院里满是菊花,随风飘来浓郁的花香,使人心旷神怡。远处树林的叶子已经染成红色,象锦一样美丽,林子里的小鹿在咪咪地叫着。

"您再看看这一边,这是最后一个了。"

仙女说着静静地打开了北边的窗户。窗外树林的叶子已经凋落。不知是谁把落叶堆成堆,烧起来,到处升起一股股烟雾,透过烟雾可以看到远方的山峦上积满了白雪。

"在短短的瞬时间,可以接连不断地看到春夏秋冬四季不同景色,这是一个多么奇妙的地方呀!"

太郎惊叹不已。

就这样,太郎在龙宫里愉快地生活着,一天又一天,时间在不知不觉间过去了。一个白天,他坐在凳子上竟然睡着了,做了一个梦。他看到家乡的自己家门口里忽地走出一个老妇人来。

"呀,是妈妈。"

太郎大叫一声醒了过来,仿佛觉得从海滨传来乡亲们的船歌声。太郎想念起自己的家来了,想回去看看。于是他就向仙女请求道:"我得到了您的盛情款待,但我想就此告别回家。"

"您住在这里难道不好吗?"

仙女挽留他。但是太郎主意已定,一定要回家。

"那么,我就没有办法了。"

仙女说着,拿出一个漂亮的小匣子。

"这是送给您的玉匣子,请收下吧!"

"谢谢您,我就收下它,保存好,带回家。"

"可是,太郎哪!您如果还想回到这里,可千万不要打开这个小匣子呀!"

"好的,我知道了。"

浦岛太郎走出龙宫,仙女和鱼儿们都来给太郎送行。

"那么,再见了。"

"再见了。"

浦岛太郎抱着玉匣又跨上了龟背。乌龟和上次一样,扒开水不停地游着,最后飘浮到海面上。

"到了。"

"谢谢,您辛苦了!"

太郎从乌龟背上下来,站在海滩上。

"太郎,您要多保重。"

乌龟说着就沉进海里。太郎站在那里四处张望。海滨上有人,并且传来了阵阵船歌声。但是这里的景象和过去完全不一样了,遇见的都是不相识的人,而且他怎么也找不到自己的家。

"浦岛太郎的家怎么找不到呢?您知道吗?"

太郎向一个老头儿问道。

"据说三百年前,有一个叫浦岛太郎的年轻人。可是有一天,他出了海后就没有回来。人们只是这样传说着。那个太郎并不住在现在的这样村庄里,他的家也已不存在了。"

听了老头儿的话,太郎吓了一跳。

"已经过了三百年了?难道我在那龙宫已住了这么长的岁月吗?"

太郎难过地自言自语道。

"打开玉匣子看看吧。在困难的时候,打开匣子,也许能够得到什么好的安排的。"

浦岛太郎忘记了仙女的重要嘱咐,竟产生了这个念头。可是当他打开匣盖的时候,刹那间从里面冒出一股白烟,扑向他的面孔。突然,浦岛太郎的头发、眉毛和胡须,慢慢变得花白,他成了一个老态龙钟的老头子了。

酒 店 童 子

赖光和他的五个家臣

　　古时候，在丹波国的大江山里住着一个力大无穷的魔王，他的名字叫酒店童子。酒店童子手下有许多妖怪。妖怪们经常窜扰京城，抢劫年轻妇女和贵重财物。

　　一天，妖怪们又在京城突然出现，抢走了几个姑娘。就在那天，太政次官国高的独生女儿到街上去，一直没有回家。

　　"女儿是不是被妖怪抢走了呢？"

　　国高十分焦急。

　　京城里有一个善于占卦的巫师。国高急忙把巫师叫到自己家里。

　　"我的女儿出去怎么就没回来？我很担心，她究竟到什么地方去了？是否平安，请您给我算个卦好吗？"

　　"好的。马上就给您占卦。"

　　巫师答应一声，立即走进屋里，专心占起卦来，占卦完毕，走出来道：

"卦上说，您的女儿果然被抢走了。去向在西北方的高处，那肯定是大江山了。现在她还没有生命危险，可是，如果不及早去救，那她就会死去的。"

"噢，是吗？是吗？我得赶快想办法。"

太政次官来到皇宫，将经过奏明天子，请求天子派人去剿灭魔王。

天子马上召集公卿大臣商讨对策。大臣们议论道：

"酒店童子是个可怕的魔王，只有了不起的杰出英雄才能对付他。可谁是这样的英雄呀？"

"那就是赖光。除了源赖光，恐怕谁也对付不了这个凶狠的魔王。"

"有道理。而且赖光手下有许多家臣呢！"

"家臣里面有五个人本领特别大。"

"噢，那五个家臣叫什么来着？"

"他们是定三、末竹、纲、金时、北条，都是了不起的武士。"

"那，就让赖光去剿灭魔鬼吧！"

"赞成，赞成。"

君臣们就这样定下来，于是天子传旨道：

"源赖光，你去剿灭魔鬼吧！"

赖光虽然听说魔王十分厉害，但毫不畏惧，他恭恭敬敬地接受了天子的旨意。回家之后，他冷静地思索："魔王有出奇的本领，我必须拿出所有智慧和全部本领去对付他，但是还要祈求神明的帮助，只有这样才能征服他。"

平时就对神明十分虔诚的赖光，带着北条，来到八幡神社参拜，他恳求神明保佑。

同时，赖光还派纲和金时两人到住吉的神社，派定三和末竹两人到熊野的神社,去祈求神明保佑。

一切准备停当,赖光和五个家臣装扮成神社、寺院的修行僧模样:胸前挂着海螺贝,手持金刚杖,肩上背着笈①。笈里放着盔甲、大刀和竹筒。竹筒里装满着酒,放出浓郁的酒香。

岩洞的人

第二天拂晓,赖光率领五个家臣,离开京城,踏上征途。六人信步而行,不久就把京城远远地甩在后面,进入了丹波国境。但见山峦重叠,悬崖绝壁,山道盘旋交错,路径越走越是艰险。

他们走到一条石崖背后的小路上。路旁有一个古老的岩洞。突然他们听到洞里传来喊喊喳喳的说话声。

"咦,是什么人?"

赖光往洞里望去,看到有三个老年人坐在那里正望着自己。远古以来就传说这山里住有仙人,源赖光想,大概他们三人就是仙人吧!

"你们好,老人家们。"

赖光轻轻地问候道。

"你好!"

"欢迎!"

"你们辛苦了。"

三个老人答礼道。他们的声音各不相同,但都铿锵有力,不像是老年人的声音。

这时,一行六人走了很长山路,已经腰酸腿疼,十分疲

---

① 笈:云游僧等所背的带有支腿的方箱。

劳了。

"那么，在这里歇一会儿吧。"

赖光说道。

于是，他们在岩洞前坐下来，从笈里取出竹筒。

"老人家们，请和我们一起喝酒吧，给你们酒杯。"

金时说道。

"那太感谢了。"

三个人默默地从昏暗的岩洞里走出来。赖光将竹筒里的酒斟满酒杯，先递给三位老人。

"请喝吧！"

"这个、这个，不胜感谢了！"

三个老人高高兴兴地一口气喝干了酒。

"好酒、好酒！这样的酒喝一口也能延年益寿呀。可是，山上那个酒店童子……"

一个老人说着，另一个老人接着道：

"山上那个酒店童子是个大酒鬼，无论如何总也喝不醉。可是喝我们三人的这个酒……"

他说着从怀里掏出四个竹筒。第三个老人指着竹筒说：

"妖怪们喝了我们这些酒，一定会奇妙地瘫软在地上。把这些酒带上，给妖怪们去喝吧！"

说完，三个老人一晃不见了。

"呀，这三位老人一定是八幡、住吉和熊野的神明。他们特意出现在这里帮助我们，给我送来这神奇的酒，赶快拜谢他们吧！"

赖光边说，边双手合掌叩拜。其他五人也合起手来，拜倒在地。

六人站起身来，在岩洞前又背上了笈，沿着山谷的一条险路往上攀登。来到悬崖上,他们忽然看到山路下面有一条河,河边有一个年轻姑娘在洗衣服。

"喂,你是什么人?"

赖光在悬崖上喊道。

山上的府邸

年轻姑娘站在一块岩石上,望着赖光他们回答道:

"我是花园纳言的女儿,是被抢到这里来的。"

"真是不幸的姑娘呀,还有什么人被抢到这里来了呢?"

"还有十几个京城的姑娘。连国高次官的小姐最近也被抢上山来了。"

"嗯,怪不得!"

"你们为什么来到这可怕的魔王巢穴呀了"

"是来救你们的。瞧我们的打扮是几个修行僧,其实并不是。"

赖光说道。一旁的纲,指着赖光,对姑娘道:

"你知道吗?他就是京城大名鼎鼎的源赖光将军。"

"我们五人是他的家臣。姑娘,你给我们带路,好吗?"

定三说道。

花园纳言小姐听了高兴得流下眼泪。她攀登岩石爬了上来,走到六人身边行了礼;之后就将魔王在巢穴里的情况讲给他们听。

"酒店童子白天变成人的模样,可是一到夜晚就现出原形:身高一丈有余,眼如铜铃,熠熠有光,嘴唇血红,头发蓬乱,头上有角。他坐在那里咕嘟咕嘟地喝着血一般的酒。那种怕人的情景,简直无法用言语形容。"

"是吗?"

赖光认真地想了想,点点头道:

"那么,我们赶快到他的巢穴去吧。"

六个人由小姐领路来到魔王巢穴前。

大门是用铁铸造的,十分坚固。两个妖怪在门旁守卫着。他们看到修行僧模样的六个人走过来,哼着鼻音说:

"咦,来了几个美味的东西。"

"恰似飞蛾投火,自来找死,真有意思。"

一个妖怪说着,赶快跑进巢穴,向里面的主人酒店童子报告。魔王听说竟有六个人来到这里,歪着脖子沉思了一下说:

"真是奇怪的事。"

他想了想,还是觉得不可思议。

"总之,先见见他们吧。"

魔王从屋内迈步来到走廊。他确是一个庞然大物,脑袋很大,圆圆的脸,肩膀极宽,穿着一身带格的和服裤裙,站在那里睨视着赖光他们。

"有什么事?"

"童子大王,初次见到您,感到很荣幸。从我们的装束,您也可以看出来,我们是修行僧。因为迷了路,走到您的府上来了。让我们在您这里借宿一晚,好吗?"

赖光恭恭敬敬地恳求道。

"真是修行僧吗?瞧你们的脸色,不像是修行僧。"

"您这是什么话?我们确是云游四方的神社和寺庙的修行僧呀。想在您这里歇一晚上,明天清早就走。为了消除疲劳恢复体力,我们的伙伴还要在这里喝酒呢。酒是自带的,倒用不着你们费心。"

"噢,携酒旅行,真是愉快的事。"

"不完全是愉快的事，也遇到过难过的事呀。可是我们高高兴兴喝着这些酒时，就能把难过的事忘得一干二净。瞧，这就是我们带着的酒。"

说着，赖光他们从笈里取出竹筒，一阵酒香顿时弥漫开来。

"好香哪！好酒！好酒！"

酒店童子抽动着鼻子说。

闪光的刀

"您如果想喝的话，就请喝吧！"

赖光把竹筒拿到童子面前说：

"让我先喝一点这美妙的酒给您看吧。"

赖光当着童子的面，把竹筒的酒倒入杯里，津津有味地喝了下去。

看到这里，魔王放心了，他高兴地命令手下妖怪道：

"喽啰们，把酒给我拿过来，再给我把鱼肉端出来。"

酒宴马上治备停当。魔王让手下妖怪排成两列，自己悠然自得地盘腿坐在坛上，咕咚咕咚大口地喝着酒。赖光他们悄悄地把三位神明赠送的酒掺在自己带的酒里，不断地倒到魔王和妖怪们的酒杯里。妖怪们毫无觉察，开怀畅饮。妖怪们得意地哼起歌儿来，赖光他们也随声附和；妖怪们手舞足蹈地跳了起来，赖光他们也跟着跳起来。

魔王终于喝得酩酊大醉。

"嗯，我要睡觉了，我该走了。"

说着，魔王回到自己的房里去。他手下的妖怪也开始醉得东倒西歪，后来索性横七竖八地躺在地上，呼噜呼噜地睡着了。

"大家顶盔贯甲。"

赖光向家臣们传了暗号后,从笈里拿出盔甲和大刀。他穿戴齐整,手提大刀,让刚才那位姑娘领路,悄悄地来到魔王的房间。

赖光轻轻拉开隔扇窗,在昏暗灯光下,看到魔王伸开四肢,大字形躺在床上。他那伸长的身躯,足有一丈有余,红色的脸膛,卷曲的头发,胡须、眉毛笔直挺立,头上有粗大的角,脖子像熊一样粗。

要是魔王一听到有人靠近他,他一定会突然睁开眼睛的。但是赖光将军很沉着,拔出刀,那刀闪闪放光。他悄悄走到魔王床边,举起刀来,砍了下去。魔王睁开眼睛,"啊"地大叫一声,企图挣扎,但头已被刀砍了下来。

魔王的头,突然蹦起,死死地咬住赖光的头盔。这颗沉重的脑袋,把赖光的钢盔咬得歪向一边,忽然那死死咬住钢盔的魔王牙齿咔嚓一声折断了,那颗脑袋重重地掉在了地上。

在这期间,五个家臣也分别向其他妖怪一个一个地砍去。

妖怪们慌忙爬起,揉着睡眼,去拿铁棒。但已经来不及了。他们全部被武士们消灭干净。

赖光和五个家臣救出妖怪抢来的年轻妇女,把她们带回京城。他马上来到皇宫,将如何消灭妖怪的经过奏明天子。天子听了大为喜悦,对赖光倍加嘉奖,厚予赏赐。

从此,世人更加尊敬源赖光,都说:"赖光将军真是个了不起的杰出英雄呀。"

白 鹤 姑 娘

穷宰相

　　古时候,有个地方住着一位很有钱的宰相。他很年轻,从来没有遇到过什么不幸的事。可是,他却是一个富有同情心的人,他毫不吝惜地不断地将财物赠送给穷苦人。

　　财物再多也是有限的呀。他这样赠送的结果,自己也就逐渐变穷了。他穷得竟把自己的住宅也卖掉,搬到村尽头的一所破房子去住。而且一旦变穷,往日和他交往的人,也都不理他了。后来,他又丢了官。不要说手艺活,就连种田的粗活他也不会,再也没有适合他的谋生之道了。于是他只得在田里去驱赶啄食稻穗的麻雀、鹌鹑和轰撵野猪,借以从村人手里分到一点儿米粮和蔬菜苦度时光。

　　秋天到了。割掉稻谷以后,田野变得更加广阔。一天,年轻人到稻田拾落穗。拾着拾着,日已西沉,他的影子长长地照在田野上。

　　"秋天的天,黑得真早,我得赶紧回家呀!"

年轻人自言自语地说着走出了稻田。他手里提着装稻穗的袋子,腰间挎着一把宝刀。当时,谁要腰间挎宝刀,就表示他的身份高。

他提着袋子,一步一步地往家走。当经过路旁的一片沼泽时,他看见前面有一只鹤在悠闲地走着。

"噢,真是罕见的大鹤呀。"

鹤很漂亮。年轻人停住脚步,望着这只雪一般白的鹤。虽然附近有人,但白鹤安详地拍着翅膀,迈着长腿,低着头走着。年轻人看到白鹤把长长的尖喙伸进水里,心想它一定是在寻找什么食物哩。

突然,一个人张开两手,出现在堤上。这个人一定是为捕捉白鹤而站在那里的。

白鹤慌张地飞了起来。可是堤旁早就安好用细线编织的鸟网,白鹤一下撞到网里,扑扇着翅膀挣扎。那人赶忙跑过来,紧紧地抱住了白鹤。白鹤急得大声叫起来。它摇晃着脖子,扭动着身体,竭力地挣扎。

但那人死不放手,反而一下紧紧勒住白鹤的脖子。

"请等等,等等!"年轻人边跑边喊道,"真可怜呀!这不是一只大鹤吗?放掉它吧!"

"真是岂有此理。我放掉这只宝贵的鸟,靠什么过活呢?"

那人望着年轻人,尖声说道。

"难道捕鸟也是买卖吗?"

"不错。我要不把这鸟拿去卖掉,我就无法生活了。"

年轻人听了捕鸟人的话,点了点头,然后,看了看自己腰间的宝刀。这把一天到晚佩戴着的防身宝刀,是他的传家之宝,是用黄金制造的。年轻人虽然很穷,但总是舍不得卖掉这把宝刀。

现在，年轻人从腰间摘下宝刀，对捕鸟人说：

"那么，我用这把宝刀换你的这只鹤，把鹤放走吧！你还不愿意吗？"

"不，不。我并非不愿意。您是真的用刀换鹤吗？"

"我哪能骗你呢？"

捕鸟人仍然抱着鸟，望着年轻人那把金制的宝刀，心里想，把这样的宝刀卖掉，大概够自己过一辈子的了。

"好吧！我把鹤放走。"

捕鸟人说着放开了手。白鹤张开翅膀，翅膀上闪耀着夕阳的余晖。田野的傍晚时分寂静，白鹤长鸣两声，腾空而起，越飞越小，最后消失在天空里。

白鹤姑娘

五六天后的一个傍晚，年轻人的家门口，有人轻轻敲门。

"对不起，打搅您了。"

"是一个年轻妇女的声音。"

"是谁呀？"

年轻人歪着头，诧异地打开了门。

门外站着一个美丽的姑娘。

"您是什么人呀？"

"我是京城人，因为有事离开了家，每天步行，都走累了。现在天色已晚，能否让我在您家借住一夜呢？就住在这房檐下，也是可以的。"

"哎呀，您是说要在我家借住吗？"

年轻人露出为难的神色，望着姑娘。他想，姑娘如此恳求自己，总不能拒绝她呀，而且她说住在门外或房檐下什么地方都可以。于是,他就顺水推舟地说:"那好,您就在那里休息吧。"

于是年轻人领着姑娘进入他那狭小的房子。他端来了温水让姑娘洗了疲乏的双脚,又让姑娘坐到炉旁。他把晚饭分给她吃。

一个晚上过去了。第二天清早姑娘就起了床,从井里打了水,做了早饭。饭后她打扫了房间,整理好家具。

太阳越升越高,但姑娘并无去意。

"您把脏衣服拿出来给我洗吧!"

洗完后,姑娘把衣服晾到竹竿上。衣服被风一吹,哗啦哗啦地飘动着。

"有破了的衣服吗?我给您缝补。"

说着,她从小盒里拿出针线,十分灵巧地很快就缝补好了该补的衣服。

"把院里杂草也拔掉吧。"

"这您就不必费力,以后我自己拔好了。"

"不,不。这很容易。拔了草,周围环境多少会变得干净爽眼的。"

就这样,姑娘笑吟吟地说着,不停地干着活。天黑了,她没有走。

"您京城的家里会惦念您的。"

年轻人对姑娘说道。

"不,不。这您不必担心。我是按照自己的想法生活的。请您把我留在您家中吧!为此我将……"

年轻姑娘说着,把放在小盒旁边的一个布袋子拿过来。她打开袋子,从里面取出一把金光闪闪的金币。一块、两块、三块、四块……金币很多很多,光彩夺目。姑娘把所有的金币摆到年轻人面前，对他说：

"这里有金币一千两，拿去买一所房子，让我们建立一个家庭吧！"

年轻人非常惊讶。他望了望金币，又看了看姑娘。

"奇怪的姑娘呀，这是怎么回事呢？好吧，我们买一所房子，建立一个家庭吧。"

年轻人就这样决定了。

于是，他们俩成了亲，过着幸福美满的生活。真搞不清人的运气是怎么回事，从此年轻人变成了富翁，恢复了过去的高贵身份。

一度穷途潦倒的宰相，突然又成为富翁，这件事传播开来，传到很远很远的地方。

那个时候，有个很有势力的人名叫佐卫门。一天，他带着成群的家臣，到山上打猎。他们把山团团围住，大喊大叫地追猎兔子、鹿和野猪。当时的人把这种打猎取乐叫作"野山的猎"。打完猎回来途中，佐卫门第一次看到了年轻人的宅院。

宅院外面是高高的围墙，围墙外有一条深不见底的护城河环绕着。宅院里的房屋高大宽敞，庭园十分幽美，里面松柏挺拔，杨柳轻飏，还有假山、岩洞、池塘以及用石子铺砌的曲径，真是美不胜收。

佐卫门坐在马上，直起腰，伸长脖子，望着这所宅院，自言自语地说：

"什么时候，我能住上这样的房子，有多好呀！"

这时，身旁有一个家臣告诉他：

"我知道得不详细，听说宰相变成穷光蛋以后，不知从什么地方来了一个奇怪的年轻女人，她带来了很多很多的钱。"

"世上有如此奇怪的事呀！"

佐卫门听罢家臣的话，油然产生了嫉妒之心。

"有没有听说谁看到过宰相的妻子？"

"是的。据说有人看到了。她又年轻又漂亮，好像刚开放的花朵一般。"

"是吗？真令人羡慕不已哟！"

佐卫门越听越加遏制不住觊觎之心。

"好的。我要把这所房子抢过来，把他的妻子带走。那个女人一定还有很多黄金的。"

佐卫门怀着这种卑鄙肮脏的欲望回到家里。从那天起，他日日夜夜连做梦也盘算如何夺取年轻人的宅院和妻子。于是他把家臣们叫到一起暗中商量。有一个家臣劝告他不要干这种坏事。但是佐卫门利令智昏，全然听不进劝告，并且定下了去抢夺的日期。

这一天到了。天刚拂晓。佐卫门纠集了很多人向年轻人的家出发了。他骑着马，在队伍前头，挥动着令旗。

年轻人和他的家人，突然看到有许多人手持刀枪，蜂拥而来，十分慌张。

"这是怎么回事？我们连准备也没有呢！"

"斗不过他们，倒不如打开门，让他们进来！"

"那我们岂不太懦弱了？"

"为什么要进攻我们，去问个究竟吧！"

人们议论纷纷，不知该如何办才好。

就在这时，夫人很冷静地说：

"大家静下来，不必惊慌。"

风和乌云

夫人和往常一样，站到二层楼走廊上，仰望天空，手拿红扇轻轻地摇了两三下，好像在召唤谁一样。

佐卫门骑在马上，远远瞧见了她，于是指着夫人得意扬扬地对家臣们说：

"你们看看！她已经被我们的来势吓坏，向我们招手呢。这确是投降的表示呀。谁给我去问一问？"

他说着用眼扫了一下众家臣。

"是的，知道了。"

一个家臣走上前答了一声，向一个家丁传达了佐卫门的命令。但是那家丁怎么也赶不动他骑的马。就在这时，突然一阵狂风吹来，卷起了尘土，刮折了树枝，扫掉了树叶。同时，山后涌出一股乌云。乌云扩散开来，一直扩散到年轻人家的上空。忽然，人们看到乌云中有密密麻麻的怪物：红色的鬼、蓝色的鬼、黑色的鬼、夜叉、狰狞的女鬼，还有不动明王。这些魔鬼手执兵器，龇牙咧嘴，横眉怒目，向佐卫门他们冲来。乌云中还有各种各样的飞鸟：老雕、鹰、鹫、乌鸦和林鸦。鸟群向敌人扑过来。乌云中还有各种各样的飞虫：蝙蝠、金花虫、蜻蜓、蝴蝶、蜜蜂和蛾子，它们发出一片叫声，从云里一齐向敌人飞扑过来。

怪物们用奇异的箭向敌人射去。那些神奇的鸟、蜂和蚊子，啄着和叮着敌人的眼睛和鼻子。他们睁不开眼睛，用手掩住脸，大声哭喊着。

"这是上天的惩罚。"

"我们逃跑吧！"

家臣们丢开家丁，各自驱马逃跑。那些没有马骑的家丁，也撒开双脚拼命逃去。不少家伙因中箭带伤，或血流满面，或耷拉着胳膊，或瘸着腿，情形十分狼狈。一会儿，乌云在逃窜的敌人后面逐渐退去，退到山的那边时，自然地消失了。于是，风也平息了，太阳从蔚蓝色的天空上，又把温暖的阳光，洒向大地。

夫人拿着扇子，走到年轻人身边。年轻人怀着钦佩心情，认真地对夫人说：

"谢谢、谢谢！你刚才的法术，普通的人是不会的。我早就知道你不是普通的人，一定是什么变化的。告诉我吧。"

夫人用扇子半遮着脸，静静听着，眼睛一闪一闪地望着他。

"那好吧！我告诉您，我是白鹤。因为您在沼泽地边救了我。为了报答您的救命之恩，我才请求您让我和您一起生活到今天。因为我并非人类，只是一只鸟，所以不能这样一直在人的中间生活。现在既然您已经知道我是白鹤，那我不得不离开您了。在我们还能见面之前，望您保重！再见了！"

"你说什么？尽管你是白鹤，但你是我的妻子，是我亲爱的夫人，你不要走，你要永远地留在我身边。"

年轻人拉住夫人的衣袖，但夫人一下脱掉衣裳，变成一只白鹤，就像年轻人过去所见的那只白色的大鹤。白鹤展翅飞腾，哇、哇地叫着，飞上长空。

俵藤太

大蛇的请求

很古很古以前，近江国有个叫俵藤太的武士。他精于射箭，百发百中。

一天，俵藤太独自提着弓，背着箭囊，从琵琶湖畔走过。那湖畔有个叫濑田的地方，有一座相当长的桥。

藤太迈着轻松的步子走在桥上。行走中间，他突然看到桥上有一个像剥光皮的树干般的庞然大物，躺在那里。俵藤太停住脚步，用脚重重踩了一下桥板，那庞然大物猛地抬起头来：它头大如盘，两只大眼闪闪发光，血盆大口忽闪忽闪地吐着火一般的舌头。

"哈哈，原来是一条大蛇。最近听说，有条大蛇悄悄跑来这里，果然不假。那好，我就从它旁边走过去。"

胆量极大的藤太，一边想着又迈开了脚步。大蛇还是一动不动地躺着。当他走近大蛇时，又想何不从大蛇身上跨过？

"如果能一下从蛇背上跨过，多有意思！"

于是，他咯噔一声两脚跨上蛇背，接着又轻轻地蹬了两三下，从蛇背上下来，就想急速离去。

"喂，喂，了不起的武士！"

突然，背后传来了喊叫声。俵藤太回过头来。

哎哟，那长长的大蛇不是变成一个不相识的人，站在那里了吗？看上去，那人既不年轻，也不显老，浑身上下穿着一身蓝衣服。

"是你叫我吗？"

"是的。对不起，是我把您叫住了。"

"有什么事吗？"

"是的，我想求您答应我的一个特别要求。"

"什么要求？"

那人马上一腿跪到桥板上，告诉藤太道：

"我是龙王，在琵琶湖这个大湖里已经住了很久很久。我被尊为湖中的万鱼之王，受到人们的爱戴。我曾率领成千上万的家臣，威风一时。可是，这次因为湖对面的山上……"

他指着对面的山，稍微提高声音道：

"那座山叫三上山。"

那人接着道：

"那个三上山上住着一条大蜈蚣，是个非常残暴的家伙，它跑到我们琵琶湖把我的子孙一个个地抓走了。"

"那条蜈蚣也捉鱼吃吗？"

"是的，是的。这条蜈蚣是个既凶残又贪吃的家伙。我是一个龙王，应该能够战胜它，可是很遗憾，我已老迈年高，而对手却是正当旺盛之年。因而看来我斗它不过。这样下去，我的家族和鱼类都要被蜈蚣统统吃光的。想到这里，我就惶惶然夜不能寐。您能理解眼下我的心情吧？"

"有道理，这就是你所担心的事。我很理解你的心情。"

"好，好。这使我感到无比欣慰。可是，光靠我一个人的力量，是无法战胜大蜈蚣的。因而我想，是不是会有能帮我征服大蜈蚣的了不起的人从桥上经过呢？于是我时常到这里来等着。可是那些看起来很有力气的人，一见到刚才我的那个样子，都惊慌失措，不敢靠近我。今天，您却令我很佩服。您很有胆量和勇气。我想请您助我一臂之力，我看得出您一定能够征服那蜈蚣的。"

"是吗？好的，我就不推辞了。"

湖底

"谢谢！现在我给您带路，请您到我们的宫殿去。"

龙王还是人的模样，他带着藤太跳进湖里。突然水分两半，使人觉得好像有一条看不见的道路一直延伸到海底。龙王很快地向海底走去。俵藤太默默跟在他后面走，身上一点儿水也不沾。

走着走着，突然藤太看到前面有个大门，是红色的门。门里面是高大的宫殿，巍峨的屋顶是用铜铸的，那些窗棂、廊柱都在闪闪发光。

走进门，是美丽的庭院。房间正门十分宽阔，长长的走廊，铺着毛毯。俵藤太被引进里面的客厅。

"请坐。"

龙王低下身，恭恭敬敬地说。

俵藤太坐在用金银制造的椅子上，从客厅栏杆往下望去，清清楚楚地看到湖面、栏杆和他自己往下张望的倒影。

"多么清澈的湖水呀！在湖底往下却能看到湖面的倒影，这是多么奇妙的现象呀!"

"是的,不错。这大概是与人的世界不一样的地方了。喂,您再透过水往那边望去!"

龙王用手指着那边道。

藤太又透过水往龙王所指的方向望去。噢,他看到那边有一座山。

"怎么?这好像是我曾经见过的什么山。"

"您说得对,那就是刚才所说的三上山。大蜈蚣就从那里出来。过一会儿,它就要出来。在这之前,您要好好歇一会儿。"

龙王说着,低下头转身离开了那里。可是不一会儿,他又出来了。只见他头戴光彩夺目的金制王冠,身穿华丽的王服,背后跟着一串随从。

"给英雄行礼!"

龙王话音一落,随从们一齐低头垂手,向藤太敬礼。

"抬起头来。"

龙王这样一说,他们又都一齐抬起了头。

俵藤太站起身来还了礼后,又默默地坐下。

接着,在旁边的桌上,不断地送来了酒食。食物极为丰盛,而碗、碟也都是极为珍贵的。

"请您用餐!"

龙王对俵藤太道。

藤太轻轻点点头。侍者给他的酒杯斟满酒,他不慌不忙地拿起酒杯。

"多好的酒,多么甜美的酒呀!"

藤太赞叹了一声,喝下一杯酒。但是他再也不喝了,也没吃多少饭菜。

这是为什么?因为现在他肩负着重任呀!

第三根箭

他们正在吃饭的时候,天色渐渐暗下来,宫殿外的湖水,也变成黑色了。这时,藤太看到龙王面色铁青,浑身颤抖,坐在那里,东瞧瞧,西望望,心神十分不定。

"我总觉得,大蜈蚣好像马上就要出来了。"

龙王颤抖着声音道。

"是吗?我马上准备应战。"

藤太从椅子上站起来,拿起弓箭。就在这时,他们看到那边的山和天空之间,有一点微弱光亮。是红色的光,它和星星的光很不一样。刹那间,光点越来越大,越来越多,在摇荡着,好像是许多豆粒大的小提灯绑挂在那里一样。不久,这些光点好像变成了一条燃烧着的铁链,闪耀着光。

"哎呀,它已经出山了。那联结在一起的光链,是它的脚摩擦时发出的光。两个蓝色光点是它的眼睛。瞧!它向这里爬过来了。"

龙王皱着眉头,指着那边的山说。他的手脚哆嗦着,嘴边微微抽动,而俵藤太却毫不惊慌。

他两脚分开地坐在栏杆上,把箭搭在弓上,对准大蜈蚣。随即他拉弓放手,箭离弓弦。往上飞去的箭发出沙沙的声音,最后咯噔一声,射中了蜈蚣的脑袋。可是射中的箭却被蜈蚣脑袋挡了一下,从旁边滑过去了。

"失败了。好,再射一箭。"

俵藤太又把箭搭在弓上,对准蜈蚣,用力拉满紧邦邦的弓弦。他注视着在空中飞行的箭,又咯噔一声射中蜈蚣的脑袋。可是这支箭同样被弹了开来,从旁边飞走了。

两支箭都没有扎进蜈蚣的脑袋。

"多奇怪呀！"

藤太歪着头想。突然他想起什么似地说：

"好啊！"

他连忙抽出第三支箭，将箭尖含在嘴里弄湿它，于是箭尖沾上了他的唾液。他把这支箭又搭在弓上，用力拉满紧邦邦的弓弦。这时，大蜈蚣很快地向宫殿这边爬来，藤太已能很清楚地看到那离得很近的大蜈蚣两只闪烁着蓝光的大眼睛。他对准蜈蚣两眼中间的正上方致命部位——"眉间"，把箭射了出去。箭离弓弦，向蜈蚣飞去。咯噔一声，箭射到它的脑袋上。这次却深深地扎进了蜈蚣的"眉间"了。这是由于这支箭沾上了蜈蚣害怕的人的唾液的缘故。蜈蚣因为重要部位"眉间"被射中，它的疼痛一定会传遍周身直到它的尾部的。

蜈蚣痛得在地上打起滚来。一会儿，它又弯曲着身躯，一会儿又扭动着腹部。从它身上发出的红色的光、蓝色的光，渐渐昏暗下去，直至完全消失。此时，天已全黑。突然，雷声轰轰，电光闪闪，大雨哗啦哗啦地下起来了。

高兴的龙王

夜已很深了，强烈的电光在闪耀，雷声在地面滚动，响彻云霄，风在猛烈地刮着，雨越下越大。可是到了凌晨，一切都平静了下来。

清晨，云散了，天空呈现出一片蔚蓝色。太阳光普照大地。三上山好像没有发生过什么事情，青翠的树木在阳光下迎风摆动，好看极了。

可是，瞧瞧山下的湖里，湖水混浊，有一大片染成血色。再仔细看去，湖面漂浮着一只大圆木似的死蜈蚣，它翻着肚皮，双目紧闭。

龙王看到死去的蜈蚣，高兴得跳了起来。

"我怎么感谢您呀！我的感激心情真是难以用什么字眼来形容的。现在我放心了。从今晚开始，我们就可以伸开四肢睡大觉了。您的恩情我一辈子都忘不了。而且我要告诉子子孙孙，让他们永远称颂您的恩德和功劳。"

龙王流着眼泪，拜谢俵藤太道。

"来呀，诸位。再举行一次盛大宴会吧！把龙宫的所有美酒、全部佳肴都端出来！快，一连串地拿出来！"

龙王兴奋异常，他慷慨地这样说。

宴会开始了。大金樽又斟满了酒。藤太一口气把酒饮干。

"多么豪放！您真不愧是一位了不起的英雄。来呀，你们要给英雄不停地斟酒呀！"

藤太的酒杯又倒上满满的酒，酒映着灯火，闪闪发光。藤太双手捧杯，又一饮而尽。侍者又给他斟满了酒。藤太手不抖、一滴不洒地全部喝干。他一连喝完八大杯。

"我酒已足了。不能再喝，再喝就要变成令人讨厌的酒鬼了。喝醉了酒可不好呀！"

藤太说着摇晃着肚子，哈哈大笑起来。

龙王热情地招待俵藤太，他希望藤太住上十天、二十天。可是挽留不住，于是龙王端出来很多宝物，说：

"您把这东西全部收下吧。"

"不，我什么都不需要。您让我回到湖外的世界上去，我就满足了。"

"这当然。可是礼物您一定要收下。"

"好吧。那么，我就收下两三件吧。请您代我选好了。"

龙王选了两三件礼物交给藤太后说：

"另外，您一定要带走这口大钟。"

"'大钟'？为什么呢？"

"这钟声可从近江国这一边传到那一边，响彻全国。虽然很重，您还得带上它。您早晚敲响它，我就能听到钟声。一听到钟声，我就想起您，想起您的恩情来。"

"噢，是吗？这是令人多么高兴的事，那我就带走它吧。"

于是藤太除了两三件宝物外，又带上这口大钟，回到陆地上。但是那口大吊钟，无法挂在他家里，于是藤太将它送到三井寺存起来。

三井寺的这口大钟，一直存放到什么时候？以后大钟去向如何？因为这是古老的传说，所以谁也不知道。

红帽子的故事

一天,森林之神对鸟儿说:

"我要给你们漂亮的红帽子。但是只有一顶,只能给你们之中的一个,给谁都可以的。希望把你们可爱的孩子也带来吧!我要亲手给获得者戴上帽子。"

森林里有各种各样的鸟。

大家希望得到那顶漂亮的红帽子,都决定把自己可爱的孩子带了去。

鸽妈妈带着小鸽子。

山鸡妈妈带着小山鸡。

孔雀妈妈带着小孔雀。

知更鸟、燕子、云雀、喜鹊、鸲鹆……所有的鸟都带着自己的孩子来到森林里。

鸟儿们差不多都到齐了,只有鹦鹉还没有来。

是不是为了来森林前把自己打扮得漂漂亮亮的,还在化妆呢?

不,不,不是的。

其实,鹦鹉也和其他的鸟一样,早就带着孩子离开家了。

神所住的森林已经遥遥在望，它们为了更快到达森林，加紧了脚步。

突然，鹦鹉看到路旁田野里有一只小乌鸦。

"喂，小宝宝，你在那里干什么呢？"

鹦鹉和蔼地问田野里的小乌鸦道。

"我正找田螺呢。"

"怎么？找田螺？那么，找到了吗？"

"是的，已经找到一个了。"

小乌鸦周身沾满泥土，小嘴脏极了，两只小脚也变成了小泥脚；眼眶周围沾满泥土，两只大而可爱的眼睛，像星星似的滴溜溜地转来转去。

多么天真无邪、聪明伶俐的孩子呀！

"妈妈呢？"

鹦鹉问小乌鸦道。

"妈妈不在。"

"是去干活的吗？"

"不是的。我们家没有妈妈。"

"噢，是吗？那只有爸爸了？"

"是的，只有爸爸。"

"那么，爸爸在家了？"

"不，不在家。刚才他一个人'嘎、嘎'地叫着，不知飞到什么地方去了。"

现在鹦鹉已经知道小乌鸦的身世了。

"原来是一个没有妈妈的孩子，自己孤零零地出来找田螺吃，多可怜呀。"

鹦鹉心里想道，于是它对身旁自己孩子说：

"你在这儿等一等。"

鹦鹉飞到小乌鸦身旁，弯着脖颈，用嘴轻轻地抚摸着小乌鸦，说：

"小宝宝，我要带你去森林里，可是要把脸洗干净的呀！"

田野里有一条小河流过。鹦鹉把小乌鸦带到小河旁边，用翅膀轻轻地洗着它的羽毛。鹦鹉把小乌鸦身上泥土洗掉之后，又轻轻地擦着它的眼眶。

现在小乌鸦的脖颈、翅膀，油亮油亮的。在湛蓝的天空上的太阳照耀下，小乌鸦浑身闪亮。

"你瞧，现在变漂亮了。"

鹦鹉微笑着说道。

于是鹦鹉带着自己的孩子和小乌鸦赶快往森林里走去。

它们是最后来到的鸟。

神问鹦鹉道：

"你怎么迟到了？而且为什么还带着一个黑孩子来呢？"

"是的，我迟到了，对不起。"

随后它把迟到的经过告诉了森林之神。

"是吗，是吗？原来是因为帮助了别人才迟到的呀！你真是一只心地善良的鸟呀！我听了很高兴呢。"

森林之神不断地点头称赞，然后望着满满地站在前面的鸟儿们说：

"鸟儿们，你们都是我的可爱孩子。我都要给你们帽子。可是只有一顶。今天，我决定将帽子送给鹦鹉，以作为对它善良行为的奖赏。鹦鹉，请你走到前面来。"

神双手拿着红帽子戴在鹦鹉圆圆的脑袋上。

我看到鹦鹉红红的头，于是给小朋友们编了这个故事。

小松鼠和小黑熊

小松鼠正在吃葡萄,忽然草丛发出沙沙声,从那里露出一个黑脑袋,原来是一只小黑熊呢。

"小松鼠,能不能也让我尝尝葡萄呀?"

"当然可以。你吃吧。多多的吃吧。"

小黑熊尝了一个。

"真好吃!多甜的葡萄呀!"

小黑熊笑眯眯的。他本来可以吃下很多很多,但只吃了一个就不吃了。

"来,我要把葡萄揉碎。"

说着,小黑熊揪下一串葡萄,放在两只手掌中,把葡萄挤碎了,葡萄汁从手指缝里,滴滴答答地往下滴。小熊津津有味地舔着葡萄汁,它用那薄薄的红红的舌尖舔着,舔着。

"怎么啦,小黑熊,你为什么要挤碎葡萄呢?"

于是,小黑熊这样告诉他:

"到了冬天,山上积满白皑皑的雪,山里的熊和别的动物就不出来了。它们整个冬天蹲在洞里,一天到晚呼呼地睡觉。它们睡着睡着,春天就悄悄来临。春天一到,熊自然而然地睁开了眼睛。这时,它们大都肚子是空瘪的,想吃东西。可是严冬刚过,雪在开始融化,山里怎么能容易找到食物呢?我爸爸告诉我说:'那时大家就舐手掌,舐着舐着,一时就不觉得饿了。因此,就必须从秋天开始,用双手挤碎食物,把汁液涂在手掌上,准备着春天刚刚到来时舐食。什么树的果子呀,草籽呀,甚至蚂蚁、蜘蛛也可以。我们挤碎这些东西,让它们的汁液象油一样涂到手掌上,预备着,将来一舐,就可以尝到各种各样的味道。"

小熊讲罢,问小松鼠说:
"现在你该知道我为什么要挤碎葡萄了吧!"
"是的,我明白了,我明白了。"
小松鼠说着,偷偷地张开自己的双手。
自己小小的手掌,就那么一点点,和小熊那肥厚的大手掌,简直不能相比。
"那么,小黑熊,请你在什么时候也让我舐舐你的手掌,舐舐你的干糖果可以吗?"
"你说什么干糖果?"
小熊笑了起来。
"好,可以的。什么时候来舐都可以。"
山峰和山谷都积满了雪,冬眠的时刻到了。小松鼠在树洞里睡着。有一天,它静静地睁开了眼睛,雪还在下着,到处是白茫茫的一片。小松鼠从树洞里跳出来,跑到小黑熊住的地方。一看小熊还在呼呼地睡呢!
"小黑熊!小黑熊!"
小松鼠想摇醒小黑熊,但个子小小的松鼠,怎么也摇不动小黑熊肥大的身体。小松鼠叫呀,叫呀,还咬住小黑熊的耳朵,拉呀,拉呀,但是小黑熊还没睁开眼睛。

小松鼠没有办法，只好动了动小黑熊的黑黑手掌，把嘴靠近熊的手掌，伸出舌头贴在那上面。

　　暖和和的熊手掌。

　　"我开始舔啦，小黑熊。"

　　小松鼠甩动着小舌头，在小黑熊的手掌上舔呀，舔呀。它的肚子已经饿了。

　　"呀，呀，真好吃。真是干糖果呢。"

　　果然，小黑熊的手掌象点心，也像奶油。小小个子的松鼠用薄薄的红红的小舌头轻轻地舔。这时，小黑熊好像要醒来似的，突然它一下子睁开了眼睛。

　　小松鼠赶快对它说：

　　"小黑熊，对不起呀，我先舔了。"

智慧和力量

夜里,大雨哗哗地下起来,天亮时才终于停住,露出了一片蓝色的天空。

道路上有一处地方,泥土被雨水冲刷到两侧,形成一个水坑。谁要走过这里,都会弄湿脚的。这个水坑很大,连兔子也不能跳过去。

这是动物村的一条道路。离这儿不远的高处有一所动物学校。这时,包括一年级学生在内去上学的孩子们,像往常一样走来了。

"哎呀,这儿有一个水坑。"

"像个池塘。怎么过去呢?"

"喂,大家脱鞋吧。"

"袜子也得脱掉。"

"光着脚,裤子要卷到膝盖呀。"

"小腿露出来,毛就要湿透了。"

小动物们都面有难色,大家你看我,我看你。

伙伴中间有一只小熊,它是小学二年级的学生。虽然才上二年级,可身体高大,也很有力气。

"等一会儿，有好办法。"

小熊返身走回到河边土堤边，那里有一块很大的石块。小熊把石块从土里挖出，骨碌骨碌地把石块推到水坑旁边，然后又双手抱起石块，咚的一下，把它扔到水坑的正中央。水花向四处飞溅，落到小熊身上，可是并没溅到其他动物身上，因为它们都很小心地避开了。

石块恰好一半在水下，一半露出水面。

"来，你们都从这上面过去吧。"

小熊擦着自己的头和脸，对大家说道。

这样一来就可以不脱袜子，从这边跳到石块上，再从石块上跳到水坑那一边了。如果怕鞋子打滑的话，只脱掉鞋子就行了。

"小熊，你先过吧。是你造的石桥啊。"小兔子说道。

"不，我要最后过去。"

"那为什么呢？"小狸问。

"嗯，有原因的。"小熊回答说。

"小兔子，快跳给我看看吧。"

于是，小兔子第一个跳到了石块上，然后又从石块上刷地一下，跳到水坑那边的道路上。小兔子总是能很高明的、很轻快地跳的。接着，小猴子跳过去了，小狗跳过去了，小猫灵巧地跳过去了。由于脚上和肚子上的皮毛都没弄湿，小猫非常高兴。

就这样，小狸和小猪也先跳到石块上，再跳到了对面，越过了水坑。

大家都顺利地跳过去了。

"小熊真聪明啊。这次该小熊跳了。"小猴子说。

"我和你们不一样，我要蹚过去呢。"

"呀,那可奇怪了。"

"为什么呢?"

小猪和小狗一齐开口了,它们脸上露出惊奇的神色。大家也都困惑不解地望着小熊。

可是,小熊平静地说:

"你们看,这块石头不能就扔在这里不管呀。扔在这里就成为道路上的障碍了,必须把它移回原来的地方,你们说对吗?"

小熊走进水坑,把手伸进水里,将沉重的石块抱到道路上,然后像刚才那样把石块滚到河边土堤那里。

小熊把石块照原样放在那里,然后用脚把四周踩结实。

"这样放着,和原来就一样了。"

小熊在水里洗净了手上的泥,又脱掉鞋,卷起裤腿,然后手里提着鞋子,哗啦哗啦地从水坑里瞠了过来。

路上的大坑后来怎么样了呢?

不用担心。当天动物村的动物们就用土牢固地把大坑填平,重新修复了道路。

北 极 狐 狸

在冰雪覆盖的北极岛上，也住着狐狸，叫北极狐狸。一天，一只北极狐狸从一个雪窟窿里钻出来寻找食物。那里是一片白茫茫的世界。北极狐狸浑身披着白色的皮毛，走在雪地上，和地面浑然一色，谁也看不出它来。可是当月亮升上天空的时候，它的影子就清晰地照在了雪地上，于是兔子们马上就看到它在地上往前走的影子了。

"喂，注意呀！那尾巴粗粗的家伙来了！"

兔子们互相提醒着，唰地，一齐逃走了。

现在，北极狐狸找不到东西吃，肚子饿得咕咕直响。

"怎么办呢？"

它蹲下来喘着气，忽然想起了自己的爷爷，记起爷爷曾经对它说过的话：

"孩子，你在饿得难受的时候，可以到海边最高的岩石下去。那里有一个凹进去的地方，上面放着鱼的骨头，你一看就看到了。你就往那下面挖吧！"

狐狸爷爷是在去年夏天这样告诉自己的。在那以后不久，夏末的一天，爷爷独自出去，从此就再也没有回来。

它到什么地方去了？是不是已经死了呢？要是已经死了，它的那句话，就是对自己讲的最后一次话了。

北极狐狸忍着饥饿，站了起来。它在冰上奔跑，不一会儿就来到海边。北极狐狸在冰上跑得很快，但却不会跌倒。因为它脚掌里面长着密密的毛，在冰上跑起来，怎么也滑不倒的。

海边有一块高大的岩石屹立着。岩石下面有一个凹进去的地方，里面果然有白白的鱼骨头。北极狐狸很快地挖起来。它饥肠辘辘，软弱无力，但仍用脚爪拼命挖呀挖呀，把白白的雪挖开了。

突然雪中露出了东西。

"呀！"北极狐狸高兴得叫了起来。

原来是小小的蛋。一个、两个、三个、四个、五个、六个，大概还有吧！它又挖。第七个、八个、九个、十个。可能底下还藏着不少蛋呢！这是一种海鸟的蛋，是北极狐狸最喜欢吃的蛋。

为什么狐狸爷爷在这里贮藏着这么多的蛋呢？

夏天，狐狸爷爷在这一带找到了许多鸟蛋。它忍着不吃，把鸟蛋埋藏在这里，因为在夏天，除鸟蛋外还可以找到许多其他食物呢。

就这样，平时留心，把暂可不用的东西贮存下来，一旦需要就可以用上了。

"谢谢您呀，爷爷！以后我也要像您一样去这样做。"

北极狐狸这样想道。

山狸变的灯

山狸爷爷的头上,如今又增添了不少白发,它再也不能离开洞到很远的地方去了。于是它经常抱着自己的大尾巴,蹲在洞口旁边。

"爷爷,您在看什么呢?"

山狸孙子问爷爷道。

"我没看什么呀。"

"您不是在看吗?在看着远方吗?"

"噢,是吗?是、是,我是在看着远方呢!"

爷爷转过短短的脖子,望着孙子。山狸孙子的脸,长得很像山狸爷爷小时候的样子。

"孙子长得真可爱呀!"

山狸爷爷心里这样想着,就对山狸孙子说:

"当我看着远方的时候,天空和云彩就映到我眼里。我看着这天空和云彩,就不由得想起很久很久以前的事来呢。"

"很久以前的事?是什么事呀?"

"变化的事。"

"变化的事?"

"是的。爷爷我小的时候，并不是一个聪明孩子呀！很笨、很笨。你听着。有一天，爷爷的爷爷对我说：'你呀，不是个机灵孩子，但这没关系。只要牢牢掌握一种本领，并能用上就好了。你下决心，踏踏实实地去学，就一定能学会的。我教你一种本领吧，仅仅一种，那就是学会变化的本领。学会一种变化就可以了。你想变成什么呀？是包着头巾的农夫呢，还是牵着马、边走路边唱歌的小姑娘呢？或者想变成水车什么的？'当时我还是个小孩子呢。听了爷爷的话后，就想：'变成什么东西好呢？'我想起来了，要是能变成一盏灯，就好了：在漆黑的夜里，闪烁着一点红光，一直燃着的灯。"

"灯火不会灭吗？"

"不会的。只要坚持下去，一个晚上都不会熄灭的。可是如果一睡觉，灯就会自然熄灭的。"

"哎呀，真有意思！"

"爷爷我当时就认真学起这种变成灯的本领来。学成之后，还试过好几次呢！我的爷爷教我是很耐心的。"

"但是，爷爷，您变成的灯，让谁提着呢？"

"噢，真是聪明的孩子。这个问题提得很好呀。可是我变成的灯，并不需要什么人提的呀，它是在节日晚上，挂在村尽头一棵柳树的树枝上的。去赶庙会的人或是从庙会回来的人，经过那棵柳树时都会想：'哟，是谁在这里挂上一盏灯呀？真难得呀。'人们这样想着。这我当时心里很清楚。因为在灯下有一条河，河上的桥很狭窄，又没有栏杆，行人一不小心，就会跌到河里去的。所以，为使行人看得清路，我就照到桥上。河水倒映着灯光，一闪一闪的。想起当时的情景，我心里很高兴呢！"

"为什么高兴我知道，因为您为人们干了好事，是吗？"

"是的。就是这样的。"

山狸孙子听了爷爷这样的回答后,转动着它那可爱的圆圆的小眼睛说:

"爷爷,您也教我这种变化本领吧!只要大家高兴,我也要变。像您一样,变成一盏灯。"

呼 儿 鸟

小朋友！你们见过呼儿鸟吗？你们听到过关于它的故事吗？

在一座高山下的田野上，有一只松鼠孤零零地住在草丛里。它很美丽，常常独自出外玩耍。夏天快到了，天气渐渐暖和起来。一天，松鼠在树林里玩累了，往回家的路走去。

突然，它看到路边有一个白白的、圆圆的东西。原来是一个鸟蛋呢！松鼠高高兴兴地拾起鸟蛋，小心翼翼地把它抱回了家。

从此，每天松鼠孵鸟蛋。不久，蛋壳裂开了，一只可爱小鸟钻了出来，这下可乐坏了松鼠。小鸟想吃东西，总是张开黄黄的小尖嘴，这时，松鼠赶快把好吃的东西塞到它的小尖嘴里。小鸟啾啾地哭叫时，松鼠赶快唱起了摇篮曲。松鼠很会唱歌，它经常唱歌，优美而亲切的歌声都传到草丛外面。在松鼠温柔的摇篮曲歌声中，小鸟闭上眼睛静静入睡了。小鸟一睡着，松鼠立即钻出草丛，跑进树林，寻找食物。一找到食物，它就马上返回家来。

松鼠想，给小鸟取一个什么名字好呀？有一天，她听到山下村舍传来公鸡高亢的啼叫声：喔咕咕！"是啊，这叫声多么悠扬而雄壮哪！好的，我的小鸟就叫'喔咕'吧。"

聪明的松鼠就这样给小鸟取了名字。

小喔咕一天天地长大，翅膀的羽毛也丰满了，所以不知从什么时候开始，松鼠也不再给小鸟唱摇篮曲了。松鼠十分疼爱小鸟，小鸟也非常爱松鼠，它把松鼠认作是自己的妈妈了。"妈妈，您到哪里去呀？""妈妈，您在干什么呢？"它总是跟在松鼠后面，这样叫唤着，一刻也不离开。

一天，松鼠出去了，家里就剩下小鸟。这时，突然有一只山狸从洞里钻出来，看着小鸟，对它说：

"你呀，原来是一个蛋，是一个丢在田边的蛋呢。"

"你胡说！你胡说！我不是一个蛋。"

小鸟对山狸嚷着。它想，大概山狸是和自己开玩笑的吧？

"是真的呀！松鼠阿姨把那个蛋抱回来，孵出了你来。"

"你撒谎！不对，不对。"

"撒谎？你自己去问好了。"

山狸生气了，噘着嘴，把鼻子尖往下一钻，就钻进洞里去了。

小鸟独自在那里想着刚才山狸的话。

"说我原来是一个蛋，是真的吗？有这样的事？"

它想着想着，觉得山狸的话好像是真的了。

"要是撒谎，山狸不会那样生气而钻进洞里去的。它要是开玩笑，会哈哈大笑起来的呀！"

久久挂在天空上的夏日太阳，落到森林背后去，松鼠回来了。

它把找来的食物给小鸟吃，可是小鸟却无精打采。

"怎么啦？"

松鼠马上担心地问。

"我肚子疼,有一点儿疼。"

小鸟回答说。

于是松鼠马上用双手抚摸小鸟的肚子。这样一来,小鸟反而感到难过了。

"它一定是我的亲妈妈!"

小鸟心里这样想道。

可是,它不能忘记山狸的话,。第二天,又想了起来。

傍晚时分,松鼠从树林回家,当它把食物给小鸟吃时,小鸟垂头丧气。

"怎么啦?"

松鼠又担心地问道。

"我头疼,有点儿疼。"

于是,松鼠马上用双手抚摸小鸟的头,这样一来,小鸟反而感到难过了。

"它一定是我的亲妈妈。"

小鸟心里这样想道。

可是,山狸的话仍然挂在它的心头。它自然而然地暗自比较自己和松鼠的外表长相。

"果然,我和它的外表完全不一样呀!山狸的话是真的。"

小鸟心里这样想道。

一天午后,小鸟在草丛里,抬头远望。蔚蓝色的天空一望无际。忽然,它看到对面飞来一只鸟。它扑打着波浪似的翅膀,从小鸟头上高高地飞过,越飞越远。

小鸟伸长脖子,一动不动地望着,一种连自己也觉得奇怪的想法,突然浮现在脑海里。

"是的,它就是妈妈——是我的亲妈妈呀!"

瞧,自己的外表和它是多么相似呀!小鸟拍打拍打翅膀,伸了伸身体。突然，它的身体轻飘飘地浮起来了。就这样，它飞上了广阔的蓝天，渐渐追赶上了那只飞去很远的鸟。

不久，松鼠从树林里回来了。

它见不到小鸟，慌忙在草丛四周转来转去，望着周围树枝，寻找着，寻找着，但是找不到了。

"我的喔咕跑到哪里去了呀？"

松鼠又睁大眼睛寻找着，找累了就孤孤单单地蹲在草丛里等待着。太阳落到树林后面去了，风开始沙沙地吹动着草丛。

小鸟没有回家。

天黑下来了，松鼠依然蹲在草丛里等待着。一会儿，月亮出来了，把月光洒遍山峦和草丛。地上现出了松鼠黑黑的孤独的影子。但是小鸟还是没有回到草丛来。

松鼠就这样整整等了一夜。月亮开始逐渐变暗，东方已经发白，天就要亮了。它抽抽搭搭地哭出声来。

这时，有只乌鸦飞落在树上，弯着脖子问：

"松鼠，你哭什么呀？"

"我那可爱的孩子喔咕，不知跑到什么地方去了？"

"它已经飞上蓝色的天空去了。"

"怎么？飞到天上去了？它还回家吗？"

松鼠擦着眼泪问乌鸦道。

"等到山上樱花开放时节，它也许会回来的。"

乌鸦回答着，然后又亲切地安慰松鼠几句，飞走了。

不久，夏天过去，秋天到来，夜晚变得更长！

松鼠每晚都要梦见可爱的喔咕。在想念喔咕中，它度过了秋天，迎来了寒冷的冬天。

后来，冬天过去，山谷积雪融化，树枝吐出绿色嫩芽，春天来了。

美丽的樱花开放了。

于是,每天松鼠都要钻出草丛,眺望天空。它总是忘不了乌鸦告诉它的话呀。

"山上樱花开放的时节,喔咕一定会回来的。"

它总是这样想着,每天清早,天还没亮,就睁开了眼睛。它看着看着,东方渐渐亮起来。有一天,松鼠强打精神把草丛和周围收拾得干干净净的。

"今天,它一定会回来的。"

松鼠眼巴巴地望着,期待着,但是可爱的喔咕还是没有回来,太阳转到了西边,不一会儿,躲到了山后。天一黑下来,星星在天上就闪烁眨着眼。这么静静的夜晚,只有松鼠独自一动不动地望着天空。

它每天就这样望着、望着。但是小鸟喔咕依然没有从山峦那边的天空上出现。

山上樱花开始凋谢,雨在不停地下着。樱花的美丽颜色开始褪落。随后一天晚上,刮起大风,从此,山上再也见不到樱花了。

第二天早上,草丛里的松鼠睁开了眼睛。

"啊!樱花全部落光了!"

它难过地喃喃自语,深深地叹息了一声,又呆呆地望着山峦上的蓝天。樱花虽然落光了,但是松鼠却还没有死心呢。

"倘若我变成一只鸟去寻找,一定能够找到我的喔咕的!"

突然它产生了这样的想法。

"啊!我要变成一只鸟就好了。"

于是,无论白天还是黑夜,它总是想着这个事。想着想着,它的头开始凹下去了,它的脚和尾巴也开始变细。在夏日的一天里,它终于变成了一只鸟。

它马上从草丛里飞出来。夏天的山到处林木茂密，苍翠欲滴的树枝在炎热的阳光下，闪耀着光芒。

"喔咕！喔咕！"

不一会儿，山上传来这样的呼叫声，是一种寂寞的呼叫声。

"喔咕！喔咕！"

叫声在寂静山林中回荡，一直传遍每个山谷的谷底。山下人们都听到了这叫声。不知从什么时候，他们把这种鸟叫作了"呼儿鸟"。